与莲花相邻的日子

王红心 著

群众出版社
·北京·

图书在版编目（CIP）数据

与莲花相邻的日子/王红心著．北京：群众出版社，2011.10
ISBN 978-7-5014-4923-1

Ⅰ.①与… Ⅱ.①王… Ⅲ.①散文集—中国—当代 Ⅳ.①I267

中国版本图书馆CIP数据核字（2011）第205054号

与莲花相邻的日子

王红心　著

出版发行：	群众出版社
地　　址：	北京市西城区木樨地南里
邮政编码：	100038
经　　销：	新华书店
印　　刷：.	北京蓝空印刷厂
版　　次：	2011年10月第1版
印　　次：	2011年10月第1次
印　　张：	10.25
开　　本：	880毫米×1230毫米　1/32
字　　数：	213千字
书　　号：	ISBN 978-7-5014-4923-1
定　　价：	32.00元
网　　址：	www.qzcbs.com
电子邮箱：	qzcbs@163.com

营销中心电话：010-83903254
读者服务部电话（门市）：010-83903257
警官读者俱乐部电话（网购、邮购）：010-83903253
教材分社电话：010-83903259

本社图书出现印装质量问题，由本社负责退换
版权所有　侵权必究

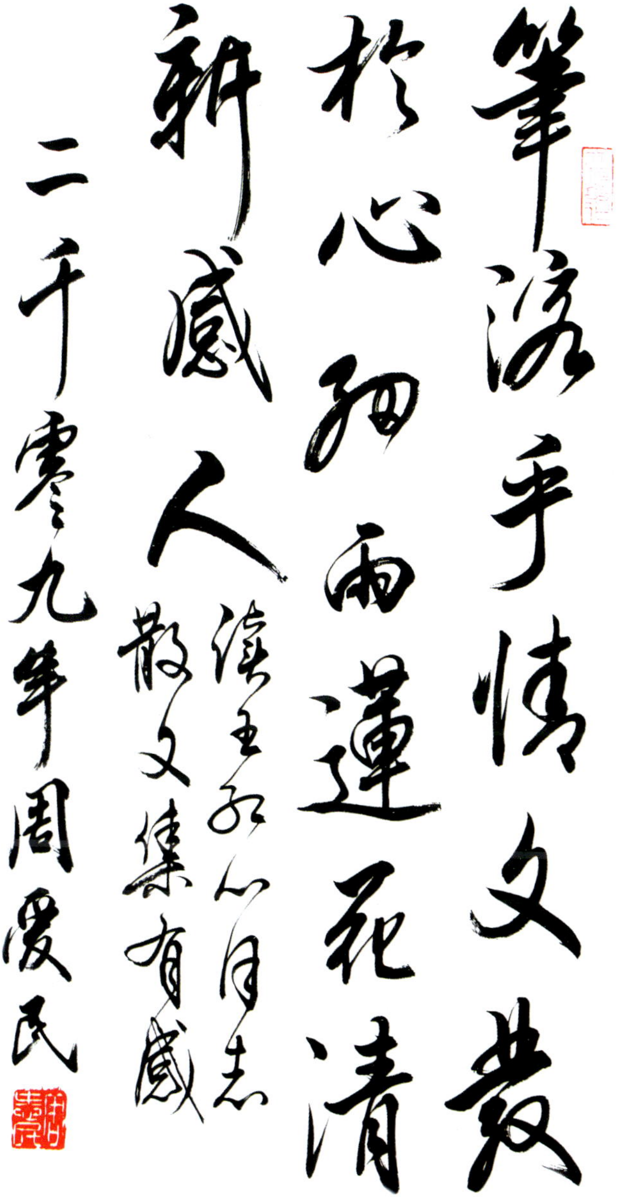

笔涤手情文贵
於心细雨莲花清
新感人

滨生孔小月志散文集有感

二千零九年周爱民

原中共沧州市委常委、政法委书记周爱民题词

2010年11月,保定劳教所专程到沧州市公安局送锦旗,感谢作者多年来对失足青少年的真诚帮教。

2010年9月19日,作者发起成立了"红心志愿服务队",并现场救助了十名贫困学生。

目 录

序一 …………………………………… 何香久（1）
序二：用心感悟王红心 ………………… 梅世彤（7）
序三：激情源自热爱　坚守必有收获 …… 史贵中（9）
题记 …………………………………… 王红心（12）

人生感悟

爸爸的电唱机 ………………………………（3）
如果他活着 …………………………………（5）
妈妈的脚　我心中永远的痛 ………………（7）
燃烧心中的圣火 ……………………………（10）
想念一种喝酒的方式 ………………………（12）
我家的九个保姆 ……………………………（14）
走进如水的音乐 ……………………………（17）
那晚的月亮 …………………………………（19）
十七年后的感恩 ……………………………（21）
来自上海的感动 ……………………………（24）
岁月如歌 ……………………………………（27）

思念大海	（30）
新年的泪花	（33）
"师"情画意	（35）
战友 请爱惜自己的身体	（37）
感谢父亲	（40）
难忘那夜生日烛光	（42）
哦 这片深情的橄榄林	（44）
与莲花相邻的日子	（46）
花韵	（49）
无人能独自成功	（50）
最美丽的女人	（52）
爱上青花瓷	（54）
醉在亲子合唱团	（56）
神越涵静气 墨润赋清新	（58）
感恩的心	（60）
朋友	（62）
游寒山寺	（64）
女人与花事	（66）
给灾区孩子的一封信 总有一扇窗为你打开	（68）
一张难忘的照片	（70）
阅读之美	（72）
难忘的获鹿之旅	（74）
我的棉布情结	（76）
你很重要	（78）
母亲的目光	（80）
阳春三月飞白雪	（82）

今生若比永恒长	（84）
我娘真好	（86）
苏姗娜来了	（88）
想起那个飘雪的日子	（90）
警徽在奥运精神中闪光	（93）
修复生命的力量	（95）
在我的生命里有这样一位老人	（97）
挺身而上	（99）
师恩难忘	（102）
秋游纪园	（104）
快乐的"农家游"	（107）
小轩窗 正梳妆	（109）
让生命在感动中升华	（112）
踏着春的脚步	（114）
爱的坚守	（116）
海棠花开	（119）
坐在克拉克和路易斯的船头	（121）
拿什么献给您 母亲	（123）
雨中记忆	（126）
相遇	（128）
茶楼饮酒	（130）
行走 简单而快乐着	（132）
镜泊湖的黄昏	（134）
重读一位英雄母亲的遗言	（136）
走近范妈妈	（139）
播撒爱心 播种希望	（144）

面朝新年 春暖花开 …… （146）
内在生命的伟大 …… （148）
警营姐妹花 …… （151）
老席"扣碗" …… （154）
母亲节怀想 …… （158）

侦破纪实

一个年轻女子的悔恨泪 …… （165）
外甥被亲舅绑架之后 …… （169）
八千里路擒逃犯 …… （175）
夜半突袭抓逃犯 …… （181）
偷牛案引出的杀父疑案 …… （183）
他与妹妹"掉了包" …… （185）
她，被溺死在水缸里 …… （187）
大伯子怎么和弟媳同居 …… （189）

震撼与警示

这些孩子怎么啦 …… （193）
玩过了头的孩子想"自由" …… （196）
残缺家庭的"义气"少年 …… （205）
滴血的亲情 …… （214）
被网络扭曲的少年 …… （224）
鲜花是怎样凋谢的 …… （234）
两少年枪杀出租车司机的背后 …… （241）

犯罪源于坏环境坏习惯 …………………………（247）

成长寄语

做一个甘草女人 ……………………………………（251）
让母乳文化滋养孩子的童年 ………………………（254）
父子之间的较量 ……………………………………（257）
以期望的目光看待每一棵树 ………………………（259）
飞翔的姿势 …………………………………………（262）
穿着警服当老师 ……………………………………（264）
我的红领巾情结 ……………………………………（266）
做最好的自己 ………………………………………（268）
写给儿子的信 ………………………………………（272）
柔软的力量 …………………………………………（278）
与青少年交流、沟通及短信摘录 …………………（285）
与儿子谈话摘录 ……………………………………（297）

让生命充满爱（后记）………………………………（299）

序一

何香久

很多人问：二十世纪七八十年代是文学比生活复杂，现在是生活比文学复杂，当今的文学应该如何来反映复杂的社会生活？

我说：从复杂中提纯出简单，或许更能反映出复杂生活的本质。

读王红心的《与莲花相邻的日子》，更证实了上述观点。

王红心是个警察，写作是她的业余爱好，却是她生命中重要的一个构成部分。她的作品以散文为主，文字干净、清纯，有一种超然出尘的感觉，用《与莲花相邻的日子》来作书名，是很能体现出她文字的风格和品质的。

王红心的散文大都是生活散文，写的是生活中的某个片段或感悟。生活是充满了烟火气息的生活，场景也是寻常夕阳芳草的场景，但从她的文字里可以读得出她对日常生活所倾注的那一份真情和关切，读得出她的细微、她的敏感、她的热爱和执著。

艺术最深层的存在根据，是对人生和生活价值的质询。

波普尔把世界分为三个层面。世界1：物质世界；世界2：精神世界（精神活动、潜意识等）；世界3：世界的精神产品（图书馆、作品等）。所以先锋文学批评家提出了"世界3的写作"这一理论概念。所谓世界3的写作，实质上是一种解构的写作，被"解构"的是"世界1"、"世界2"中的价值评判、观念形态诸方面的东西。

王红心的写作显然不属于"世界3"，但也不全是对"世界1"和"世界2"的表现化图释。她用她自己的语码还原着这个世界的诗性表达。

读她的《走进如水的音乐》：

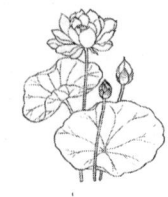

陈悦的《乱红》，用钢琴作背景，一支笛吹得花落成河，箫是我所喜爱的，但听多了，太幽怨。而笛多了几分灵动，幽而不怨，愁而不哀，是轻灵灵的小粉蝶，飞在广袤的天地间。钢琴铺就的底子，更像一匹纯白的锦缎，抖开来，在太阳下，或在如银的满月下，闪着水光粼粼。那些音符，精灵般，带着满身淡淡的香。

我很喜欢这样的文字，它一点也不装饰，一点也不矫情，很美，很简单，很纯粹，且有亮色、有温度、有质感。读这些文字我感觉到，一个女散文家最突出的优点，其实并不在于她对于情感泥潭特殊的缠绵。

王红心对平常生活的敏感来自于她对灵魂的珍爱。

灵魂，是在我们身体内居的生命的最高形式和精华。这个世界可以不干净，但灵魂必须是洁净的；这个世界可以不安静，但灵魂必须是静谧的。一个灵魂洁净和安谧的人更有力量，甚至更幸福。因为这种力量和幸福来自于自身，而不依赖外部条件。王红心的写作，是一种灵魂的呈现方式。在这个被物质塞满了的世界上，对灵魂的珍爱，也就更加弥足珍贵。读她的《岁月如歌》、《"师"情画意》、《感谢父亲》、《父亲的背》、《最美丽的女人》等篇什，我油然生出了一种感动。她不以婉约、清丽的叙述语言为满足，而更乐意自如地运用洒脱透达的文字，通过多视角、多层次的方式，来体现超越自我的省悟力。

  佛教经典常常把人喻成一个"宝瓶"，我们的宝瓶里有着最清明的空性与最柔软的菩提，我不只要学习做青花瓷里的"一束莲"，更要学习做宝瓶。即使空无一物，也能在虚空中流动香气，并释放出内在的音乐。

           ——《爱上青花瓷》

  文字永远追随的是对它自身的想象力，而对精神想象力的坚持，是一个散文家最应具备的品质。散文的命运，是它天然的精神所致，它的本质是拒绝任何形式的虚假。

  母亲的目光无论柔和还是严厉，都是爱的载体。今生今世，我们就是在母亲的目光里逐渐长大，在母亲的目光里修炼得更加挺拔。即使母亲生命逝去，爱依然能够留下来，成为世间最坚实、最温润的部分。

> 这是天空对白云的目光,这是礁石对海浪的目光,这是河床对小鱼的目光。这种目光,只属于母亲。
>
> ——《母亲的目光》

读这样的文字我相信散文真是一个有繁衍力的"身体",它本身是母性的、生命的。犹如大地对世界的承载,散文成为这个承载的一个特殊的转喻。

语言,在作家的舌头后面的黑暗中等待着灵光。

在这里,我还想谈谈王红心的"女性写作"。

"女性写作"似乎是一个边缘性的名词,诚然,女性写作离不开社会状态与社会意识,更离不开其性别意识的认定。希腊人把每个斜坡都叫做世界,这是一个很有意味的隐喻。既有世界,便有倾斜,倾斜是对于世界的最得体的诠释,同时,倾斜也是重量感的体现。女性写作从某种意义上说就是对女性灵魂"重量"的寻找。基于此,女性写作是在女性意识的关照下,作为人类审美、人类智慧、人类情感的折射与投影。

王红心的写作,更多地以她自己独特的生存方式、感受方式、思维方式及语言表达方式表现了她的生命体验。这本集子中,很多篇什表现了女性的生存与生活状态。她着重写了两代女人——母亲和婆母的一代和她与"她们"这一代,通过倾述与独白来讲述女性与世界之间的关系。"美的极致是忘却自己的时候"(《最美丽的女人》);"女人于花事是不可以忽略潦草的……只是说于花草的知觉、敏感、亲近、怜惜与护爱,就可见女子性情了"(《女人与花事》);她甚至主张要做一个"甘草女人"(《做一个甘草女人》)。她的女性立场不是叛逆与重建,而是一种轻风般缓缓流出的心灵甘泉,她以一种相对纯粹的女性心态进入女性的命运,呼唤着母性与童趣的天性。

如同许多女性散文作家一样,王红心的散文中,"母爱"是一个博大的"母题"。她的许多作品,直接是以母爱为内容的。她甚至把对上帝的赞美用在歌颂母爱上:"母亲一直是我们内心的宗教和上帝"(《母亲的目光》),"'上帝不能亲自到每家,于是他创造了母亲'。这是我至今听到过的所有赞美母亲言辞中最美好、最动听的话"(《最美丽的女人》)。母爱在她的笔下,已经被神化成了天国。而且,她以母爱为出发点,不断扩大着爱的范围,母爱的内涵和外延在不断拓展。亲子之爱、友朋之爱,这一切都成为母爱的延伸。在《震撼与警示》一辑中,对那些因母爱的缺失而走上犯罪道路的少年犯所进行的心理剖析,也非常细致入微。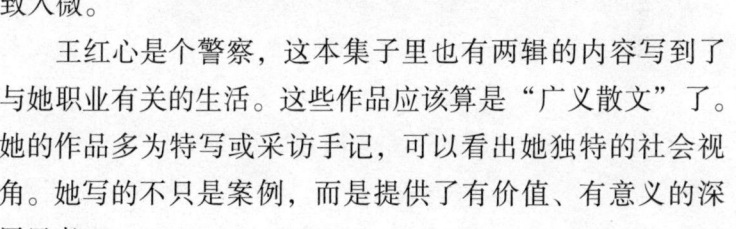

王红心是个警察,这本集子里也有两辑的内容写到了与她职业有关的生活。这些作品应该算是"广义散文"了。她的作品多为特写或采访手记,可以看出她独特的社会视角。她写的不只是案例,而是提供了有价值、有意义的深层思考。

这本集子里的全部作品,是在23天的时间内断断续续读完的,更多的篇目读了二三遍,一边读一边记下一些感受,就成了这篇序言。

2009年9月12日0时46分于冷板凳斋

何香久：国家一级作家，中国作家协会会员。有创作与治学成果1.2亿字行世。现任河北省沧州市政协副主席；沧州市作家协会主席；中国民主建国会中央委员会文化委员会委员；是享受政府津贴有突出贡献的专家。

与莲花相邻的日子

序二：用心感悟王红心

想完全读懂红心这个人，就要读红心写的东西。她的散文情真意切，或舒缓流露或奔涌宣泄；她的纪实来源于工作，或娓娓道来或摄人心魄；她的警示发人深省，或扣扪人心或问责社会；她的寄语饱含希冀，或语重心长或感怀激烈。总之，她抒发的、记录的、思考的和感叹的都真实地代表了她自己，她的作品从多个角度、多个层面真实地映照出了一个立体的、生动的王红心。

印象中，王红心是一位富有活力而有时又略显恬静的女性，她可以为了误入歧途的孩子放弃一切或不顾一切，可以为挽救一颗心灵而倾其所有或至一无所有。从她的故事里，我们能感悟到她丰富的内心，感悟到她对生活的热爱和对美好的向往，感悟到她胸怀的博大和情感的细腻，感悟到人民警察汩汩流动的铁血中的那份柔情，感悟到那看似柔弱的双肩所蕴含的韧性和挺拔，感悟到眉宇间那双目光的深邃和明亮。

王红心是一个警察，是一位团干部，是一名要为很多很多孩子打开心窗的志愿辅导员。她是一个多面手，在为孩子们上法制安全教育课时她是一位技能丰富的教练员，帮教少年杀人犯时她是一位重塑灵魂的工程师，救助残弱病孤时她是一位柔情似水的母亲。她可以变幻出很多角色，但她的目标却清纯而单一——让那些受伤的孩子像自己的孩子一样健康茁壮。她用苦心让孩子们迷途知返，用爱心让孩子提前解教，用恒心改变孩子们的命运，她帮助过的孩子到底有多少？5个？50个？500个？我们用科学的统计方法也许根本无法统计出一个标准答案，但有一点是可以肯定的，这个数目必将一天天变大，更难于弄清。2005年10月，她被中央综治委评为全国预防青少年违法犯罪先进个人；2007年6月，她被共青团河北省委评为河北省优秀少先队志愿辅导员。接下来，她会收获更多的荣誉，但她内心明白，她需要的既不是上级给予的荣誉，也不是领导给予的鼓励，又不是群众给予的口碑，她只是想得到自己内心深处那份真爱的强烈搏动，和那份思绪的平静祥宁。

是的，要想读懂王红心，就要静心去感悟王红心。

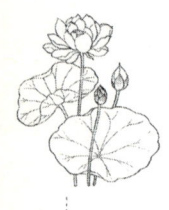

梅世彤
共青团河北省委书记
2009年11月28日

序三：激情源自热爱 坚守必有收获

这本《与莲花相邻的日子》放在我案头有一些时日了。本来，我是没有资格来为王红心同志的这本集子写点什么的，因为我和她不很熟识，只知道她爱好写作，并且坚持不辍，取得了令人可喜可赞的成绩。但现在，透过《与莲花相邻的日子》中的篇篇文章，我仿佛对红心同志有了更多的了解。这再次证明文字确实是富有性格和生命力的，在字字句句中，无不渗透着写作者的思想、情怀和意趣。

这本集子共有四部分，其中读起来最为熟悉的，当属"侦破纪实"。对于从事公安新闻宣传的同志们来说，这样的题材和体例，都是我们经常用的。对某起案件的侦破过程进行记录和描摹，属于写实，其实也算"写史"——是对某地某个时期公安侦查工作的历史留存。而"震撼与警示"显然就是由具体的案（事）件引申出的感性质问与理性思考，等于进一步开掘出公安题材的社会意义。在多年的公安宣传工作中，我一直有种感觉，就是公安宣传工作必须实现社会化——不只是公安机关通过宣传进行自我肯定、自我激励，更重要的是，要使公众通过我们的宣传，提升法律意识，提升规则意识，提升安全意识，提高防范的能力。一句话，不能是自顾自地吹拉弹唱，而是要通过宣传为群众服务。这就要求我们必须情系群众，只有立足于群众立场，才能和群众实现互动。王红心同志身上就具有这样的群众立场和群众情怀，有着浓厚的社会责任感。听说她还亲自帮教了一些迷失的青少年，曾被评为全国预防青少年犯罪先进个人，这个荣誉想来她是当之无愧的。

但是，说句实话，比较起来，我更喜欢她作品中的另两辑："人生感悟"和"成长寄语"。每个人都有自己的人生，都有自己的际遇、自己的故事和自己的体会。红心等于捧出一颗心来，把自己的际遇、自己的故事和自己的体会，与熟识的人或不熟识的人共同分享，所以我断定她是真诚的人，坦白的人，不会设防或者情愿不设防的人。而且我还可以猜测她是极为细腻敏感敏锐的人，一些我们会忽视、会放过、会掉头就忘的生活细节，在她那里都是有意义的。她用自己的笔拨去浮尘，让我们看到事物哪怕细小却本真的光华。这也是红心作品的一大特点，与常见的一些女性写作者的过于浮华、过于自我甚至有些自恋的表达不同，她的文字是质朴的、平实的，不喧哗、不浮躁和不吵闹的，于沉静的诉说中，带给我们默默的感动。

红心同志的作品集名为《与莲花相邻的日子》，这里的莲花，是具象，指的是她当年在保定莲花池畔度过的短暂而美丽的时光；这莲花，更是意象，寓含着自清高洁、卓尔不群的精神和品格。红心同志也许是以"莲花"，来表露自己在眼下这个物质主义大行其道的浮躁社会中，秉持的生活态度和人生追求。

激情源自热爱，坚守必有收获。这是读完这本书后我

心头浮现出的两句话。红心同志因为热爱生活、热爱写作、热爱值得热爱的一切，所以她年过不惑却依然保持着创作的激情；她的创作坚持了 20 年，如此坚守，终于一步步接近自己的梦想。所以，我坚信她是内心有根的，有自己的信念的。我和红心同为 60 年代生人，我一直不谦虚地认为：忠诚、负责、担当，是这一代人共同的特质；现在，红心的作品集又为我的这一观点提供了佐证。对于一位业余写作者来说，在繁忙的工作和生活重负之下，坚持写作是不容易的事。我祝愿红心同志继续她的"用心书写"，并且相信她未来的收获还会更多更大。

史贵中
河北省公安厅党委委员、政治部主任
2010 年 1 月 15 日

序三：激情源自热爱 坚守必有收获

题　　记

与莲花相邻的日子

　　在中华传统文化中，莲花被认为是高洁品质的象征，喻意着和平、和谐和团结。身处警营，我时常被身边战友们的事迹深深感动，"一腔热血勤珍重　洒去犹能化碧涛"。我珍爱莲花，但我更敬重那些危难之际显身手，自觉践行凛然正气和奉献精神的战友们。

　　谨以此书献给培养教育我的各级领导、老师，献给帮助支持我的战友们。愿我们警察这支崇高正义、忠义勇武的队伍永远带来社会长治久安、带来百姓安居乐业！

王红心
2010 年 2 月

◎ 人生感悟

爸爸的电唱机

周末收拾地下室,看到了爸爸以前制作的电唱机。霎时,尘封已久的往事涌上心头……

爸爸十分爱好无线电,上高中时就能组装半导体收音机。20世纪80年代初,爸爸制作了我们家第一台电视机和电唱机,那时,我家成了那条胡同唯一拥有电视机、电唱机的人家。除此之外,令我感到自豪和骄傲的还有一个原因,那就是,我也参加了制作过程。

我帮爸爸在集成电路板上用刻刀沿着他预先画好的线划出条条"沟渠",宛如棋盘中的界线。电唱机的开关和音量调节旋钮是我按爸爸教给的方法,将两枚有机玻璃纽扣在砂纸上打磨成圆形后再用胶粘上去的。电唱机和两个音箱的外壳都是爸爸用木板做的。放唱盘时,把电唱机箱盖打开,左侧有一根金属杆撑起箱盖,好像三角钢琴的支架。爸爸在音箱的正面绷了一层暗红色的锦缎,煞是雅致和美观。

每天放学后,我打开电唱机,将唱针轻轻放在唱片上,瞬间,悠扬、柔美的乐声便流淌出来。"绿色的小雨,传播春消息,生活有了你,生活就充满绿色的诗意……"关牧

人生感悟

村那深情的歌声,陪伴我长大,给少年时代的我洒满阳光,洒满绿的春意,同时也使我家所在的整条胡同沉浸在歌声里。那曲《吐鲁番的葡萄熟了》把我带到久远的过去——爸爸年轻时曾在新疆当教师,婉转的歌声令我向往美丽的天山、丰收的葡萄园,我想象父亲住毡房、煮奶茶、唱维吾尔族民歌、骑着马去学校教书的情景,想象他讲课时抑扬顿挫的声音,想象他的意气风发、坚强不屈……

中午吃饭的时候,我说起这台电唱机,爸爸沧桑的脸上蓦地跳跃起自豪的光芒,望着他古铜色的面庞,我觉得那条条皱纹忽然幻化成一条岁月的河流,蜿蜒、曲折、美丽;又似乎幻化成一行五线谱,谱着敦厚、持重和友善。记得电唱机里时常传出《命运》、《蓝色多瑙河》、《让我们荡起双桨》,那隽永动人的乐曲声镌刻进我们的童年。

我在音乐的节拍中慢慢长大,渐渐调试出独属于自己的另外一种节奏。而在这节奏里总有一种声音让我们风雨兼程,那是父亲的谆谆教导;总有一种旋律让我们铭记在心,那是绿色的小雨,永远带给我们春的讯息……

(发表于2008年6月21日《沧州晚报》)

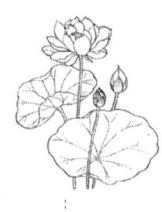

如果他活着

上周末,久违的二舅应母亲之托,把早已去世的姥爷的照片送了过来。由此,我平生第一次看到了姥爷的尊容,也是第一次知道姥爷曾在沧州解放初期当过警察。

按照母亲的要求,我拿着发黄的拍于二十世纪三四十年代的照片到照相馆去翻拍。照相师见到照片时的感叹和所有看到照片的人一样:"这么精神,这么英俊!"照片上的姥爷身穿一件偏襟长袍,偏分的头发漆黑浓密,一对丹凤眼炯炯有神,挺直的鼻梁,宽宽的脑门,微微上翘的嘴角显示着他在微笑,那样持重,那样温和。

我无法知道姥爷当时的心情,但知道他是个特别好的人,长得好,字写得好,人品更好。

母亲告诉我,姥爷特别疼她,带她出去时总是抱着、擎着,当她与我大舅发生冲突时,受批评的也总是大舅。姥爷乐于助人,每到春节前,都为乡亲们写春联。姥爷是个孝子,在一次雨后背他的母亲看病返回途中不慎摔伤,由于延误了治疗,导致跛行,不能再从事警察工作,也最终死于那条伤腿,去世时,我母亲只有9岁。对于我母亲来说,父亲的影像永远定格在意气风发的壮年时期,她只

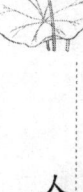

人生感悟

能在无数次怀念的梦里沐浴父爱，而我则永远失去了享有外祖父疼爱的权利。

如果他活着，他一定会向我述说他的警察情结；如果他活着，我一定会把当代警察的动人故事讲给他听；如果他活着，他一定会把儒家文化以书法的形式阐释给我、熏陶予我；如果他活着，我一定会搀扶他抑或用轮椅推着他穿过每一次美丽的晚霞；如果……

还有很多"如果"让我幸福，让我快乐。此时，望着这张照片，我想说：天堂里的姥爷，是您在冥冥中帮助我实现了当警察的愿望吗？我和妈妈永远怀念您！

（发表于 2008 年 7 月 5 日《沧州晚报》）

妈妈的脚 我心中永远的痛

一直不敢写我的母亲。一是母亲有太多的事令我难以忘怀,不知该从哪件写起;二是怕写起来会难以抑制自己的感情,泪水涔涔。可是今天,我终于忍不住拿起笔,写下这段萦绕心头的往事,因为妈妈的脚,是我心中永远的痛、纠缠的结。

2001年6月的一天,妈妈不慎把左脚崴伤了。当时我正在南方出差,回来后虽然也曾带她到崔尔庄、李天木等地有名的骨科诊所看过,但都没有做过全面系统的治疗,只是贴上膏药就算完事,以致她的脚一直都没好。妈妈是个坚忍的人,即使疼得厉害,也从不吱声。她怕我们担心,也怕影响我们的工作,仍瘸着一只脚操持家务。而我们对母亲步履蹒跚的模样早已习以为常,都安心地过着自己的小日子。

2004年5月8日下午,我和妹妹带妈妈去北京同仁医院检查眼睛。3个小时的车程下来,妈妈的脚控得又红又肿,走路一瘸一拐的。安排好住宿后,我们执意带妈妈去逛王府井大街。妈妈拗不过,只好跟我们同去。游罢,已将近晚上10点。我建议打车,妈妈怕我花钱,坚持坐公交车回去。我们走了2公里才走到车站坐上车。回到宾馆,妈妈的伤脚肿得老高。至今,我依然清晰地记得妈妈痛苦的表情。那一刻,我和妹妹一下子沉默了……原来,在妈妈需要休息时,我们偏要拉她出去闲逛,那不是孝顺。顺应妈妈的需要才是真正的孝顺,继而我又陷入深深的自责之中:倘若当初打车回来,妈妈的脚何以疼痛至此啊!为什么没那样做呢?

妈妈的脚,是怎样的一双脚啊!在我几个月大时,妈妈为了生计,不得不去工作。她的单位离家很远,途中要经过铁道。那时,她还不会骑自行车,全靠两只脚。一个下雪天,妈妈下班正要穿过铁路时,火车来了,栏杆放下了,疲惫不堪的妈妈一着急竟跌倒在雪地上,爬起来,妈妈继续拖着已经冻僵的脚,踩着厚厚的雪往家赶,因为家中还有嗷嗷待哺的我……实行市场经济后,妈妈下岗了,为了供我们上学,她在寒风凛冽的冬天,推着平板车去卖豆腐。她走街串巷,脚上长了冻疮,却没有一句怨言……当我考上了理想的学校,妈妈去感谢帮助我的人,路不好走,又是晚上,在经过一座小桥时,妈妈一脚踩空,连人带车掉进水沟,礼品全被泡湿了,车把打在妈妈的太阳穴上,那儿至今仍有一道疤,她的脚被水里的铁丝划破了,汨汨流血……我结婚后,每当孩子生病,妈妈都守护在身边,为了配全一个偏方,妈妈不惜走很远的路去农村田地里采草药……

今年正月十二,妈妈不慎跌倒,左腿膝关节肿了,疼得厉害,遂住院治疗。我恳求医生一并治疗她的伤脚。即使再忙,我都坚持每天用轮椅推妈妈去作理疗:深部热疗、蜡疗、按摩。经过一个多月的治疗，妈妈的伤脚终于彻底消了肿，我太高兴了。为了表达对医生的感激，我还特意给医院赠送了一面锦旗。医护人员称赞我孝顺，我连连摆手，说："妈妈的脚已经肿了七年了，到今年才给她作正规治疗，我很惭愧！"

妈妈的脚好了。但是，一想到2004年5月的那个晚上妈妈一瘸一拐去等公交车的情景，我的心仍如同刀绞。我们可以到肯德基、麦当劳一次消费几十元，为什么那天就没有叫出租车？从十月怀胎到一朝分娩，从咿呀学语到玉树临风、娉婷而立，母亲一直是我们内心的支撑。她始终在无私地奉献和付出她的青春、唠叨和牵挂。比尔·盖茨曾经说过："天下最不能等待的事是孝顺"。孝顺不可等待，应当时刻持守，终身力行，至少要做到问心无愧！

今年的母亲节，我要给妈妈、婆婆洗脚！

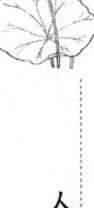

（发表于2008年5月21日《环渤海作家报》）

燃烧心中的圣火

近来,工作日益繁忙,奥运安全保卫是我们当前的首要重任。一想到还有两个当警察的亲人正和我一同为此努力着,我就特别兴奋,特别温暖。他们一个是大爷家的小哥哥,是刑警队队长,在青岛;一个是大姑家的三姐夫,国保大队队长,在济南。

昨天早晨,我给小哥哥拨通了电话。哥哥说晚上值班了,一宿没睡。晚上将近十点时,接报受理了一起扒窃案,在侦查办案返回刑警队途中,哥哥发现一位迷路的老大爷,就先把他带回队里,给他煮了包方便面吃,等老人稳住心说出住址后,哥哥又把老人送到了家,那时已是凌晨4点多了。天快亮时,他们又接到湖北宜昌市公安局刑警队打来的电话,说要到青岛抓捕一名犯罪嫌疑人,请求协助……

接下来,我又拨通了三姐的电话,三姐气喘吁吁地说,婆婆、公公都住院了,在同一家医院不同的病房楼。三姐夫根本顾不上家,每天都是三姐一个人奔忙穿梭于两个病房楼,悉心照料着两位老人,半个月下来,人瘦了一大圈儿。但是,从电话里我可以听出她没有怨言:"奥运是全体中国人的骄傲,你姐夫忙工作,是应该的,我侍奉老人也是应该的,也是对奥运的一种支持。"我想象着三姐瘦小劳碌的身影，心中涌起阵阵感动……

其实，在我身边，有许许多多像我的哥哥、姐夫一样舍小家、顾大家、默默奉献的民警，他们辛勤地工作着，无怨无悔，为了2008，为了我们的奥运！这让我想到关于警察的行业崇拜，忠义勇武、公平正义是警察的信仰，正如一首歌中唱道："男儿绝不退让，作一回生死较量，重任由谁来担当，就是现在，就是我们，挺身而上……"

在岁月的河流中，总会有一些浪花格外美丽，总会有一些潮头格外壮观，也总会有一些时刻格外辉煌，并因其可以预见的辉煌而格外值得期待。从遥远的雅典走来的奥运会渐行渐近，对于人民警察来说，任务更加艰巨，使命更加光荣，考验也更加严峻。每一个警察在执行职务时的一言一行、一举一动、一颦一笑所传递的信息，都将与国家的荣誉息息相关。警察的职责要求我们把"更高 更快 更强"的奥运理念融入工作、生活中去，把奥运渴望和平、尊崇公正、追求健美的精神传承下去，发扬光大。

此时，一种无法言说的庄重和崇高燃烧着我的血脉，挺拔着我的脊梁！尽职尽责是一种生命的常态，是可亲可敬的平凡人的自我提升，是对凛然正气与奉献精神的一种伟大实践。所以，当面对邪恶和残暴时，正义的诗人海涅也说，我不盼望我的墓碑上饰着诗人的桂冠，却只要战士、宝剑和盔帽！

奥运火炬传递着人类追求和平、友谊、进步和拼搏的美好愿望，让奥运圣火在你我心中燃烧！

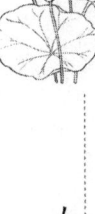

（发表于2008年4月26日《沧州晚报》）

想念一种喝酒的方式

又逢佳节,我不禁想到喝酒,想到我最难忘的、最想念的喝酒方式。

2001年6月,我随团到海南旅行,白天陶醉于湛蓝的大海,晚上在静谧、幽雅的海航度假村休憩。身处如此优美的环境,令人感到十分快慰。晚上,游泳过后,我们来到海边,席地而坐。旁边有一个烧烤摊,昏黄的灯光和焦炭发出的火光将摊主的脸映得红彤彤的,显得特别喜气。墨色的夜空中缀着一轮明月,清爽的海风送来阵阵波涛声,我们就在这样的意境中喝着啤酒。下酒菜除了鱿鱼串、羊肉串,还有玉龙大哥演绎的赵本山的小品、杨姐的京剧清唱,更有宋词:"明月几时有,把酒问青天……但愿人长久,千里共婵娟"……

几番轮回,酒酣之至,在这天涯海角,玉龙大哥带头唱起了《朋友》——"朋友啊朋友/你可曾想起了我/如果你正享受幸福/请你忘记我……如果你正承受不幸/请你告诉我……"大家沉醉在友情的氛围中,于是酒的妙处,就慢慢地被喝出来了。酒杯对面没有那种只是熟悉却不可爱的人,酒杯后面,没有现实的功利的目的。便是喝了,也要喝得干净，雅致又豪放。

我们原本来自不同的工作、生活环境，彼时汇聚到同一时空，不经意地释放出各自的情态，这便是最好的喝酒，是纯粹的喝酒。由此，酒，已不仅仅是一种客观的物质存在，而是一种文化象征、一种依托，用以帮助我们完成心灵的遨游。它能叫人超脱旷达，它能叫人忘却人世的痛苦和烦忧，它让人生的美好憧憬永远无尽无涯。

前不久，我和好友相约在一起，坐在酒店古朴典雅的房间里，饮着醇厚的红葡萄酒，谈写作，谈美容，谈开车，谈教子。那份惬意，那种阳光灿烂的心情，和着美酒漫过我的胸膛，那些曾经美好的思想和感觉沉淀在微风般的酒香里，以独特的风格勾兑着自己的香醇和美丽……举杯相向，女人们一饮而尽的是自己，又怎么会醉呢？

我参加过很多酒会，最想念的还是那种纯粹的喝酒方式——我们可以喝得悠长而古典，宁静而单纯，仿佛骑上了一匹温顺的马，徜徉在往昔岁月的落花小径之中。它会在一定的时刻，把我们从现实生活中剥离开来，带入另外的时空，邂逅另外的景象，不断激起新的或者旧的热情。

（发表于2008年3月1日《沧州晚报》）

我家的九个保姆

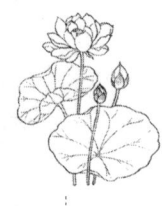

一天,同事来电话让我给找个看孩子的保姆,令我想起曾经照看过我小儿子炳廷的9个保姆。

炳廷出生在2002年冬天,出了满月就开始雇保姆。一开始,丈夫登报纸找。于是不久,黄骅的李姐来了。李姐善良、细心、脾气好,不论什么时候,孩子一醒,她就醒。她让我多休息,而她洗衣、做饭、拖地,总是忙个不停,令我十分感激。可是好景不长,两个多月以后,李姐的母亲病危,她去医院守候了半个多月,待办完丧事后又回到我家。在这期间,我到医院看望过她的母亲。也许命里注定,在找保姆这件事上颇费周折。不久,李姐18岁的儿子罢学了,闹得她心烦意乱,我给她儿子找了工作。可是时间不长,那孩子就不干了,继而又在社会上惹事。李姐没办法,回家专门看管孩子去了。临走,她送给我一条保暖裤,我给她讲解了关于青少年法制教育的知识。后来,我们时常有电话联系。再后来的几个保姆大多是带着心事来的,有的离婚手续还没办完,要随时听法院通知;有的是想出来一个月,让家中的丈夫和孩子锻炼一下处理日常生活的能力;有的身体有病,不得不回家疗养;还有一个献县的大姐,干活儿又快又好,性格爽朗,只是看到电视上播放非典病人的抢救与治疗,十分担心家中的老人和孩子,才离开这里。还有朝阳小区的刘姐,热心、勤快。时至今日,我们相处得如同姐妹,遇有不顺心时,我向她诉说,她有困难时,我来帮助,孩子亲切地称她为"阿姨妈妈"。因家中还有需要照顾的老人,她在照看炳廷两个多月之后作罢。无论哪个保姆,都给我带来很大帮助,对她们,我奉上善良和真诚,带给他们愉悦和必需的法律常识。我的家成了她们的轻松驿站,而炳廷也在几个阿姨、奶奶的照看下渐渐长大,一晃就快一周岁了。我不愿再通过登报找远处的保姆,于是找到了邻居刘姨,每天我就把孩子送到她家。刘姨是个快性人,家里很富裕,老两口儿特别喜欢孩子,看我有这个难处,想帮我。她调着样儿给孩子做吃的,叔叔爱下棋,炳廷受到熏陶也喜欢摆弄棋子,叔叔还常带炳廷乘坐 11 路公交车环城兜风,让孩子视野更开阔。这样过了三个多月,刘姨因患高血压不能再看孩子了。我在居委会的帮助下,又找到了赵姨。她成了照看炳廷的第9个保姆。赵姨曾经当过民办教师,懂儿童教育。她家里挂着很多教育图片,她还亲手制作教具,让孩子在乐趣中获取知识。在赵姨的精心照料下,炳廷健康成长,一年以后,他上了幼儿园。但是,我还时常带孩子到赵姨家探望,偶尔在那儿吃顿饭,我永远难忘赵姨做的白菜豆腐汤和凉面。每当孩子上火,没有食欲时,我就带他到赵姨家,吃上几顿儿,准好。如今,炳廷离开赵姨家已经两年多了,而赵姨总是不忘在他生日那天送上一个蛋糕,令我十分感动。

我是两个孩子的母亲,自从有了老二炳廷,工作不但

人生感悟

没有受拖累，反而干得更带劲儿。有的同事说："看你天天精神头儿那么足，哪儿像两个孩子的妈妈！"是啊！不是我没有家务事，而是我很幸福，不管出差或是孩子生病，都会有以前的保姆来帮忙，所以很少请假。

　　朋友，当你的婴孩躺在保姆温暖的怀里，稚嫩的小脸被慈爱的目光沐浴时，那便是最柔软的菩提。感谢上苍赐予我这9个保姆，她们是我生活中美好的回忆。我从她们的身上更多地学到善良、勤俭和孝顺。她们是人类美德的传播者，如今我把她们介绍给我的同事，希望把关怀和美好播撒开来，传承下去。

（发表于2008年2月27日《沧州日报》）

走进如水的音乐

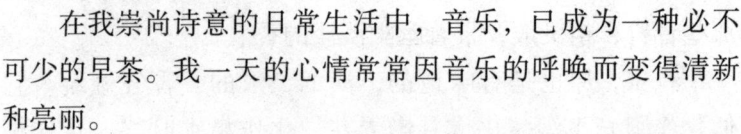

周末的早晨,我把一张音乐光盘放进 DVD 机,沏上一杯龙井茶,便愉快地开始整理房间。

那杯新沏的绿茶,好像是受了音乐的感染,那些在南方的山上曾经舞蹈了一个季节的叶子,虽然深浸水中,却还保持着在野外时的动态。

在我崇尚诗意的日常生活中,音乐,已成为一种必不可少的早茶。我一天的心情常常因音乐的呼唤而变得清新和亮丽。

从诗人维兰德的童话中飞出来的《魔笛》,把我身体里沉睡了一夜的每个部分都一下子激活了——我已走出昨夜的残梦,像一位精神上的行者,走进生命的又一片风景里,一路寻找那些曾经覆盖着我祖先的森林……莫扎特抚摸着巴伐利亚的山水,从他的指缝里天然地流淌出来的音乐,无一不是对大自然的崇拜。在他创作的所有旋律里,能听到高山流水,能感到鸟语花香,能看到美丽牛羊。热爱生活,是他对世界的全部忠告和感叹。他的音乐,是早晨的太阳和野风,是夜晚的月亮和露珠,是山中潺潺的溪水,是水中悠闲的鱼儿……

人生感悟

当听俄罗斯的老歌《山楂树》时,我感到那每一个音符都散发着伏尔加酒迷人的气息。柔柔的女声,伴着怀旧的手风琴,清泉般地流淌下来,又似一排春天的柳,在风里轻拂。淡的忧伤流出来,丝丝缕缕,我仿佛看见一树一树的山楂花,白色的,堆成云,堆成雪。韵律起伏间,流转着浓郁的乌拉尔风情——纯真、优美、浪漫,它所承载的美好信念,如一朵朵山楂花,纯洁、质朴、繁密地开在人们记忆的枝头……

陈悦的《乱红》,用钢琴作背景,一支笛吹得花落成河。箫是我所喜爱的,但听多了,太幽怨。而笛多了几分灵动,忧而不怨,愁而不哀,是轻灵灵的小粉蝶,飞在广袤的天地间。钢琴铺就的底子,更像一匹纯白的锦缎,抖洒开来,在太阳下,或在如银的满月下,闪着水光粼粼。那些音符,精灵般,带着幽幽淡淡的香。

音乐,原也是有味道的,淡的,浓的,香气缠绕。它们化作阳光飞泻,化作月影弄花,化作泉水叮咚,化作蜻蜓追逐。人世间还要多少的好?良辰美景,花好月圆,是最最祈盼的了。坐在这间充满乐声的屋子里,望着这杯被晨光雾化得十分清香的音乐早茶,我仿佛也变成了一叶绿茶,正在接受音乐的浸泡。

音乐如水,清洗灵魂。

(发表于 2008 年 1 月 12 日《沧州晚报》)

那晚的月亮

前不久,我随团到湖南进行了一次红色旅游,先后参观了毛主席故居、刘少奇故居,游览了奇峻迷人的张家界和富有土家族风情的芙蓉镇,让我最难以忘怀的是从芙蓉镇乘车返回宾馆那晚的月亮。

那天正值农历十五。圆圆的满月恰在前方两座山峰的凹处,山峰背后的夜空是墨色的,皎洁的月光给山峰披上一层银色的薄纱,哦,多么美丽的月亮谷啊!

听着车里舒缓的乐曲,望着温柔的月亮,我的思绪开始驰骋……

毛主席、刘少奇等老一辈革命家为了新中国的创立,为了亿万劳动人民的幸福生活,抛头颅,洒热血,矢志不渝,不屈不挠,运筹帷幄,指点江山。而他们也是人之子、人之夫、人之父,与普通人一样拥有亲情、友情、爱情,但他们为了民众的利益,割舍了许多至爱亲情。此时,他们的音容笑貌仿佛就印在月亮上,那么慈祥、那么和蔼……

芙蓉镇那条错落有致的石板街经历了岁月的打磨,繁华依旧,淳朴依旧,胡玉音的悲剧再也不会重演!这里的百姓过着平朴的生活,吊脚楼里传承着一个民族的文化。我仿佛看见土家族小姑娘背着背篓,乘着月光走在干净的青石板街上,屐声清脆,如歌的行板……

这里有一种特产——姜糖,在苦辣中带着些许甘甜,不禁让我想到刘墉笔下的野姜花——那既不如兰花幽奇,又不如昙花惊心的花朵。它生命力极强,即便身处污水,仍能旺盛地生长,且幽香依然。我想起刚做完手术的冯主任,去探望他时,他人虽然清瘦了一些,但依然精神矍铄,嘴角依旧挂着温和的微笑,慈眉善目间蕴含的依然是宽容、厚道,如那姜花,即使叶子破了、卷着,也要展现那美、那绿!此时,我仿佛看见成林的姜花,在月光的映照下,散发着沁沁清香……

车里流淌着钢琴曲《月光》的柔美旋律,曼妙的音符似乎蘸满了清澈的月光,洒进我的心房。看哪!那轮满月正引领着我们,向前,向前……

(发表于2008年2月2日《沧州晚报》)

十七年后的感恩

那是1990年3月4日,警校的最后一个学期,我和同宿舍的小露一同去参观革命圣地——西柏坡。尽管在平山县汽车站,我们就被告知下午没有回石家庄的车,但对西柏坡热烈的向往之心使我们不愿放弃,于是没有多想就乘上了开往西柏坡的汽车。

在西柏坡,当我们刚参观完西柏坡纪念馆,天就开始下起了小雨。灰蒙蒙的天空一如我们灰色的心情,我们这才开始忧虑:如果当天赶不回学校,耽误了第二天早晨出操,会受到怎样的惩罚,同宿舍的姐妹会多么担心,而我们又该到哪里度过这寒冷的雨夜?就在我们一筹莫展之时,广场上驶来了一辆警用面包车。从车上下来两位警察叔叔、一位阿姨、一名司机和三个孩子。当时的我们也穿着警服,我跑上前去询问,得知两位警察叔叔是石家庄市友谊大街派出所的,一位姓李,一位姓焦。我请求他们把我们带回石家庄。两位叔叔爽快地答应了,直到这时我们的心情才好起来。两位叔叔带领我们一起去欣赏岗南水库的千顷碧波,一起爬上一座小山,水边的木船上、山顶的松柏树旁,都留下了我们欢乐的笑声和身影。当我们踏上归途时,天

人生感悟

已放晴。环顾四周,青山绿水,晚霞绚丽,我们的心中也充满了阳光。回到石家庄已是晚上九点多,焦叔叔热情邀请我们到他家共进晚餐,我们就恭敬不如从命。饭后,李叔叔开车将我们送回了警校。

　　事隔17年,想起两位叔叔对我们的帮助,心里总是暖融融的。总想再与叔叔们见上一面,以表达对他们的感激之情。经多方询问,我终于找到了他们的联系方式。8月16日,我去石家庄出差,特意看望了这两位叔叔。那天上午不到11点,焦叔叔就打来电话告诉我,他在省公安厅门口等着,他们已经在"光明渔港"饭店为我们安排了午餐。待我忙完工作,已近12点,省警校崔老师与我一同前往。在饭店门前的广场上,焦叔叔指着台阶上的李叔叔问我:"你还认得出来吗?"李叔叔叉着腰,站在高高的台阶上,阳光正刺眼地照着他。不知怎么,我的眼眶瞬间"涨潮",我原本是来谢恩的呀!这样劳烦两位长辈,我实在不忍。李叔叔连说了两遍:"还是小时候的模样!"我笑,眼里含着泪光地笑,17年前的我已经不小了!可是叔叔仍旧把我当作孩子!当我们走进房间时,崔老师惊讶道:"这么隆重啊!"席间,我们又重温了那次难忘的旅行。李叔叔对崔老师说:"就这么点儿事,这孩子还记着呢,昨天打电话说要来看我们,我特别激动。"我默默地坐着,不知该说什么好。十七年,足以成就一个人的历史,当年跟我们一起爬山的三个小孩,如今两个已参加工作,一个正在读大学,面对脸上刻着岁月的纹理,笑容里写着善良的叔叔们,我的这次感恩,来得太迟太迟了,羞愧和自责噬咬着我的心。而两位叔叔却是那么慈爱和温厚,为了迎接我,在太阳底

与莲花相邻的日子

下等了一个多小时，如此令人感动的见面，是我没有料到的。

在回沧州途中，我心中生出许多感慨。感恩是对自己的慰藉，表达的是珍惜和尊重。学会感恩，不是去效仿精彩纷呈的感恩话语，而是学会在匆忙的人生路上驻足回首，学会积蓄生命中爱的能量，学会时刻提醒自己与世界的真实联系。也许是在商业社会生活久了，很多人早就习惯一事当前，立刻把投入与产出算得清清楚楚，明明白白，这样的习惯方式其实使人很难再享受到感恩之余生活的种种快乐和体贴。

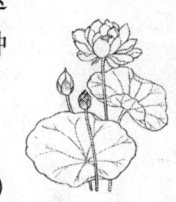

（发表于 2007 年 10 月 16 日《沧州晚报》）

来自上海的感动

近日，我带着上中学的儿子扬扬和他的同学小崔到上海出游，我们在天津机场乘上飞机，开始了上海之旅。

本打算住到招待所，然后让朋友的儿子天卓帮忙设计一个出行计划。不想一见面天卓就热情迎上，带我们到他租用的华东师大宿舍住下，为我们节省了一笔不小的费用，还将事先准备好的一个上海本地手机卡给我换上，这样我打电话更方便、更节省，如此细致的考虑，令我十分感动。

天卓在上海已经打拼了几年，业绩卓著。接下来的几天里，天卓带我们去吃晚饭，去欣赏上海的夜景，去感受上海大学校园的学习氛围。每次，他都欣然付费，说我们是客，不让我们花钱。在他的精心安排下，我们品尝了上海小吃、香港冷饮，领略了风格各异的建筑艺术及人文环境，更感受到了天卓亲人般的关怀与照顾。每晚回到住处，天卓还给两个孩子讲述他求学、求职以及生活的经历，孩子们听后兴奋不已，发奋读书的紧迫感倍增。

在上海，我们出门多乘坐出租车。有一次，遇到的司机是个新手，因对路线不熟悉，转了很长时间也没有找到目的地，最后，司机再三向我们道歉，并表示不收取任何费用,让我们另外打车去。这使我不禁想到很多旅客在外地乘坐出租车的遭遇:出租车拉外地客,故意多绕圈子,以收取更多的费用。两种做法,两种人格,让我不禁对那位司机师傅心生敬意。

让我们感动的不仅仅是上海的出租车服务,在那里,即使偏僻小路口的交通秩序,行人遵守得也很好,没有人不按指示灯穿越人行横道线。有一天,仓促中,我闯了红灯,望着如潮的车流,我惊慌失措,进退两难,天卓上前告诉我:"别害怕,这里车让人。"好一个"车让人"!一个城市对人的关怀凸显,也让我万分感动。想起自己所在的城市,有时,司机在出现险情时,冲着窗外的行人大吼:"找死啊!"这种极刺耳、极不文明的语言,让人听了很不舒服。

一天傍晚,我们正在南京路步行街走着,忽然飘来悠扬的乐声,原以为是某家商店传出,仔细寻找才发现在临街一家商厦的二楼阳台上,一位带着黑色礼帽的老者正潇洒地吹着萨克斯,旁边还有钢琴伴奏,行人纷纷驻足观望,其中不乏金发碧眼的老外也停下脚步,认真欣赏。一曲《回家》,又一曲《茉莉花》,让人们感到生活的美好与温馨,相信如此曼妙的音乐一定会浸润人们的心灵,让人们更有信心去创造美好、打造和谐。

曾经有人问台湾女作家龙应台:"如果被带到一个陌生的国度,如何分辨它是否发达?"她答:"一场雨足矣——最好来一场倾盆大雨,足足下它三个小时。如果撑着伞溜达了一阵,发觉裤脚虽湿却不肮脏,交通虽慢却不堵塞,街道虽滑却不积水,这大概就是个先进国家。"妙哉斯言!

细节是最坚硬的。当你踏入一座城市,当你拨打 110,警察能够在 10 分钟内气喘吁吁赶到你的面前,说明这个城市的公共部门是高效的、负责的;当你站在马路的红灯路口,发现市民都不越雷池一步,说明这个城市公共管理是有效的,市民是文明的。

作为一个城市的公民,只靠法律来约束行为举止是远远不够的,真正的进步更要靠人们自身素质的提高。正如中央电视台播放的公益广告中所说:"其实,文明离我们很近,文明,就在我们心中",只要大家关注细节,从一点一滴做起,我们的城市就一定会变得更加美好!

在回程的火车上,我问儿子:"你将来也会像天卓舅舅那样待人吗?""会的!"孩子干脆地回答。回想几天的经历,我给天卓发了一条短信:"你对生活的热爱、对知识的渴求以及上海的文明和人文关怀深深地打动了我们,这便是此行最大的意义。"

感动是一种支撑,感动更是一种力量,它鼓舞着我善良、真诚、文明地前行,为了我所生活的城市和这里的人们!

(发表于 2008 年第 1 期《燕赵警视》)

岁月如歌

从警十多年来,每每看到反映公安题材的影视剧,抑或听到哪个刑警队又破了什么案子,哪个民警的事迹如何突出、感人,都不禁引发一阵感慨,回想走过的道路,每一个脚印似乎都在诉说:岁月如歌……

忘不了,清晨,嘹亮的起床号响过之后,操场上英姿飒爽的警校生笔直地挺立在风中,那庄严的神情、自信的目光似乎正在高唱着:"金色盾牌,热血铸就,危难之处显身手,为了母亲的微笑,为了大地的丰收,峥嵘岁月何惧风流……"

忘不了,无论严寒,无论酷暑,那些矗立在岗台上、马路边执勤的交警,巡逻的巡警和走千家访万户的治安警,日夜奋战在打击犯罪、保护人民最前沿的刑警……他们的身影"陪着日出,陪着日落","披着星光,浴着晨露",他们用实际行动践行着《人民警察之歌》中许下的诺言:"我们守卫着祖国的尊严,全心全意为人民服务!"

忘不了,被绑架儿童的父母亲见到久别的儿子,一家人与民警相拥而泣的激动时刻;忘不了,大雾天发生的几乎没有任何侦查线索的凶杀案,被刑警们奋战几个月最终告破，凶手被抓获，死者的亲属们到公安局跪倒了一院子，泪流满面地磕头致谢的场景；忘不了，我们的刑警因连日破案的疲劳、过度饥饿失去知觉，竟然从楼梯上一头栽下去，被送往医院缝了五六针，而他仍然无怨无悔，不等伤口消肿就又投入了新的战斗；忘不了，我们的刑警面对敌人顶在胸膛的枪口，毫不畏惧、机智勇敢地擒获罪犯的生与死、正与邪较量的瞬间……忘不了，忘不了，多少个忘不了，他们用青春和热血在唱着那首高亢激昂的歌："男儿绝不退让，做一回生死较量，众任由谁来担当，就是现在，就是我们，挺身而上……"

　　1990年我警校毕业参加工作以来，一直爱好采写公安信息、公安新闻宣传报道，我与他人合写的广播通讯《热血铸警魂》，还获得了河北省首届"严打"好新闻二等奖。有一次，去泊头采写侦破通讯《八千里路擒逃犯》，我把生病的孩子送到保姆家，就赶往泊头市公安局采访。一路上，汽车在下过雨的坑坑洼洼的小马路上跑，溅起的泥水时常甩打到车窗玻璃上……当这篇反映派出所所长带病奔赴中朝边界——吉林省图们市抓获在逃两年多的绑架杀害儿童案犯的通讯被电波传送出来时，守在收音机旁的我不禁热泪盈眶，我被那患严重冠心病，在追逃途中用了四次急救药的所长和他的战友们的事迹深深地感动着，同时似乎也被我自己感动了。一次，我替到外地出差办案已半个月的同事去学校接他10岁的女儿岩岩。老师跟我说，岩岩最近上课老走神，答非所问。老师在课堂上追问原因时，岩岩竟忍不住哭了起来："我想爸爸……"

　　哦，太多太多的故事，每当站在台上演讲，每当在夜深人静时"爬格子",我都时常感动得流泪。关于他们,警察,让性别渐渐淡化了,一切浪漫和潇洒只属于影视中的科技和蒙太奇,默默地奉献,是警察的天职。于是,有关警察的故事,总是千篇一律。惊心动魄的一幕,也是司空见惯的一幕,与其相关联的数据,也是耳熟能详的数据,在对敌斗争的前沿,全国的公安民警平均每天有一人英勇捐躯,平均每小时有一人光荣负伤……人们在翻尽生活这部大辞典之后,似乎一次次沉思:对英雄的人生解读,真正需要以鲜血和生命诠释的,只是"天职"二字。

尽天职是一种生命的常态,是可亲可敬的平凡人的自我提升,是对凛然正气与奉献精神的一种伟大实践。读冯梦龙的"男儿不展风云志,空负天生八尺躯",远没有读身边的英雄更感到自豪和震撼。所以,尽管过去的日子里,有不被理解的委屈,有泪水、汗水,但我们会把所有的艰难、困苦当成一首动人的歌,我们会一如既往地用"天职"二字编织那所有的日子,勇敢地走向未来!

(发表于2003年第1期《燕赵警视》)

思念大海

早上醒来,发现自己眼角的泪痕,才知是梦里留下的。昨晚,我又梦见海了。

结识海是在青岛,那个美丽、洁净的海滨城市是我的第二故乡。在我11岁那年,父亲被调回青岛原单位工作,直到退休前,一直与我们过着两地分居的生活。那时,每当父亲回来,我都要兴奋好几天,听着父亲对大海的形容,我愈发想念大海,想念大海与想念父亲交融在一起,常常攫占着我的心灵。终于,在14岁时,我见到了大海。远远望去,阳光下,大海像一面银色的镜子,熠熠闪光。站在海边,我顿时惊呆了:世界上竟有这样一种奇伟的自然力。看着一望无垠的大海,觉得自己太渺小了,"要学习大海这种宽广的胸怀!"父亲语重心长地说。

17岁的夏天,我又来到海边,身穿洁白的幸子裙,海风吹拂着我的头发,胸中鼓胀着清新和欢畅。正值涨潮,"啪!"一个大浪打过来,站在礁石上的我从头到脚都被打湿了,我惊喜地叫了一声"啊——",无比的激动和喜悦跟随着那浪花飞向空中……

22岁的初夏,我再次来到故乡,身着橄榄绿警装,带着深深的思念,来到八大关花石楼下那片静谧的海边。眼前的大海,宁静而舒缓,海面如深蓝的绸缎,在微咸的海风中漾起层层细细的褶皱。望着静静的海面,我伸展着自己的思绪:在花石楼居住过的历史名人,曾经以怎样的胸怀和哲思眺望这一片海,这片海域曾经上演过怎样的波澜壮阔,而当个人的历史与社会发展的历史融为一体,个人的喜怒哀乐该跳动怎样的音符?继而,我想到自己,想到警校生活,想到背负的深深的爱,这片安静的大海犹如优雅的钢琴键盘,它奏出的温柔旋律,漫过我的无奈和愁绪,使我在那个早晨收获了很多感悟。

34岁时,我见到了海南的大海,亚龙湾的海面象最蓝最蓝的矢车菊花瓣,晶莹剔透,透过水面像透过空气一样,一切都历历在目。当我换上潜水衣,背着沉重的氧气瓶,在引导员的带领下,一步步走向海的深处时,我不断地告诉自己,别人能做到的我也一定能做到,最终,我战胜了胆怯,顺利地潜到水下9米多深的海底,与绚丽多姿的鱼儿有了短暂的亲密接触,那奇异的景色给我留下很深很深的印象。

作家冰心说:"大海是神秘而有容,温柔而沉静,威严而超绝的。"在我成长的路途中,大海一次又一次给我以启迪,给我以鼓舞和力量,使我一次又一次冲破迷雾和逆境,走向成功,实现梦想。

灯下,我和孩子一起朗读王家新的诗,当读到:"我又一次次鼓起信心向前走去,因为我听到海依然在远方为我喧腾——那雪白的海潮啊,夜夜奔来,一次次漫湿了我枯干的心灵"时，瞬间，眼里噙满了泪水，我思念大海，常常梦见海。多少年了，大海在我内心的深处，大海是我的情人！

（发表于2007年9月15日《沧州晚报》）

与莲花相邻的日子

新年的泪花

年终岁尾,再过几天就要跨入 30 岁行列的我,回首过来的一年,不知怎么眼里竟禁不住盈满了泪花……

记得去年 2 月 8 日,农历腊月十九,医生诊断我患了心肌炎,要求住院治疗,于是我和患肺炎的两周岁零两个月的孩子在同一家医院输液。每天上午我先到儿科病房等医生给孩子扎上针,自己再回到内科病房输液。同事们来看我,都忠告我:"以后干工作别那么卖命,你看你整天走路都是一溜小跑儿。"

过了年上班,在单位我仍然是一溜小跑儿,仍然是常常连去厕所都顾不上,孩子也总是晚上七八点钟才接。有一次,我与沧州电台新闻部杨主任、李云飞到泊头采访"严打"中的公安民警,回来后,我赶写通讯《八千里路擒逃犯》。晚上 23 时,孩子刚睡着,我就铺开稿纸,写到凌晨两点,写不下去了,白天采访时间短,有的情况还不详细。我再到泊头去一趟!早晨,我丈夫给找了辆车,可是孩子又病了,我抱着儿子去医院打了针,再将孩子送到保姆家,然后就去了泊头。汽车在下过雨的坑坑洼洼的小马路上跑,泥水时常溅起……

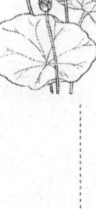

人生感悟

在冒着小雨往回赶的路上,坐在颠簸的车里,我困倦极了,忽然想起早晨忘了把孩子吃的药给保姆送去。回到家中,天快黑了。我又抱着孩子到医院打了针。

晚上一个通宵下来,我的稿子出来了。一天以后,当这篇《八千里路擒逃犯》在沧州广播电台"渤海晨风"节目被主持人用抑扬顿挫的声音播出时,我内心的激动难以言表。

总结一年的收获,我感到很欣慰。我想:生命的价值正是在其奋斗的过程中形成的,我赞颂生命的美丽,更欣赏生命之旅的艰辛。新年将至,我为自己没有虚度年华而眼里盈满了泪花。

我想,一定有很多很多的朋友如我一样视艰苦为快乐,视奋斗为享受,无怨无悔地工作着、生活着,他们也一定含着激动的泪花,迎接1997新的阳光!

(发表于1997年1月23日《沧州日报》)

"师"情画意

人的一生会有很多令人感动的瞬间，或者是因为血浓于水的亲情，或者是因为诚挚的友情，或者是因为珍贵的师情。2001年夏天，我亲眼目睹了一个美好的瞬间，那一展示师生情谊的动作永远地定格在我的记忆中。

那是一个充满希望和憧憬的夏日，我和儿子扬扬一人背着一个画夹，到青少年宫学工笔画。教画画的王老师是一个面带笑容、很有耐心的年轻男士。当我们进到教室时，同学们大多已展开画板，正按照规程一步步操作：先用毛笔蘸水把宣纸刷湿，再用胶水将宣纸的边粘到画板上。今天要画的是兰花，老师已经提前给同学们勾出铅笔稿。入座后，我和扬扬尽快地往前赶进度，大家都在认真地画着，没有一个人说话。王老师在课桌间穿行，时而伏下身给学生轻声指导。突然，我听见扬扬尖叫了一声，转头向他看时，就见他用手捂住右眼，我忙起身走过去，这时王老师也快步过来。原来是扬扬在拧开新胶水瓶时，瓶内的压力过大，一股胶水正喷到孩子眼睛里。我的脑子里霎时一片空白，继而大脑迅速地进行着推理、判断，我想到了硫酸，进到孩子眼睛里的不是硫酸，那么胶水的化学成分是什么，会不会伤害孩子的眼睛？还没等我想清楚，王老师的一个动作让我震惊了。他俯下身，双手抱着孩子的头，快速地将嘴凑到孩子的脸旁，伸出舌头去舔孩子眼里的胶水，然后拉起孩子的手跑出教室，跑到洗手间，拧开水龙头，用水冲洗孩子的眼睛。

我跟着跑过去，满怀感激地看着老师做这一切，他没有丝毫的做作，整个过程是那么顺畅，而我是孩子的母亲，我为什么就没想到那样去做？胶水的味道一定很不好，而王老师却好像比我这个母亲更加疼爱孩子，可见他对学生有多么深厚的感情。一个平凡的动作只要倾注了对生命的热爱，便可以伟大并且会塑为永恒！

那天，孩子画得特别好。朵朵兰花绽放在画板上，那么美丽多姿，那么淡雅高洁，正象征着优秀教师高贵的品格。如此的师情画意一定会珍藏在孩子的心里，永远盛开着那份美好……

（发表于2007年6月30日《沧州晚报》）

战友 请爱惜自己的身体

近日,惊闻两名正值青壮年的民警相继因病去世,心情十分沉痛。他们的年龄分别是40岁和48岁。尽管我与他们并不相识,但面对两条生命的逝去,除了一般人所感到的惋惜、悲痛之外,我还特别地心痛,因为他们是我的战友!

从警多年来,我时常被战友们的事迹感动得流泪。忘不了,被绑架儿童的父母见到被解救回来的孩子,一家人与民警相拥而泣的激动时刻;忘不了,我们的巡警奋不顾身解救了被挟持的人质,抓获了歹徒,自己却鼻梁被砍断,血流满面;忘不了,我们的刑警被犯罪嫌疑人用镐把打中头部和肩膀,却顽强地将其抓获;忘不了,无论严寒酷暑、风霜雨雪,那些站立在岗台上、马路边执勤的交警;忘不了,走千家访万户的治安警、嘘寒问暖接待群众的户籍警……

我是负责公安民警优抚工作的。近几年,每每遇到各县、市、区公安局报告民警伤亡情况,我的心都会感到沉重。2006年,沧州市公安系统有6名民警因公负伤,其中一人重伤;8名在职民警病故,其中最年轻的年仅45岁。

人生感悟

从市区公安机关民警体检情况看,民警的健康状况不容乐观,身体各项健康指标完全合格的还不到40%,患高血压、高血脂、脂肪肝、糖尿病和关节疾病的比例较高,基层民警发病率所占比例普遍较高,患高血压、颈椎病的出现低龄化趋势,公安民警已成为患病"高发人群"。出现这些现象,与民警节假日得不到休息,长期超负荷工作,生活无规律,精神压力过大以及从优待警的一些保障措施落实不到位有关。

根据多年的工作经验,我想在这里提醒广大战友,在工作之余要关注自己的身体,养成良好的生活习惯。近年来,饮酒、吸烟已经成为破坏民警身体健康的主要问题。不良生活习惯容易导致肝病、高血压、心脏病等的发生。由于公安工作的不规律性,很多民警饥一顿、饱一顿,饮食结构也不合理,对健康十分不利。很多民警喜欢吃的食物中含脂肪太高,含维生素和纤维素少,这就容易导致血脂高,造成血管壁增厚,弹性减小,可以引起动脉硬化。此外,大多数民警缺乏运动,出门就乘车,很少步行。其实走路是最好的健身方法之一。

除了生理方面的问题,心理健康也是一个不容忽视的问题。有人预言:心理疾病是21世纪的"流行病"。公安工作经常要面对很多平常人所见不到的场面,要面对很多假、恶、丑的负面信息,很容易造成心理疾病。保持良好的精神状态是时代的要求,对身体健康也至关重要。这就需要我们重视心理健康,不断加强自身的思想道德修养和知识素养,培养"慎独"精神,养成冷静思考的习惯,学会自我分析、自我反省、自我激励,还要善于倾诉和宣泄,将心中的负面信息删除。

无论谁也无权漠视白发父母、年轻妻子以及幼小儿女的永久期盼。战友们啊,为了更好地工作,为了你与家人的幸福,为了亲人、朋友的关怀,请你们爱惜自己的身体!

(发表于2007年第10期《燕赵警视》)

人生感悟

感谢父亲

父亲今年 70 岁了,很瘦,耳朵稍有些背,腰杆挺得很直,精神很好,给人不服老的印象。

父亲的确不服老,每日仍不停地劳作。仅去年一年,他就做了三件家具:两件橱子、一张床。他还经常为邻居修理家电。

父亲手特别巧,80 年代,父亲制作了我们家的第一台电视机。那时,我们所在的那条胡同还没有人家拥有电视机,我们甭提多高兴了!一次,父亲出差买来许多布条。之所以称它们为布条,是因为它们实在太窄了,也就十几厘米宽,是带条纹的。父亲先是将这些布条按照条纹的规律接起来,接成整片布后,又按照裁剪书剪裁。就这样,父亲用了三天三夜,为我制成了一件新款的上衣。我穿上它,高兴极了。老师问我"从哪儿买的",当我撩开衣襟,老师看到里面满是接头的时候,很为父亲的爱心和巧手惊叹。那件衣服是我少年时最喜欢、最引以为自豪的衣服。这种自豪在我和妹妹、表妹身上依次传递着,直到它被穿破才"下岗"。父亲还教母亲织毛袜子、毛手套和毛衣。

父亲修理家用电器的工具、电子设备很多。上高中时,物理老师讲电学,我可以在家里用父亲的维修工具、电子元件再复习一遍,为此,班上的几个女同学很羡慕我。

建筑的活儿,父亲也行,我们家的小房、院墙都是父亲带领我和弟弟、妹妹完成的。有一次,他用捡来的砖头砌院子里的路。他带我们一边干活一边背诵毛主席的《沁园春·雪》,记得我为此还写过一篇散文——《筑路》。

父亲是个有涵养的人,爱思考,总给我们讲一些人生的道理。上星期我去看他,他对我说:"放风筝时,手里牵着根线,约束它,是为了让它飞得更高。教育孩子也是如此,没有规矩不行。"临走,父亲不忘嘱咐我:"天冷,多穿点儿。干工作别太急,注意身体。"倏然,我的眼睛湿润了。

最近这两年,我在工作上取得了一些成绩,这与父亲的鼓励和指引是分不开的,因此,我要说——感谢父亲!

感谢父亲,您让我懂得了自立、自强;感谢父亲,您让我懂得了与人为善;感谢父亲,您让我懂得了勤劳、俭朴;感谢父亲,您让我懂得了要乐于助人;感谢父亲,您让我懂得了在逆境中不屈不挠、乐观向上;感谢父亲,您让我懂得了人要学会终生学习,与时俱进!

(发表于2007年1月20日《沧州晚报》)

难忘那夜生日烛光

　　我的22岁生日是在实习单位——石家庄市裕华路派出所度过的。那天,室外暴风骤雨,而派出所二楼会议室里,气氛却是温馨而热烈,那夜的生日烛光令我终生难忘……

　　1990年5月2日,我和其他九名警校毕业生被安排到裕华路派出所实习。在那里,无论是所领导,还是一般民警,对我们都关爱有加,认真传授我们公安工作的实践经验和技能。我们也乐此不疲,无论白天工作多么忙碌,也无论夜晚熬到多晚,都毫无怨言,我们体会着刚刚走上公安战线的新鲜感和责任感。

　　5月29日,中午吃饭时,同学娟儿无意中说:"今天是你的生日。"谁知,被一起吃饭的民警魏哥听见了,并转告了所长何梦涛。下午4点多,所长对我和其他同学说,晚上大家共同会餐,为我庆祝生日,这个消息对我来说真是意外的惊喜。

　　我们警校的校长就住在派出所对过,他时常携妻子来看望我们。不知谁向校长泄露了我过生日的消息,下午,校长和妻子一起来到所里,送来了午餐肉、饮料和水果。魏哥提来了啤酒,同学静儿出去拎来一个蛋糕。快下班时,我内心充溢着从未有过的喜悦,期待着晚餐的开始。

将近晚上6点,天空突然阴云密布,越来越黑,不一会儿,狂风大作,闪电雷鸣,瞬间,暴雨倾盆而下。

在二楼会议室里,十几名同事和我们这些实习生一起围坐在沙发上等待着生日晚宴的开始。随着所长宣布:"生日晚宴开始!"会议室里顿时热闹起来。

酒过三巡,所长举着酒杯,满怀深情地叮嘱我们:"做一名人民警察应该有光荣感、责任感和使命感,应当甘于奉献,把打击犯罪、保护人民、为民服务当成自己的天职……"我们被所长真挚的话语所感染,一个个神情都变得凝重起来。

窗外是瓢泼大雨,室内却是笑语盈盈。大家推杯换盏,没过多长时间,啤酒全都喝完了。是切蛋糕的时候了,同学们把灯拉灭,点燃了22根蜡烛,烛光映照着一张张充满激情的脸,大家一同为我唱起《生日歌》。刹那间,我感觉整个人被幸福包围了,眼角不觉淌下两行热泪。接下来的时间,生日晚宴变成了联欢会,有唱歌的、吟诗的,还有吹口技的,我也朗诵了一首赞颂警察的诗,屋内的欢笑声早已淹没了窗外的风声和雨声……

岁月荏苒,一晃17年过去了,我至今难忘在裕华路派出所度过的22岁生日,我会永远铭记警察的天职,我会永远想念那些可敬可爱的人们,祝福他们!

(发表于2007年6月23日《沧州晚报》)

哦 这片深情的橄榄林

还记得在警校集合时,随着嘹亮的号声,一队队着装整齐的学员出列在操场上,个个精神抖擞,目光庄重,那一刻,我想,这是一片多么深情的橄榄林啊!

工作几年来,太多太多的故事令我泪眼蒙胧,我时常被我的战友们深深地感动着……

郊区公安分局副局长时长增,出差到外地办案,一走就是半个月。他女儿时岩,10岁。一天,老师在课堂上提问,她答非所问。老师追问:"为什么最近上课总是注意力不集中,作业总出错?"时岩委屈地说:"我想爸爸。"说着,抽搭起来,泪水浸湿了小脸……

到山东追缴赃款,途经泰山和曲阜,但那美丽的景色牵不动他的心。他追回了万元巨款,而他三天两夜只吃了三个鸡蛋。他,就是新华公安分局站前治安派出所指导员铁忠华。

1991年7月20日上午,某村发生一起特大杀人案,杀人犯高某某(已枪决)手持一把匕首藏在屋内,屋子所有的门窗都被栓上了,门外一男一女两具尸体倒在血泊中。情况紧急,犯罪分子随时都有孤注一掷、铤而走险的可能。

闻讯赶到的泊头市公安局刑警张猛绰起一根木棍,独身一人踹开门冲进去,面对瞪着血红眼睛、挥舞着刀子向他扑来的犯罪分子,张猛丝毫也不畏惧,与高某某周旋了几个回合之后,打掉了高某某手中的匕首,制服了犯罪分子,使犯罪分子得到了应有的惩治,保护了围观群众的生命安全。

…………

除夕之夜,热腾腾的团圆饺子前没有他,他正守卫着千家万户的平安和幸福;中秋之夜,圆圆的月饼桌前没有他,他正远在异乡,耐心细致地搜寻着逃犯的踪影……关于他们,一切浪漫和潇洒只属于影视中的科技和蒙太奇,默默地奉献,才是橄榄绿难以割舍的使命。

人民警察,共和国的卫士,人民的保护神,进到这个橄榄绿色的队伍中来,他们无悔!终生奋斗于公安事业,他们衷情!

哦,这片深情的橄榄林……

(发表于 1996 年 6 月 28 日《沧州晚报》,时长增同志现任沧州市公安局党委委员、副局长,铁忠华同志现任沧州市公安交警支队三大队大队长,张猛同志现已退休)

与莲花相邻的日子

1990年夏天,警校毕业前,我到保定看望实习的同学,住在同学所在的单位——永华中路派出所。派出所院内有一扇低矮的小门通往"古莲花池"。在那里度过的与莲花相邻的短暂时光,令我至今难忘。

永华中路派出所位于直隶总督府对面的胡同里,而建于公元1181年的钟楼就坐落在总督府不远处。每天清晨六点,我都在钟楼洪亮、悠长的钟声中醒来,睁开惺忪的睡眼,听着那古朴、厚重的声音,真切地感受到文化古城的古典韵味。休憩时,几个同学由派出所小门进到"莲池"里,赏荷花、赏书法、赏盆景,那种惬意、释然、恍如隔世的感觉,令人陶醉、流连忘返,尤其那满池的莲花最是打动我的心灵。

正值莲花盛开之时,微风拂煦,香气四溢,宛如一幅摇红、涤翠、蜿带、霞衣交相辉映的美妙画图。层层密密的荷叶,象一把把绿伞撑在水面上。荷荫下面,红彤彤的锦鲤,悠闲地游来游去。清晨,每张荷叶的中心,都有一颗硕大滚圆、晶莹剔透的露珠,随着风吹荷动滚来滚去,动作稍大一点儿,就滚到了水中,引得鱼儿前来争抢嬉戏,水面荡起圈圈涟漪,煞是逗人喜爱。一枝枝嫩叶、一朵朵荷花、一个个莲蓬,在荷叶的缝隙中亭亭玉立,晨雾如薄纱般笼罩在池塘上,真似仙境一般美妙。

　　一天清晨,我们五六个同学到"莲池"里转,那时还没有游客,"莲池"内格外清静。伫立在那满塘的荷花边,我们被那种超凡脱俗的美所震撼!忽然,亚东说:"你们屏住气仔细听,能听到生长和开花的声音!"于是,大家认真地做出倾听的姿势,那番耐心和关爱,仿佛是在守护睡梦中的婴孩。

　　一天晚上,我们在"莲池"的"红枣坡"乘凉,那里有一小片竹林。我们坐在几块大石头上聊天,说白天抓获的女扒手,说刚解决的一起邻里纠纷,说这"莲池"里曾经发生的事件和典故,谈笑间不觉已近深夜。文娟和秉韬一人一句吟诵着清乾隆年间直隶按察使方观承的诗:"宸章阁下黄联屋,太保峰前映绿苔。曾是芳辰趋走地,隔帘犹透御香来。"我们就在这充满诗意的幽静中返回派出所休息。

人生感悟

　　雨中赏荷花,也是很美的。在一个下着小雨的中午,我独自一人走进"莲池"。雨丝轻轻敲打着荷叶与莲花,荷枝摇曳,薄雾环绕,岸上柳丝袅袅娜娜,婆娑涟漪的池塘和繁茂莲花交织成画,交织成诗。真是"宜晴宜雨堪临赏,轻暖轻寒足溯洄。宴罢不知游上谷,几疑城市有蓬莱。"

　　我喜爱莲花,更多的是因为它的人文效应。古诗中仅咏荷的就有400多首,更有"粉光花色叶中开,荷气香衣水上来"的雅句。我最爱它"出淤泥而不染,濯青莲而不妖"的君子气概和情操。

47

时至今日,我还时常怀想在永华中路派出所度过的那些与莲花相邻的日子。那短暂的时光,丰富了我的阅历,净化了我的心灵,也让我有了更多的思考:历史与现实,警察与社会。作为人民警察,只有尽职尽责,才能切实有效地去构建和谐社会,才能让游览有七百多年历史的"古莲花池"的人们感到更幸福、更愉悦!

(发表于2007年7月28日《沧州晚报》)

与莲花相邻的日子

花　韵

我本是个对花不屑一顾的粗线条的女孩子，但日前到济南游览了植物园花卉室后，我变得喜欢花了。

在植物园花卉温室，花木葳蕤，绿色的枝蔓间掩映着探头探脑的花朵，有素淡的白，有浪漫的紫，有热烈的橙。我被这壮丽和淳朴感动了，仿佛喜遇知音，脑际也就闪过席慕蓉的言语："我每次走过一株开花的树，都不得不惊讶与屏息于生命的美丽。"

在一大片仙人掌科植物旁，我弯下腰，仔细地观察那玲珑动人的仙人球顶上的小小花朵。真惊叹这造物的神奇，浑身是刺的仙人掌却擎着淡红的、娇白的、晕黄的小花朵，生命的创造力是多么伟大！

但是，生命的诞生和成长不知要经历多少痛苦，经受多少风雨、锤炼，背负多少深沉的爱，生命的价值正是在其奋斗的过程中形成的。我既赞颂生命的美丽，也欣赏生命之旅的艰辛。

花是美丽的，而创造这美丽的人是最美的。

人生感悟

（发表于1993年1月4日《沧州日报》）

无人能独自成功

与莲花相邻的日子

随着联谊会的精彩落幕，我的一颗悬浮的心终于恢复了踏实的跳动。回想一个多月的准备工作，感动于同事之间的默契相助，感慨于困难面前的相濡以沫，因而这样一句话就被我深深地刻在心上："有人能无师自通，无人能独自成功。"

在人生的历程中，小到一次会议、一次比赛的成功举办，大到一个科研项目、一项工程的顺利完成，都离不开众人的支持和帮助。马克思写《资本论》时，恩格斯一直默默支持他。马克思成为资本论奠基人，名扬天下，恩格斯不妒忌，而为他的成绩欢欣鼓舞。世界上备受欢迎的网球运动员阿加西在一次美国网球公开赛上，对球迷们说："谢谢大家！我是站在你们的肩膀上实现了一个又一个梦想。"态度之诚恳，让人为之动容。中国女排是世界上第一个获得"五连冠"的女子排球队。主攻手郎平在被评为全国十佳运动员时说："我每次重扣的成功，无不包含着同伴们的努力，我是代表集体领奖的。"在这些成功人士心中，都有他们最感激的人，是背后一些人默默无闻的付出，让这个世界精彩不断！

大画家丢勒与兄弟艾伯特的故事流传了许多年，可每每再读，还是被这种无私的爱深深地感动。当穷困潦倒的家中只能允许一个人外出学习画画时，艾伯特下矿井了，整整四年，他用自己的收入资助丢勒。成名后的丢勒为了报答哥哥，把兄长那饱经磨难的手画了下来：两手并在一起，细长的手指指向天空，他毫不犹豫地给这幅画取名为《祈求的手》。画一展出，立即轰动了世界，这幅世界著名的杰作永远给世人以启示——无人能独自成功。

　　　　（发表于2009年7月18日《沧州晚报》）

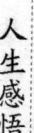

人生感悟

最美丽的女人

著名主持人杨澜曾经问过许多女嘉宾"什么时候最美",得到的回答是不一样的。有人说,是第一次穿上妈妈缝制的礼服;有人说,是第一次听到腹中胎儿的心跳;还有人说,是男友第一次深情地注视自己……在她看来,2000年8月8日,香港阳光卫视开播那天,身穿粉红色中式上装、配着同色长裙,怀有7个月身孕的她是最美的。同样,我一直认为怀孕的女人是最美丽的。

至今,我依然记得当得知自己怀孕时那种难以按捺的喜悦和激动。当第一次感觉到胎动时,当感知到胎儿随着莫扎特的音乐舞蹈时,当身着孕妇装走在夏日的晚霞里时,我都沉浸在莫大的幸福之中。

从十月怀胎到一朝分娩,准妈妈从事的是一项伟大的工程。她仿佛在制作一件绣品,需要300个日日夜夜的精心付出。这其中有不安,有焦虑,有兴奋,更有鼓足勇气后的沉静。母亲这个绣手,一路走来,要历尽艰辛。"上帝不能亲自到每家,于是他创造了母亲。"这是我至今听到过的所有赞美母亲的言辞中最美好、最动听的话。教育学家、社会心理学家王东华说:"推动世界的手是摇摇篮的手。"

可见，母亲是一个重要的岗位，在从事一项伟大的事业。为了成就这一重要的事业，女人经受怎样的痛苦都是值得的，都是令人欣喜的。

记得看过一篇文章《疼痛指数》，文中说："如果说烧伤的疼痛指数是100，那么生孩子的疼痛指数至少有90。可我不疼，因为这一天，我做了妈妈。虽然也流下泪来，但那是至甜美至喜悦的泪水，心头说的都是感谢，浮华云烟，终有一叶可栖身。"母子相依本是一种天性，这种天性起源于孕期母子间的相伴相守，相惜相悦。

怀有如此心境的准妈妈，脸上漾着幸福，能不是最美丽的吗？原来，我们最美的时刻，与平日里费尽心力掏尽钱包所做的种种"美"的努力并没有直接关系。那些努力可以成就我们的肤色、身材、品位，却无法使我们感受到胎儿在母腹中微笑的欣慰与舒展，自然与本真。美丽的极致是忘却自己的时候，怀孕女人的美就在于那是摆脱了任何高矮胖瘦的尺度而发自生命本源的炫目光环。

（发表于2008年9月6日《沧州晚报》）

爱上青花瓷

爱上青花瓷源于家中摆设的瓷器和订阅的《收藏》杂志,更源于周杰伦演唱的《青花瓷》——"素胚勾勒出青花笔锋浓转淡/瓶身描绘的牡丹一如你初妆……色白花青的锦鲤跃然於碗底/临摹宋体落款时却惦记着你……在瓶底书汉隶仿前朝的飘逸/就当我为遇见你伏笔……"隽美的歌词伴着歌者柔情而古朴的唱腔,在古筝和琵琶悠远、温婉的乐曲中飘荡,仿佛为人们呈现出一幅幅动人的泼墨江南山水画,令人生出许多凄美的怀想,婉转成一阵阵深情与柔肠。

翻看《收藏》里的瓷器,最令我难以忘怀的是"青花一束莲纹盘",瓷盘上画的是一束莲,莲花、莲蓬,配以茨菰、红蓼、香蒲等水生植物,用丝带扎在一起。这几种植物各有含义:莲花出淤泥而不染;茨菰,花虽不耀眼,却默默开放,古人寓意它品行端正;红蓼,卧薪尝胆的"薪",说的就是蓼,蓼寓意君子不忘其本;香蒲,嫩的时候可以吃,如果老了,可以用来编席,寓意君子的生活俭朴,所以当时烧造这种盘子暗含"清廉"的意思。

青花瓷以优雅悦目的蓝色,降服了各种层次的审美,在七百多年的历史中独领风骚。青花瓷是古代多民族文化的结晶,它的柔美典雅传承至今,仍然受到人们的喜爱。北京奥运会颁奖礼仪服装女装的设计灵感就取自青花瓷,中国传统乱针绣的运用,形象地再现了青花瓷的晕染效果,温柔委婉、淡雅脱俗。

由此,青花瓷早已不单单是一种瓷器,更是一种艺术、一种境界。我们生在这个世界应该学习更多更深刻的谦卑与感恩。这个世界有这么柔美的颜色,有如此繁茂的生命,使我们虽渺小也是可以具足,虽卑微而不失庄严。

我愿学习青花瓷,收敛自己的美来衬托一切放在瓷器里的颜色,并在这些颜色过后,再恢复自己的青白。就好像生命的历程里,一切生活经验都使它趋向美好,但不沉溺这种美好。我要学习一种光耀包容的态度,来承受喜乐或痛苦的撞击,使最平凡的东西,一放在青花瓷里,都成为宝贵的珍品。

佛教经典常常把人喻成一个"宝瓶"。我们的宝瓶里有着最清明的空性与最柔软的菩提。我不只要学习做青花瓷里的"一束莲",更要学习做宝瓶,即使空无一物,也能在虚空中流动香气,并释放出内在的音乐。我要在人群里有独处的心,在独处时有人群的爱,如青花瓷沉静而内敛,在浮华的人世中,内心保持着深沉的、永远不变的芳香。

(发表于 2009 年第 6 期《燕赵警视》)

醉在亲子合唱团

在阳光明媚的春天里,新华区妇联组织成立了一个亲子合唱团。我和孩子有幸成为合唱团成员,备感快乐。

亲子合唱团里有22个家庭的父母和孩子,每周日上午活动一次。给合唱团上课的是一名中年男音乐老师,他热情、正直,对青少年教育亦十分关注和精通。除了教我们视唱练耳,还和我们一同做音乐游戏,以培养我们的节奏感和音乐素养。他教我们唱《迎春花》,边唱边舞蹈。我们把双手托在两腮旁,身子左右摇摆,继而旋转一周,宛若一朵朵迎春花欣喜地迎接着春天的到来。这个时候,眼角、额头已出现些许皱纹的母亲们,脸上漾着笑容,仿佛又回到了童年。他教我们做《小老鼠上灯台》的游戏,伴着"叽里咕噜叽里咕噜滚下来"的结束语,孩子们的笑声在教室里久久回荡。

唱《纺织姑娘》时,我们仿佛看到年轻美丽的纺织姑娘坐在窗口旁,静静地思忖着什么;唱门德尔松的《春光好》时,我们感受着才华横溢的门德尔松热情、浪漫、清新、明快的心灵世界;唱英国民歌《多年以前》时,我们不禁回想起自己的恋爱季节,在吟唱中品味爱情的醇厚;

唱《我的祖国》时，我们这些"60后"、"70后"都禁不住心潮澎湃，涌起对祖国无限的热爱，"这是英雄的祖国，是我生长的地方，在这片古老的土地上，到处都有青春的力量"。我们感受到日益强大的祖国越来越充满温情，充满阳光，抗洪抢险、抗震救灾、奥运会的成功举办，都让我们更加钟爱自己的祖国。

"阳光想渗透所有的语言，风儿把天下的故事传说，同样的感受，给了我们同样的渴望，同样的欢乐，给了我们同一首歌"，愿音乐的阳光洒进每一个家庭，愿每一个家庭都收获快乐的时光！

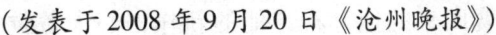

（发表于2008年9月20日《沧州晚报》）

人生感悟

神越涵静气　墨润赋清新

几年前,我和现在中学任教的高级美术教师王永刚结识,很喜欢他的画。他的画由日常生活的细微处入手,给人生动、活泼、朴实的感觉。近日,又见到刚参加全国大赛归来的他,看到他的新作,心中备觉振奋。他的画清寂中散发着激越,苍润中透露出隽秀,与王老师谦和冲淡、沉着厚朴的为人完美地融合在一起。对于画家来说,当创作状态与生活状态实现了统一,才会拥有艺术的真实,当客观的具象与主观的意象达到了一致,才能拥有艺术的高境界。王老师因为自知而大气,因为大气而有才气,画的画才有了清气、静气、雅气、逸气。

艺术创作的素材来源于生活实际,艺术创作又是艺术经验的积累与瞬间迸发,是对艺术灵感的及时捕捉,是心手合一、心物合一的具体体现。王老师的画正是这样,不媚、不浮、质朴、沉静。比如那幅《初雪》,梅竹悬垂而下,两只可爱的小猫凝神仰望,瘦削干枯的枝头竟绽放着秀美的花朵。那些看上去透明的、娇弱无力的淡黄色小花,似乎正散发着高雅的清香,那清香不是静止的,它无声无息地在飞、在流动,像一位神奇的诗人,正幽幽吟哦着一首无形无韵而又无比优美的诗。再比如那幅《醉秋》，层层叠叠爬墙虎枝蔓下，两只小狗憨态可掬、睡意蒙胧。秋天已至，那些曾经葱绿了一个夏季又红遍了初秋的叶子大多已经飘落，只剩下几片挂在枝头，依然展现着它的美，旁边的枝丫间点染着些许红色的点点，仿佛画家不经意间洒落的水滴，其实是有意而为之，蕴涵着爬墙虎曾经的葳蕤。整个画面给人一种视野，是洗尽铅华之后的视野，带给人一种启示：不以物喜，不以己悲，临世事而不惊，处方舟而不躁，喜迎阴晴圆缺，笑傲风霜雨雪，这样的人生才更有意义。

　　王老师的国画在沉静之中彰显着拙朴之意，出于笔锋而源于心地。看他的画如同在充盈着泥土气息的乡间宅院旁赏花观物，怡然自得。他在创作过程中，心中淡然而少有妄念，专心执著于砚池墨色，作品意象间洋溢着从容淡定，清与静、淡与雅、朴与真，融于画中，留在心中。

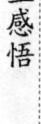

（发表于2008年第12期《河北画报》）

感恩的心

冬日的傍晚,我带刚放学的儿子直奔华北商厦,打算买一个水琴,增加家中室内空气湿度。

华北商厦三楼,大大小小、各式各样的水琴摆放在一起,流水淙淙,叮咚作响,我牵着孩子的手浏览着这一处处造型别致的"风景"。终于,我驻足在一个荷叶形状的水琴前面,一边欣赏,一边向女营业员咨询着。

突然,"哗啦"一声,我下意识地转身去看,脑袋立时懵了,只见儿子正蹲在地上,旁边,巨大的黄玉龙船上挂着的一条玉石链子碎成了七八截。这条玉石雕成的船价格一定不菲,我要赔多少钱,几千还是几万?

我蹲下,大声斥责孩子,儿子吓哭了。这时,一些营业员和几个顾客围过来,劝我别再呵斥孩子了。女营业员温和地对我说:"别着急,你不用赔钱,我们让厂家重新做一条就行了。"闻听此言,我不知怎的流泪了,是感激的泪水,感谢一个母亲对母亲的理解。这条玉石链子的价值可以用金钱来衡量,但人与人之间的关怀与理解是无价的!营业员给我把水琴包好,我牵着儿子的手,怀着感激离开了。

后来的几天里,女营业员温和的话语总在我耳边响起,这让我一次又一次地想起曾经帮助和关心过我的每一个人。他们普通的身影出没在我的视线里,他们的精神沉淀在我的心灵里。是他们让我感觉到这个平凡的世界是那么可爱、那么默契,他们对自己的施予或许一无所知,但正因不知而显得更加质朴,我因感知而更觉幸福。此时,我的耳边响起那首《感恩的心》,感谢有你,感谢命运,花开花落我一样会珍惜!

(发表于2008年12月27日《沧州晚报》)

朋　　友

早晨，刚打开手机，就接到曾经的保姆赵姨的电话："今天是炳廷的生日，我给他订了个蛋糕，你去拿吧！"我既感动又自责，我这做母亲的怎么把孩子的生日都给忘了！

过了一会儿，也是曾经的保姆刘姐来电话祝贺孩子的生日。这些平日很少联系的朋友，却还记着我儿子的生日，不忘送给我最真诚的祝福，让我对生活怎能不充满感激？

回顾过去，有一盏明灯照彻了我的灵魂，使我的生活现出光彩，这盏灯就是友情。

当我处于人生的低谷时，是朋友让我陪她去商场购物，一路说着令人捧腹的笑话，其实是为了让我开心，让我很自尊地得到宽慰和帮助。当我因教育孩子陷入困顿时，是朋友自信地说："这个问题我能解决，我来帮你！"然后，她在冬夜里，留下自己年幼的孩子独自在家，从很远的地方打车来，只为了给我的孩子以温暖和鼓励！当我取得一点儿成绩时，是朋友与我一起分享快乐，使我充满前行的力量……

巴金曾说："朋友们把多量的同情、多量的爱、多量的欢乐、多量的眼泪分了给我，这些东西都是生存所必需的，这些不要报答的慷慨的施舍，使我的生活里有了温暖，有了幸福。"的确，朋友们给我的东西太多太多了，我将怎样报答他们呢？我知道他们是不需要报答的，相知、相携，幸福、安康是彼此共同的希冀。

友情若是有香气的话，那一定是一枝空谷幽兰，使我的生活馨香馥郁。朋友的关爱醇厚而不绝，在岁月的河流中被濯洗得越来越纯，也如陈年佳酿一样，在时光的流逝中越来越香，让我的心灵充满感激，也因此变得富足和丰盈。

（发表于 2008 年 12 月 6 日《沧州晚报》）

游寒山寺

初冬的一天,我随旅行团来到苏州,濛濛细雨中,我们随着人流游过"夜泊"的枫桥,来到坐落在绿树丛中的碧瓦黄墙的寒山寺。

寒山寺建于六朝时期梁代天监年间,距今已有1400多年,原名"妙利普明塔院",主要景点有大雄宝殿、藏经楼、钟楼、碑文《枫桥夜泊》、枫江第一楼等。寒山寺的正殿,露台中央设有炉台铜鼎,鼎的正面铸着"一本正经",背面有"百炼成钢"字样。殿宇门楣上高悬"大雄宝殿"匾额,殿内庭柱上悬挂着赵朴初居士撰书的楹联:"千余年佛土庄严,姑苏城外寒山寺;百八杵人心警悟,阎浮夜半海潮音。"高大的须弥座用汉白玉雕琢砌筑,晶莹洁白,座上安奉释迦牟尼佛金身佛像,慈眉善目,神态安详。佛像背后与别处寺庙不同,供奉着唐代寒山、拾得的石刻画像,而不是海岛观音。图中寒山右手指地,谈笑风生;拾得袒胸露腹,欢愉静听,两人都是披头散发,憨态可掬。相传寒山、拾得被皇帝敕封为和合二仙,是祥和吉庆的象征,可见由他俩代表的"和合"思想,已成为中华民族优秀传统文化的重要组成部分。

在藏经楼南侧,有一座六角形重檐亭阁,这就是以

"夜半钟声"闻名遐迩的钟楼。现今寒山寺里的古钟已非张继诗中所提及的那口唐钟了,如今的大钟为清光绪三十二年(公元1906年)江苏巡抚陈葵龙督造。巨钟有一人多高,外围需三人合抱,重达两吨,钟声宏亮悠扬,余音不绝。每年除夕之夜,中外游人云集寒山寺,聆听钟楼中发出的一百零八响钟声,在悠扬的钟声里辞旧迎新,祈祷平安。

传说拾得后来远渡重洋,来到"一衣带水"的东邻日本传道,在日本建立了"拾得寺"。看来"和合二仙"早就祈盼着中日两国人民既"和"又"合"。正因为如此,日本友人也特别喜爱中国的寒山寺。"月落乌啼霜满天,江枫渔火对愁眠。姑苏城外寒山寺,夜半钟声到客船。"唐代诗人张继的诗《枫桥夜泊》在日本已被作为小学课文来讲授和背诵。因此,日本人到苏州旅游,也无不以一睹张诗碑刻为快。

读罢碑廊石刻,我特意又转回寺院图书馆,在那里静坐静读,让心灵接受禅之精神的沐浴,在广博的人文、哲学思想之中,感觉沉静和熨帖,这便是游寒山寺与别处寺庙的不同之处。

"带走一盏渔火,让他温暖我的双眼,留下一段真情,让它停泊在枫桥边……"临风枫江楼,见不远处水面上有几只乌篷船,蓦地,毛宁演唱的这首《涛声依旧》仿佛就响在耳畔。我把伞收起来,任凭那细密的雨丝飘落身上,凝望烟雨中的寒山寺,心中多了一份从容和安宁,思家之情也缓缓地飘散了。

(发表于2008年12月19日《沧州晚报》)

女人与花事

一个阴雨连绵的下午,我怀着沉甸甸的心情赶往医院去探望住院的母亲。

推门进去,母亲正在做腿部红外线治疗。护师的名字很好听——"韩梅",她总是笑盈盈的,像一朵迎春花。母亲说起韩梅对她的照顾,令我对她更心生敬意。

我坐在床边,与母亲叙起家常。韩梅见状出去了,没想到,时隔六七分钟回来的韩梅,让我心头一阵惊喜。她拎回一塑料袋土,看着她把病房里的一个个花盆端出去,到卫生间将旧土倒掉,换上新土,再浇上水,那番耐心细致地侍弄着一个个花精灵,着实令我感动。那墙边一溜排开的长寿花、火炬花,像是懂得了韩梅的心意,开得更加饱满,生得更加葱郁,带给人生命的活力和蓬勃的生机,把我一路上的沉闷全都驱散了。

我喜欢养花,康乃馨、菊花、海棠花,还有仙人球上开出的小花,那素淡的白、浪漫的紫、热烈的橙,都令我仿佛喜遇知音,不禁想到席慕容的诗:"我每次走过一株开花的树,都不得不惊讶与屏息于生命的美丽。"

我以为,女人于花事是不可以忽略潦草的,是否养花弄草，自便便罢，只是说于花草的知觉、敏感、亲近、怜惜与护爱，就可见得女子性情了。花事不仅仅是一种形式，它与有没有时间无关，与有没有金钱无关。它是物质，却不属于物质世界，它与美有关，这是一种生命本源之美，表达的是对生命的热爱和感恩。

惜花是善良，惜人是美德。愿天下女人都能感知、播撒这种美。

（发表于2008年11月1日《沧州晚报》）

人生感悟

给灾区孩子们的一封信

总有一扇窗为你打开

亲爱的孩子们:

　　5月12日的特大地震,让你们中的很多人失去了亲人,失去了家园和校舍,我很痛心、悲伤,每日都焦急地收看来自你们那里的报道。令人振奋的是,党中央发出号召,全国人民正万众一心、众志成城、不屈不挠地抗震救灾。在电视上,我终于又看到你们的笑脸,听到你们的读书声,心中感到由衷的欣慰。

　　我是一个母亲,也是一所学校的校外辅导员。灾难发生后,我十分惦念你们,渴望与你们交流,希望能为你们送去温暖。我知道这场灾难在你们心中一定会留下巨大的伤痛,但是你们应该知道,在这个世界上,从来没有什么真正的"绝境"。无论黑夜多么漫长,朝阳总会冉冉升起;无论风雪怎样肆虐,春风终会缓缓吹拂。

　　有这样一个真实的故事:保罗·迪克刚刚从祖父手中继承了美丽的"森林庄园",但一场雷电引发的山火,一下子将其化为灰烬。年轻的迪克不甘心百年基业毁于一旦,决心倾其所有修复庄园。于是,他向银行提交了贷款申请,但银行却无情地拒绝了他。接下来,所有可能的办法都试过了,保罗始终找不到一条出路,他的心在无尽的黑暗中挣扎。年已古稀的外祖母获悉此事,意味深长地对保罗说:"小伙子,庄园成了废墟并不可怕,可怕的是你的眼睛失去了光泽,一天天地老下去。一双老下去的眼睛,怎么可能看得见希望呢?"后来,保罗将烧焦的树桩制成木炭,用卖木炭的收入购买了新树苗,几年后,"森林庄园"再度绿意盎然。

幾米的《希望井》中有这样一段话:"掉落深井,我大声呼喊,等待救援……天黑了,黯然低头,才发现水面满是闪闪的星光。我在最深的绝望里,遇见最美丽的惊喜。"幾米用诗意的语言写出了耐人寻味的哲理:生活不会一帆风顺,面对困境,要学会等待和希望,把痛苦当作一种营养,去浇灌坚韧与执著,当挫折连续不断,当命运之窗一扇接一扇地关闭时,我们永远也不要怀疑,总有一扇窗会为你打开!

断崖是山的伤口,却产生了壮丽的瀑布!孩子们,我愿陪伴你们的精神成长,希望一直看到你们的笑脸,永远祝福你们!

一位母亲
2008年5月27日

(发表于2008年5月31日《沧州晚报》)

一张难忘的照片

在我的相册中,有一张珍贵的照片,那是我警校毕业离校前和沈老师冒雨去照的合影。很多人看了照片都说我俩长得很像,这也许是我俩的缘分所在。望着照片上沈老师那圆圆的笑脸,往事不禁涌上心头。

警校入学后的第二天,我们就开始了艰苦的军训,教官是刚刚从中国人民公安大学毕业的女警官沈老师。她1.72米的个子,扎一个马尾辫,挺拔的身姿、圆圆的脸庞和那双炯炯有神的大眼睛,让我们感到严厉和一丝不苟。果然,沈老师对我们要求非常严格,她让我们拔站姿,她则一圈圈地围着我们转,冷不丁就踹哪一个人,很多同学经不住这突然袭击,就跪倒在地上。沈老师让我们在太阳底下站着,几分钟过去,汗水顺着我们的脸、脖子往下淌,而操场上的大蚂蚁则顺着裤管往上爬,奇痒难耐。当我们的手刚刚抬起,就要放到脖子上去抓痒时,沈老师便发出一声大喝"把手放下!"然后,她说作为一名警察应该有铁一样的纪律,只有这样,才能胜任今后日益复杂的公安工作。

课下,我们见到的沈老师却是一脸灿烂的笑容,毕竟她比我们大不了几岁。她十分注重对我们女生气质的培养，她教导我们积极向上、勇于开拓，她让我们充满自信。沈老师很欣赏我男孩子般的那股闯劲儿，因而我们慢慢变成了朋友。有一次，她让我到她家里玩儿。她和她爱人是大学同学，都十分热情好客，非留我在那儿吃饭。沈老师很有浪漫情怀，天还没黑，她就把窗帘全部拉上，为的是让室内显得更朦胧。她把录音机打开，于是悠扬动听的理查德·克莱德曼的钢琴曲在屋子里播散开来。沈老师说："我们今天来个烛光晚餐吧！"于是，在茶几上，是飘散着香味的菜肴，高脚酒杯里是好看的红葡萄酒，还有一棵不断变换着颜色旋转的通体透亮的"圣诞树"和两只高高的蜡烛……十多年过去了，那次"烛光晚餐"的情景仍历历在目。

　　沈老师不仅教给了我知识，更教给了我做人和生活的道理。她坦诚、率直、热爱生活，勇于开拓，是我的良师，更是我的挚友。两年的警校生活结束前一天的中午，沈老师急匆匆地来到宿舍里找我，说去照相馆照合影，于是，我俩冒着小雨去拍了这张照片。

　　　　　　　（发表于2002年9月6日《沧州晚报》）

阅读之美

爱上读书已很长时间了。每次拿起一本好书,一本精美的杂志,细细看来,都会深深地体会到一种阅读之美、阅读之趣。

餐厅里垂着三盏高低不同的小吊线灯。每日晚饭后,我便在餐桌上展开书本,在柔和的灯光下阅读,并随手做些笔记。那些刊物,大小不一的开本,或粗糙或精美的印刷,生动爽利的文字,为我展现着新的视野,阅读的快感就在翻开书的那一瞬间流淌开来,滋润着心田。我很想与读者分享阅读之美,阅读是一种境界,是寻求自我内心对话的一种方式。每每这时,我仿佛拥有一颗神奇的水晶球,忘却了一切繁杂,看世间百态,体人间冷暖。

每次旅行我都要带上一本书。有书为伴,陌生的房间就不再陌生,在不一样的灯光下阅读喜爱的书,感觉并未走远。前不久,我在火车上看书,书中写道:"生命中没有四季不变的风景,只要心永远朝着阳光,你会发现,每个早晨都有清丽而又朦胧的憧憬在你的眼前旋转、升腾,这个世界永远传递着希望的序曲。"车身在晃动,抚摸这样的词语使我感觉周身流淌着青春的血液,我想,如果把自己比喻成一棵树，那么，在有限的时间里，每一片叶子都要尽情地享受阳光！

对于我，阅读可以随时随地。候车、候诊，在朋友的房间，在健身房的窗子旁边，无论在嘈杂繁华的街道，还是在宁静的午后或深夜；工作顺利或者不顺利，心情好或不好，种种状况下都可以阅读。阅读有时就像飞一样，可以带我去任何想去的地方。读书总能引我入静，引我入境，陶冶我的情怀，增益我的心智，令我悟到读书足以怡情，读史使人明智，读诗使人灵秀。每一次阅读，都是一场宿醉，每一次阅读启迪的写作，同样是一场宿醉。

黑兹利特曾说："书香轻拂沁心灵，诗行轻滑渗血液。青春时所读之书，垂暮时依然会回想，仿佛就在身边发生。书籍价廉物美，我们就在书香中呼吸。"菲利普·悉尼爵士说过："与高尚思想为伴的人永不寂寞。"美好纯真的思想如同仁慈的天使，净化卫护着我们的灵魂，并激励我们美好的行为。

养成读书习惯像拥有一口慷慨的甜水井，读书于我有月亮牵引潮汐般的吸引力，那些文字闪烁出的光辉叫人难以挪步，沐浴在作者的思想中，那些触及人心深处最柔软的部分，让人从自然的灵性中寻找回归的自我，发掘灵魂的美丽。

一盏灯，一杯茶，一本书，在万籁俱寂之时，去探索自己的精神家园，让灵魂得以提升，让自己的心灵充满祥和与宁静。多读书，读好书，让一流的书占据生命，给生活多增加一些书的芬芳。

（发表于2008年第4期《燕赵警视》）

难忘的获鹿之旅

与莲花相邻的日子

金秋十月,又见柿子红,令我想起石家庄获鹿县那次难忘的旅行。

上警校的第二个秋天,我们一行六人相约骑自行车去获鹿的森林公园。那儿有座山,名为"封龙山"。山里到处是酸枣树、柿树,可以随便采摘。山上,空气清新,弥漫着树木和花草的气息。远远望去,是层层梯田,片片山林,还有朦朦胧胧的山峦。

我们这次登山与以往不同,不是按照固有的旅游线路前行,而是另辟蹊径去寻找"冷泉"之源,因此,便充满了更多的艰辛和磨砺。山路崎岖,怪石林立,我们没有向导,时不时要蹲下身来探究行进路线。我们手拉手,一字排开,向山上闯去。秉韬拿着一根棍棒在前面开路,披荆斩棘,手、脸、胳膊时常被酸枣树枝划破。我们一边行进,一边朝着山里大喊:"哎——"随即,这清越、雄浑的喊声在空气中荡开去、荡开去,最后变成遥远而苍茫的回声……

就这样,我们穿过"号令台",爬上了当年起义军浴血奋战并以身殉国的"好汉寨"。根据山上老伯的指点,"冷泉"的源头，就在"好汉寨"对面峡谷里从上往下数第三棵树下。尽管又累又渴，但我们寻找泉源的信心和勇气就像山中葱郁的树木旺盛地生长着。终于，我们沿着潮湿的岩石，找到了淌出汩汩泉水的泉眼，胜利的喜悦充溢着胸膛。我们坐在水边石头上，吃着面包，饮着甜甜的山泉水，尽情欢呼、跳跃……下山时，我们摘了很多柿子放在背包里。穿过村庄时，又参观了山村的戏台和古老的辘轳。我们与看山的老伯一同下山，了解了许多当地民俗。

告别那个山村时，已是晚霞满天。我们把车子骑得飞快，衣襟上别着的一小簇鲜花随风摇曳，而身后那充满醇厚、朴实民风的村庄及山的魂魄变成一行行诗，飘落在我的心灵深处，在每一个思念的时刻，让我感到澄澈、高远和宁静……

近年来，我曾多次随旅行团外出，对那种快节奏的旅游方式深有体会：一窝蜂地拍照，一窝蜂地如厕，一窝蜂地购物……一天要逛遍几个景点甚至几个城市，像赶场似的，简直是"吃苦夏令营"！再也寻不到当初获鹿之行的那种浪漫和惬意。每每此时，我便会不由自主地想起那次获鹿之旅——难忘的获鹿之旅！

（发表于 2007 年 11 月 27 日《沧州晚报》）

我的棉布情结

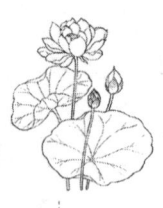

一直以来，我对棉布情有独钟。它柔软的质地、天然的本性宛如一首古朴、优美的歌，浸润在过往的岁月里。

记得小时候，对过年的渴盼，除了对美食果腹的期待，就是一身崭新的带着香味的棉布衣服。在那贫寒的日子里，手巧的父亲常常熬夜为我们裁制衣服。当我们姐弟三人穿上款式新颖的棉布衣服时，父母脸上漾着幸福的笑容，而我们则是欢呼雀跃着跑出院子，到邻家伙伴们面前炫耀。

长大后，我依然偏爱棉布衣服和用品。一次去海南旅游，在商场里，我一眼看中一件白底蓝花的棉布旗袍，优雅的蓝色勾勒出隽美的小花朵，宛如"青花瓷"一般，仿佛在述说一个遥远的故事。我当即买下，穿上，在旖旎的自然风光里，一件印着"青花"的棉布旗袍显得更加质朴、淡雅和温婉。

上周日，我将一条手纺老粗布的床单送与英国朋友凯文。没想到，凯文回到伦敦第二天，他妻子道恩就发来邮件，当她将床单铺在在一次跳伞中丧生的儿子的房间里时，她忍不住哭了，那素淡、轻软的床单上仿佛依然惬意地躺着她的儿子。一条棉布床单熨帖了她的心，勾起了她对儿子无限的思念和爱恋……

棉布原是有灵魂的。它来自棉花，是庄稼地里农民挥洒汗水种出来的棉，是吸收过日月精华的棉，是沐浴过阳光雨露的棉。清清的棉香，总会令人想到质朴和美好，想到朴实无华的恬淡。

在时装的流转之间，无数的面料随着不断变化的流行不间断地变幻着。可棉布一如既往地从古朴、盈实和简洁中走来，宠辱不惊，不亢不卑地穿行在时尚的阳光中，穿行在我的生活和情感里，带给我纺车与犁铧的乡土记忆和童年的纯真，让我在棉布的呵护中，获得安详、自然和幸福。

（发表于2009年7月11日《沧州晚报》）

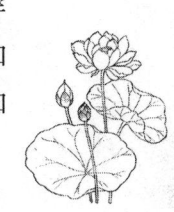

你很重要

那是初夏的一个晚上，我在回家途中不慎摔倒，头磕在马路边上，又被倒下的电动自行车砸中头部，晕了过去。

后来，听说是路人报了110，出警的巡警打了120，把我送到医院急诊室。当晚，我的家人陆续赶到医院。在我昏迷的半小时里，他们为我流了很多眼泪——生怕我遭遇不测，生怕我成为植物人。当我清醒过来时，妹妹对我说："你知道你有多重要吗？你很重要！"

"你很重要！"这句简单的话语仿佛象一枚时光飞梭，穿透过往的岁月，带着朴素的温暖，带着坚韧的力量，直击我的心胸。虽然我的脸上还有伤，身上还有青肿，可是我的内心却充满感激，充满欢喜。当我的头被她们抱在怀里，当我的身体被他们轻轻抬起，那血浓于水的亲情的演绎，是我生命存在的基本意义。上苍如此眷顾我，让我拥有美好的生命，我依然可以思索，可以写作，可以唱歌，可以在醒来后说一句："我爱你们！"

生活中，不免会听到不幸的消息。有的人为了工作，为了生活，不珍惜自己的身体，严重透支健康，正值中年，却罹患不治之症，离开了人世；有的人……其实，在亲人、朋友心目中,一个活生生、真切切的生命,远比金山银山、高楼大厦重要得多。

要知道,我们自己虽然卑微又平凡,但这个世界上一定会有一些人把我们当成掌心里的宝,把我们当成他们生命中非常重要的一个人。因为我们和他们始终相亲相爱、相濡以沫。他们,就是我们的家人、我们的爱人、我们的友人。

为了能够一生一世和他们相携相扶、风雨同舟,我们要善待自己,爱惜自己。

记住,你很重要。

(发表于2009年6月13日《沧州晚报》)

人生感悟

母亲的目光

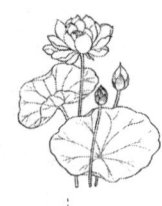

在医院宿舍楼居住的几年里,我时常带小儿子炳廷到产科病房探视那些刚刚诞生的婴儿。每当我们来到产科病房,说明来意后,满屋子的人都以喜悦的笑脸面对我们,毫不吝惜地把一个个幼小的生命展示给我们看。那稚嫩的小脸上细细的茸毛、那红润蹙起的小嘴唇,那紧攥的小手,都令我欣喜和赞叹生命的神奇。尤其令我不能忘怀的是那些母亲的目光——每一位母亲在望着孩子时,神态都千篇一律,目光专注而幸福,从心底流淌出来的爱似乎都汇聚到那双眼睛里。我常常认为,单单是为了这样的注视,女人就不能错过做母亲的机会。我想,自己小的时候,一定也是这么在母亲的目光里熟睡,在母亲的目光里吸吮乳汁。

记得有这样一个故事:一对登山运动员夫妇,为了庆祝儿子一周岁生日,背着儿子去登7000米高的雪山。当他们轻松登上5000米高度时,风云突起,雪花飞舞,气温陡然降至零下三四十度。情急之中,他们找到一个山洞躲避风雪,在等待救助过程中,在风雪狂舞的5000米高山上,妻子一次又一次地重复着平常极为简单而此时却无比艰难的喂奶动作,她的生命在一次次的哺乳中一点点消逝。当救援人员赶到时,妻子已被冻成一尊雕塑,而她依然保持着喂奶的姿势屹立不倒,目光依然慈爱和安详。而她的儿子——她用生命哺育的孩子,正在丈夫怀里安然地熟睡。这位伟大的母亲,她的目光穿透严寒,沐浴了一个幼小的生命,她的母爱超越了5000米的高山,在风雪之中塑造了生命。

罗曼·罗兰说:"母爱是巨大的火焰。"从十月怀胎到一朝分娩,从咿呀学语到顶天立地、玉树临风,母亲一直是我们内心的宗教和上帝。母亲的目光无论柔和还是严厉,都是爱的载体,今生今世,我们就是在母亲的目光里逐渐长大,在母亲的目光里修炼得更加挺拔。即使母亲生命逝去,爱依然能够留下来,成为世间最坚实、温润的部分。

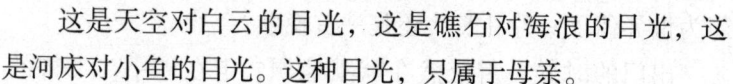

这是天空对白云的目光,这是礁石对海浪的目光,这是河床对小鱼的目光。这种目光,只属于母亲。

(发表于2009年5月9日《沧州晚报》)

阳春三月飞白雪

清晨,拉开窗帘,我顿时惊住了。窗外漫天飞雪,令人一下想起"忽如一夜春风来,千树万树梨花开"的诗句。

春分时节,下起鹅毛大雪,实是少见,这应该算是春雪了。虽然它来得晚了些,可它终究还是来了,不知它是想为世界留下一片礼赞,还是一首挽歌?

出门的时候,雪依然在默默地飘。走在雪中,飞舞的雪花一片片飘落眼前,伸手去接,晶莹剔透,但眨眼间就没了,只留下余温在我的手上,冰凉冰凉的,让人忍不住黯然神伤。

蓦地,我想到了敏儿。昨日,敏儿的葬礼才举行完毕。敏儿是医学院毕业的大学生,26岁,长着一张普通而可爱的脸庞,一笑起来就现出一对酒窝。她善良、朴实。可是,就在一星期前,她不幸遇害了。她原本就要做新娘了,不想却罹此劫难,猝然离世。敏儿啊,你听到了吗?你未婚夫手捧着玫瑰在水晶棺旁,向你轻声诉说,那缠绵悱恻的爱情,他一生都难以忘怀;你看到了吗?三月的飞雪,一大片一大片,和你期待已久的白大褂一样的白,和你纯净的心灵一样的圣洁。白雪,凄美了离别,你永远活在亲人的心里。敏儿，愿你化作一位白衣天使，去护佑那些宝贵的生命。

　　三月飞雪，落在地上融化成一片温湿，空气和大地被这春雨般的白色精灵滋润得柔柔美美。

　　快到单位时，迎面走来邻家大姐，手里握着一束梅枝，几个梅苞已经绽开，隐隐地飘来一缕暗香。这么早，这位喜欢养花的大姐就将美请回来，谁说不是心怀着对美好生活的热爱和期待？

　　阳春三月的飞雪，是因为冬的流连，摇落了一树梨花，惊扰了春的明媚与安宁，但春的声音和目光很快就涨满了这个季节，将盈盈飘逸的雪花送别。

（发表于2009年4月4日《沧州晚报》）

今生若比永恒长

春天来了,春天多美好!

我却在这崭新的春天开始时,听到两个不愿听到的消息:我很敬佩的第二医院脉管炎科刘主任正月初四突发心脏病不幸去世,年仅48岁;退休民警祝阿姨正月初七因病医治无效离开了人世,年仅58岁。天气阴沉,哀乐低回,她们的音容笑貌历历在目,恍如昨天。就在去年12月,刘主任还给我父亲治病,而祝姨那爽朗亲切的笑声仿佛就在耳畔,望着那微笑着的遗像,我的眼泪无声地流下来,哀痛咬噬着我的心。

其实,人们都知道生命本就不可预料,但很多人一步步向前走时,只想前方有掌声、鲜花、美酒、欢宴……以为自己可以尽情争取、恣意享受,认为不希望来临的就不会轮到自身。没人能预知自己今生多长,都知今生有限,今生不比永恒长!

汶川大地震,瞬间逝去众多生命。"活着,真好!"——这是幸存者共同的心声,也是我的感悟。去年冬天的一个早晨,我骑电动车送孩子上学,路上被汽车撞倒,孩子头上起了血肿,我双腿膝盖以下一片青紫,经CT和X

光检查,均无大碍。将此事告与好友,好友当即回复:"只要健康平安,就应无限感恩!"

不是非要经历灾难,我们才警醒;不是非要经受磨炼,我们才懂得珍重。在人类思想史中,对生命的理解和感悟始终存在。庄子认为,思想的传承远远胜于生命本身,在他已经穿越的这个生命中,他看重的是火光,而不是柴火的长度。佛教经典里有一句话:"断爱近涅槃",这是何等的境界,一个人能随时随地断绝自己的渴爱,绝处逢生,如此,人生收获的将是朴素的温暖和宁静的心灵。它告诉人们,好的东西尚应舍弃,何况不好的东西呢?

今生不比永恒长,"回首向来萧瑟处,归去,也无风雨也无晴!"愿人们学习苏东坡超然旷达的胸怀,对宝贵的生命、对世间的温情多一些珍爱,多一些感激,快乐地活在当下,则日日如新生!

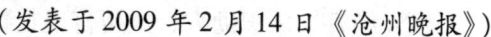

(发表于2009年2月14日《沧州晚报》)

人生感悟

我娘真好

按我婆家那里的风俗，我管婆婆叫"娘"。

娘今年70岁了，个子又瘦又高，古铜色的面庞，一双充满仁慈和智慧的眼睛。

娘的手很巧，做的小猪枕头和绣着"五毒"的小袄，形象逼真、生动有趣，常有邻居来讨求。

娘爱干净，虽然农村尘土多，但无论是灶台，还是屋里都收拾得干干净净，被褥、炕单更是常换常洗。

娘人缘好，乐于助人，或帮言或帮物，十分爽快。

娘是尊崇孝道的人，当年对她的婆婆就孝顺有名。

娘处事得体，以理服人，以情喻人。记得有一次，村里两户人家发生矛盾，娘晓以利害，动以真情，终免了一次冲突，缓和了邻里关系。

娘还是个坚强的人，她先后生育二子四女。排行第二的二姐27岁时不幸早亡，撇下两个男孩。我没见过二姐，没有经历那悲伤，只是听人们说，当时娘悲痛欲绝，可她咬着牙挺了过来。

2000年秋，公公去世，她孑然一身，住在阔大的院落里。她喜欢农村清新的空气和每日的劳作，不愿到城市里住高楼、享舒适。她乐观地生活着,每日家中依然高朋满座,这令我们十分欣然和放心,娘却每日都在惦念我们。每一次我离开娘时,娘都会站在门口,嘱咐我:"你太累,别亏了自己,多吃水果、喝牛奶。"

娘是个有智慧的人,前段时间,即将中考的儿子出现厌学倾向,我把娘接了过来。娘语重心长地对她的孙子说:"你是愿意做铜钟呢,还是愿意做秤砣?"一番话之后,儿子脸上有了笑容,重又打起了精神。

这就是我娘,给我爱,给我温暖,给我精神食粮。她勤劳的双手、慈爱的眼神、温良的背影,印在我的心灵上,让我获得安详、梦想、包容和爱抚。

我娘真好!

(发表于2009年3月14日《沧州晚报》)

苏姗娜来了

　　从 2008 年 11 月初开始，一向学习成绩优秀的儿子连续生病和意外受伤，不得不请假在家休养。更让我焦急的是，孩子出现了焦虑、抑郁的情绪和厌学的倾向，在距离中考还有不到 200 天的关键时刻出现这样的问题，的确令我感到很棘手。情急之下，我想到了暑期孩子上外教班时的中文助教魏老师和美国教师苏姗娜，儿子很崇拜这两位老师，她们的话他一定肯听。果然，魏老师得知他的情况后，立即赶过来，给他以抚慰和激励，同时给远在青岛教书的苏姗娜打电话告知此事。苏姗娜当即决定要来沧州探望我的儿子，并且一次次给我发来英文短信，鼓励他克服困难，用功读书。

　　12 月 25 日中午，在瑟瑟寒风中，我和魏老师迎来了善良的苏姗娜。站台上，她拉着行李箱走来，雪白的面庞上嵌着一双蓝色的大眼睛，金黄色的头发披在肩上，她笑盈盈地用生硬的中国话向我问好，一口洁白整齐的牙齿衬着她红润的嘴唇。哦，她仿佛就是一个天使！

　　晚间吃饭时，苏姗娜向我和孩子赠送了圣诞礼物，给儿子的是一本励志的书，书里重要的部分，苏姗娜都放了书签标示，真是用心良苦。在接下来的几天里，苏姗娜与儿子有了更多的沟通，她告诉他要怀着感恩的心情去学习和生活，要勇于拼搏，没有拼搏的青春是苍白和黯淡的。通过这样的交流，儿子既学到了语言方面的知识，又学到了做人的道理，这令我们十分感激。

　　一个外国人为了一名中国学生，不辞辛劳，为的是启迪孩子的心智，帮助孩子成长，这是怎样的胸怀？这是怎样的情愫？连日来，我时常想起北京奥运会开幕式上那首动人的歌曲——《我和你》："我和你，心连心，同住地球村。我和你，心连心，永远一家人……"

（发表于2009年1月20日《沧州晚报》）

想起那个飘雪的日子

　　一场初冬的小雪,涤荡了往日污浊的空气,也使我想起了4年前那个雪天发生的故事。

　　那是2003年11月6日中午,我带儿子扬扬乘高客去首都儿科研究所检查过敏原。那天的天气是雨夹雪——2003年的第一场雪。

　　因路上堵车,到达儿研所时,医生已经下班,只能等第二天再来。这时,天已经黑了,雪花飘飘洒洒,落到地上很快变成了雪水。在不宽的马路上,汽车、三轮和行人汇集成一条迟缓的河流,慢慢向前流着。路灯发出昏暗的光芒,映照着人们或急切、或无奈、或茫然的脸。正当我焦急地摇动手臂招呼出租车时,扬扬扯起了我的衣角,告诉我他捡到了一个钱包。那是个棕色皮质钱包,由于寒冷和饥饿,我先将它放到了背包里。

　　在"元远温泉宾馆"安排好住宿后,我们到对面的餐馆吃饭。这时,雨夹雪已经转成纷纷扬扬的大雪,雪花如片片棉絮从空中飘落,这异乡的大雪让我涌起对家的思念。

　　回到宾馆已经是晚上9点半,我掏出那钱包仔细翻看，希望能找到失主的有关线索。钱包里有驾照、医保卡、两张瑞典银行储蓄卡、金卡以及面值1000多元的瘦身美容卡和一些名片，由此可以判断钱包的主人是驾照上那位俊美的瑞典女士。我仔细翻看着那些名片，终于找到印有失主名字的一张，按照上面的手机号码拨通了电话，对方是失主的丈夫，我勉强听懂了他的表述。原来，他在苏州一家外资企业工作，这次携妻子及两个孩子到北京旅游，当天下午到商厦购物时，被小偷偷走了钱包。我用不很流利的英语与他交流着，我们商量好，他当晚过来取钱包。

人生感悟

　　大约过了一小时，这位先生来到我们房间，激动地握住扬扬的小手，然后从怀中掏出一大沓人民币给我们以表谢意，嘴里不停地说着："谢谢"。扬扬一边拒绝一边用英语连声说："不用谢！"他又掏出一封感谢信，是他请自己所住的长富宫饭店的服务员替他写的，上面写道："我很幸运遇到您，非常感谢，我妻子祝愿你们过得好！"他摸着自己的胸口对我们说："You have a good heart！"（你们有一颗善良的心）临走，他提出要与扬扬合影，说要带给他妻子看。事后，我对扬扬说："中国的小偷儿偷了外宾的钱，已经损坏了中国的形象，我们把钱包还给人家，人家就会觉得中国有着良好的道德风尚。"

　　第二天早晨6点半，我们就乘车出门了。一路望去，到处都是白茫茫一片，银装素裹的长安街显得更加宽阔、安详。我想象着美丽的女失主和她可爱的孩子，尽管我们原本远隔千山万水，尽管语言和肤色不同，但我们依然可以共同拥有这温柔的雪，这象征着纯洁、高尚和美的雪！

临近中午,我们踏上了归途,透过车窗,再望一眼这座银装素裹的城市,我心中默念着:北京,再见!2003年的第一场雪,再见!

(发表于2007年12月18日《沧州晚报》)

与莲花相邻的日子

警徽在奥运精神中闪光

从遥远的雅典走来的奥运会已经揭开了壮丽的序幕,赛场上不断传来振奋人心的消息,五星红旗一次又一次在高亢的国歌乐曲中冉冉升起,"更高 更快 更强"的奥林匹克精神一次又一次被中华健儿演绎,同时,也在秉承"与祖国共荣耀、与警徽共辉煌、与奥运共成功"信念的人民警察身上阐释和传递着。

在我身边,许多战友们的事迹让人感动。沧县公安局仵龙堂刑警中队庞涛,对8年前未侦破的一起命案始终无法释怀,桌上的案卷不知被他翻了多少遍。功夫不负有心人,今年6月,案件终于有了线索,经侦查,刑警队确定了犯罪嫌疑人,庞涛又马不停蹄地执行抓捕任务。在常住人口仅2万而流动人口就达17万多人的城镇里搜捕一名潜逃8年的罪犯,如同大海捞针。然而,几经周折,庞涛带领民警凭着坚定执著的精神,最终将案犯抓获,以此诠释了人民警察的名字。

黄骅市公安局周青庄派出所民警刘海军,患有肾结石,但他带病坚持工作在一线,疼时偷偷吃几片止疼药顶住,总是以"这是我的责任区,我比别人更了解情况"为由拒绝休息。4月16日，正在辖区执行清查任务的他，终因病痛难忍、过度劳累晕倒在工作岗位上。所长将他送到医院，经医生诊断，他的病情十分严重，已经转为肾积水，而他却在这种情况下不分昼夜连续工作了3天。

沧州市运河公安分局公园派出所的柏树林，一名刚刚从部队转业的民警，仅用一个月时间就完成了由指挥员到战斗员的角色转变。怀着对公安工作的热爱，对辖区百姓的深情，为了"平安奥运"目标的实现，他每天走街串户，进行人口信息比对、分析、录入，工作强度极大，使得他连晚上做梦梦得都是身份证号码。

马文娟，一名普通的社区民警，每天利用业余时间与街道居委会的同志一起入户调查，收集到大量有价值的信息，并利用这些信息协助抓获犯罪嫌疑人两名。由于工作的原因，27岁的她不得不将孕期一再推迟。对于琐碎、繁重的工作，她乐此不疲，并爽朗地向大家承诺："奥运会之后，我准备要孩子！"

还有很多这样的民警，他们在各自的工作岗位上兢兢业业，无私奉献，敢于亮剑，勇于攻坚，塑造了沧州公安的良好形象，他们的警徽在拼搏中熠熠闪光！

奥运安保是警察的赛场，奥运平安是我们的金牌。公安民警正和奥运健儿一起为祖国而拼、为荣誉而搏、为职责而战！让我们用奥运精神谱写精彩人生，在奥运精神中为警徽增光！

（发表于2008年8月23日《沧州晚报》）

修复生命的力量

冬末的一个上午,新华区妇联组织了近二十个家庭的父母和孩子来到福利院,看望这里的孤残儿童。

在一间教室一般大的房子里,我们和十来个残疾儿童相逢了。这是我第二次来到这里。孩子们都长高了,那个一只脚大一只脚小、身体两侧发育极不平衡的男孩亮亮,脸上多了一分大气;那个患脑瘫的女孩美轩时常笑靥如花;那个去年还蹒跚学步、手指残缺的恬恬,今日欢快地跑过来喊我"阿姨!"他们没有孩童时代那种撒了欢的兴高采烈,没有对肢体残缺的抱怨和抗拒。他们似乎已经习惯了一种默契,就是安静淡然。当我把恬恬抱在腿上,他毫不避讳地伸出两只手让我看,幼小的心灵已然接受了残损,"我要上幼儿园了!"他充满希望地说。望着这张稚嫩的小脸,我的眼睛湿润了,不觉将他搂进怀里。他的父母抛弃了他,而他还不懂得怨恨,心中满是阳光。

我们给孩子们合唱了抗震救灾歌曲《相信爱》,又用手语演唱了《感恩的心》,王湘涵小学生饱含真情地唱了《隐形的翅膀》。出乎我们意料的是,亮亮和美轩为我们朗诵了一首诗——《我的家》,"我想有个家/一个不需要很富有的

人生感悟

家/我渴望家的温暖/我渴望家的欢乐……我的家在哪里/福利院就是我的家/我虽然是个残疾孤儿/但我很幸运/我生活在充满爱的空间/我成长在充满爱的海洋……"清脆、响亮的童音在屋子里飘荡，我们的耳膜一次次受到震动。望着做过多次手术的美轩摇晃的、瘦小的身躯，我们的心在颤抖，禁不住泪如泉涌，刚刚还矜持的人们，此时不由动容地来到孩子们身旁，弯腰屈身，将一个个孩子拥入怀中，给他们一个拥抱，给他们一个亲吻。我们的孩子纷纷跑过去，把糖果、气球和书塞到他们怀里，有的相互间还做起了游戏。一向爱说大人话的孩子跑过来，趴在我耳边轻声说："我有妈妈，我有家，我真幸福！"

离开那里，走在回家的路上，几位母亲一直沉默着，手里挽着孩子。我知道，我们都经受了一次心灵的洗涤。记得一期杂志上的话：我们都是物化生活方式的灾民。我们去了那里，那些孩子在给我们救赎，在修复我们，我们去那儿的时候，觉得自己已经伤痕累累，但这些孩子确实给了我们修复生命的力量。

（发表于2009年4月3日《沧州晚报》）

在我的生命里有这样一位老人

一想到北京,我就不禁怀念起一位老人,他的名字叫杨志坚,是我母亲的二姨父。我只见过他一面,但他的仁心、慈爱温暖了我十六年,也必将温暖我的一生。

1992年初春的一天,我和母亲到北京旅游,就住在二姨姥姥家。姨姥爷身材魁梧,腰板挺直,浑身透着军人的气质,方方正正的面庞上嵌着一双大眼睛。

两位老人十分热情,姨姥爷还为我制定了第二天登长城的旅游计划。晚饭后,母亲与姨姥姥话家常,我听姨姥爷讲过去的故事。姨姥爷出生于1925年,籍贯河北沧县,很早就参加了革命,跟随刘邓大军转战南北,在渡江战役中,江面上弥漫的硝烟和江水长时间的刺激,使他的眼睛肿得跟铃铛似的,后来肿虽然消下去了,但视力却慢慢下降。直到这时,我才发现姨姥爷的眼睛有些异样。

第二天清晨五点多,刚起床的我看到了感人的一幕:姨姥爷正轻手轻脚地为大家做饭,靠近炉子的地上撒了许多挂面。霎时,我的眼睛湿润了,多么慈爱的老人啊!

饭后,姨姥爷送我去汽车站,他步履矫健,一路上,很多人跟他打招呼,都尊敬地称他"杨工"。我问起原因,

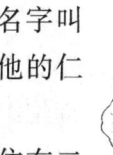

人生感悟

他自豪地对我说,他曾担任人民大会堂、北京饭店等著名建设项目的总工程师。蓦地,走在他老人家身边的我,感到无比的骄傲!后来听表舅说,姨姥爷还负责过北京第二热电厂的建设项目。当时,那根180多米高的烟囱是北京市最高的,身患高血压的姨姥爷不听劝阻曾数次登上去督查建筑进度和质量。还有,唐山大地震的第三天,他就赶到现场参加抗震救援和灾后重建工作。他的眼睛虽然残缺,但他对祖国和人民却倾注了完整而厚重的爱。

2005年,姨姥爷去世,我为在他生前没再去探望他而感到遗憾,为失去这样一位老人而感到悲伤。那撒落的挂面编织成永远的怀念,那高大的身影永远矗立在我的脑海里,那宽厚仁爱的品格积淀在我心灵的深处,永远激励着我前行。

(发表于2008年7月26日《沧州晚报》)

挺身而上

近日,我参加了公安部慰问河北公安英烈家属、英模和英模家属代表座谈会。当面对一个个英雄的名字,面对英烈遗属表情平静的脸庞,我的心中禁不住波澜起伏,久久不能平静。

张爱华,黄骅市公安局张作正烈士的女儿。1956年1月27日,张作正同志赴东北押解罪犯,途中,罪犯跳火车逃跑,他不顾列车飞驶,跳车追捕罪犯,不幸掉入8米多深的山涧,以身殉职,时年25岁。他的妻子闻讯悲痛欲绝,她还没来得及把怀孕的好消息告诉丈夫,他怎么就走了?

田军,保定市公安局烈士田宁的父亲。2004年6月23日晚,田宁在制止一起歹徒行凶案件中,与歹徒搏斗,身负重伤,壮烈牺牲,年仅22岁。他,是家中的独子,母亲正等他回来吃饭,谁知这一等却成了漫长的一世期盼。望着田宁的父亲,我知道他坚强的笑容里,一定生长过很多个不眠之夜思念儿子的伤痛。而他,也是一名警察,更加懂得警察的信念,所以,虽然他的目光里含着沧桑,但他更加坚定、顽强!

辛彩霞，隆化县公安局局长，全国公安系统二级英雄模范，一位伟大的女性。她与其他男民警一起深入基层办案，爬大山，趟险河，喝泉水，啃咸菜。在侦办1992年震惊塞外的轮奸、强奸妇女案中，她作出了巨大贡献。该案犯罪人员多达200余人，她和专案组人员顶住各方面的压力，经过56个日夜的拼搏，终于查清了犯罪团伙的全部罪证。经审判，该犯罪团伙首犯、主犯分别被判处死刑和死缓。彩霞，多好听的名字，换下警装，她是一位美丽的母亲；在警营，她是一名果敢的指挥官！

孟祥君，29岁，保定市公安局北市区分局副局长兼东关派出所所长，全国公安系统二级英雄模范。2008年6月21日，在执行任务过程中，准备逃脱的犯罪嫌疑人在被民警堵住去路后，用折叠刀向孟祥君连捅两刀继续逃窜，孟祥君强忍疼痛，终将嫌疑人擒获。在驾车押解嫌疑人返回途中，孟祥君因失血过多而昏迷，入院抢救9天才脱离危险。看着他孩子般的笑脸，我猜想他当时是怀着怎样崇高的信念，忍着剧痛将犯罪嫌疑人抓获，他用自己的鲜血实践了人民警察的誓言！

…………

翻开公安英模档案，一个个可歌可泣的英雄形象，一次次撼人心魄的英雄壮举，令我们无限敬仰，无比怀念。为了抢救落水群众，公安民警跳进水中，托起了他人的生命，自己却沉入河底；为了不让群众受伤，身负重伤的公安民警仍以顽强的毅力，死死抱住犯罪嫌疑人；为了营救被困火中的群众，消防民警被吞噬在火海中……

在对敌斗争的前沿，全国的公安民警平均每天有一人英勇捐躯，平均每小时有一人光荣负伤。对英雄的人生解读，真正需要以鲜血和生命诠释的，只是"天职"二字。读冯梦龙的"男儿不展风云志，空负天生八尺躯"，远没有读身边的英雄更感到自豪和震撼。有多少警察故事在平淡中演绎成传奇，又有多少传奇淹没在历史的长河里。峥嵘岁月砺壮志，今朝犹待展风华。正如一首歌中唱到："亲爱的战友 你在何方 心中多少话儿 要对你讲 我还是相信 地久天长 风雨路上有你 和我一起前往 男儿绝不退让 做一回生死较量 重任由谁来担当 就是现在 就是我们 挺身而上……"

忠义勇武，是警察的信仰；尽职尽责，是生命的常态。新时代的警察正踏着英烈、英模的足迹，不断创造新的辉煌，他们正时刻准备着挺身而上！

（发表于2009年9月10日《大众阅读报》）

人生感悟

师恩难忘

又是一个新学期的开始,又是一个教师节的来临,在这金秋的夜里,有关老师的往事一齐涌来,令我特别感动,有许多话要对老师说。

您,我小学的班主任。记得有一次我膝盖磕破了,化脓了,每天要打两次针,隔日换药。我父母在工厂里上班,没时间带我去打针,是您,用自行车推着我,步行五六里路去医院,一天两次。您像妈妈一样给予我的关爱,几十年来,时时温暖着我,您慈祥的笑容、淳朴的话语时常浮现在我的脑海……此刻,我多想来到两鬓斑白的您身边,伏在您的膝前,问一句:"老师,您好吗?"

您,我孩子的老师,也是一位母亲。儿子面临高考,而您却把全身心都投入到即将中考的三个班的孩子们身上,无暇照顾自己的孩子。当我孩子出现厌学、自信心不足的状况后,您来家访,笑着对孩子说:"小伙子,我今天作为朋友来看你,还请你帮一个忙,我爱人出差了,孩子住校,我胆小,请你到我家里住几天,好吗?"短暂的家访让我的心平静下来,望着您匆匆而去的背影,泪水模糊了我的视线,眼前不禁浮现出一幕感人的场面:当年您由乡里往市区调动，临别时，乡里的孩子们舍不得您走，奔跑追赶着您乘的汽车，一边追一边喊："老师——"

在接下来的几天里，我省心了，而您为了让我的孩子有一个洁净、温馨的环境，特意找保洁工收拾了房间，床单、枕套全换了新的。您每天早起为他熬八宝粥，一日三餐科学搭配……

您，我孩子的班主任，一位优秀教师，曾经获得许多荣誉，正因如此，您被选调到市教育局工作。临行前，您在教室里哭了，"男儿有泪不轻弹"，您眷恋着这些孩子，眷恋着教学实践中的幸福感。后来，您虽然离开了学校，但依旧惦记着孩子们，时常在晚上来到学校，悄悄地透过教室后面的玻璃看看上晚自习的学生。中考前，您还给一些孩子写了信，给他们加油、鼓劲。

…………

在我的心海里，还有许多好老师，令我充满感激和敬意。哦，老师，是您，传送给我们知识的芬芳；是您，给了我们飞翔的信念和力量。您是火种，点燃我们的心灵；您是石级，承载着我们一步步向上登攀。在这个桂花飘香的时节，我为您送上最真挚、美好的祝福：祝您一生平安！

（发表于2009年9月19日《沧州晚报》）

秋游纪园

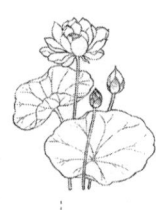

初秋时节,我们摄影爱好者、文学爱好者一行20余人,来到坐落在沧县崔尔庄的纪园——纪晓岚文化园。这是我第三次游纪园,却是开园后的第一次。我们逐香而来,引我们前来的当然是那汩汩流动的文脉之香。

一进院门,赫然而立的一块巨石上镌刻着"一代文宗"四个大字,字体潇洒遒劲,为著名书法家沈鹏先生所提。随着导游娓娓道来的讲解,我们沉浸在深厚的文化韵味里,令人深深感受到关于纪晓岚的文化经烟雨而不衰,历岁月而入画,文风深重之余更有诙谐淡定。

此地原是乾嘉时期纪氏别业南花园子遗址。据记载,当年此地轩榭花竹,清风明月,俊彦邀约,流连诗酒,可谓极一时之盛。今日在茂密枣林之间,园内山水辉映,花树相间,殿堂高耸,亭廊回环,奇石点缀,曲径通幽,"四库流风"、"阅微草堂"、"敬先堂"、"奉贤馆"、"春帆湖"等景点错落有致,多角度、全方位展示了纪晓岚丰富的人生历程和多彩的兴趣癖好。

园中景点最引人注目的是这里的四大之最:最大的烟袋,长16.82米,目前正在申报吉尼斯世界纪录;最全的书库——《四库全书》；最长的成才之路——磨盘路；最古老的巨砚。

阅微草堂景区的主要建筑是"宦海书丛馆"，馆内以图片形式记载着纪晓岚一生的宦海沉浮和文化业绩。最能概括其一生踪履的还是馆前抱柱上那幅纪晓岚自撰联"浮沉宦海如鸥鸟，生死书丛似蠹虫"，凝练恰准地记录了一代文宗跌宕起伏的宦海萍踪、书痴生涯。

"文漪阁"，也是纪园的核心，是纪园的主要藏品所在。纪晓岚之所以成为"一代文宗"，为后世敬仰，其主要的文化成就就是在清朝乾隆年间担任《四库全书》的总纂官，殚精竭虑15载，主持编纂了当时世界上最大的丛书《四库全书》，从此奠定了他在中国文献史上的崇高地位。"文漪阁"内收藏了一部"文津阁"版的《四库全书》影印本，异常珍贵。

纪晓岚一生撰联甚多，被后人尊称为"联圣"。"联圣廊"挂有纪晓岚自撰联语和后人评价的联语各14幅，组成了蔚为壮观的联廊风景。漫步其间，妙联扑面，奇书悦目，名家新秀，真草隶篆，各见所长。

"联圣廊"西面有一道花墙，花墙后面就是春帆湖。湖水面积不大，却极其精致，小桥流水、玉带为桥，因纪晓岚晚年自号春帆，这片湖水便以此冠名，被赋予了文化的内涵。

踏着一块块磨盘，我们穿过一片生长茂盛的枣林。颗颗红枣闪着亮光，似乎也带着思想的灵气。这斑驳、古朴的磨盘让我感受、回味于浓厚乡土气息中散发出的那些最质朴、最可贵的品格和境界。

"过如秋草芟难尽 学似春冰积不高",这是我每次游纪园感受最深的一副对联,意思是:人的过错就像秋天的野草一样砍伐不尽,而人的学识却像春天的冰雪一样堆积不高。人非圣贤,孰能无过?而"一代文宗"纪晓岚却如此谦卑,怎能不令人敬仰?如果我们能有勇气日日"芟秋草",有毅力不断"积春冰",那就不枉来纪园一趟。

(发表于 2009 年 10 月 10 日《沧州晚报》)

与莲花相邻的日子

快乐的"农家游"

仲秋时节的一个午后,我们"太阳花亲子园"10个家庭的成员们一同到杜林西街——李平婆家的村子,在那里度过了一段快乐的时光。

到枣树林里摘枣是我们此行的主要内容。为防止林中蚊虫叮咬,细心的桂芳带了风油精,给每个孩子涂在脖子上、胳膊上。大人们手里拎着塑料袋,专注地摘枣;孩子们叽叽喳喳,左冲右闯,欢喜地把一个个果实放到袋子里。休息时,李敏摆出一个武林八极拳的招式,笑着说:"还不快照!"大家忍不住捧腹大笑。孩子们找到一处高岗,男孩子展开了攀登比赛,小女孩追逐着蝴蝶,枣林间荡漾着欢笑声。

摘罢红枣,李平又带我们来到玉米地。由于已近深秋,找几个嫩棒子已经不容易了。孩子们剥开玉米苞,陡然看见正在蠕动的虫子,惊叫着跑开,继而又回来,大胆地用手去捉。途中,我们发现了一块瓜地,以为是无主地,李敏和几个孩子惊喜地跑过去摘,一会儿,都举起一个个南瓜,自豪地喊:"快照啊!"这时,听见李平的表姐说:"摘吧,随便摘!"顿时大家明白了,几个人脸上起了一片红

人生感悟

晕，哑口无言了。

　　按照李平的安排，我们的车队来到杜林石桥边。李平的女儿做导游，介绍石桥的来历。桥面斑驳的石栏、石柱上依然可见浮雕画面和姿态各异的石猴、石狮等动物，精雕细刻，栩栩如生。

　　游罢石桥，我们来到李平婆家。这是一个大院落，6间平房。院子里已经摆了3张圆桌，桌上盆里分别放着煮熟的乌鸡蛋、嫩玉米、毛豆角，还有香蕉。院里养着乌鸡、小狗，孩子们欢呼雀跃，纷纷拿着香蕉去喂鸡。没过多久，几个盆儿就见了底儿。接下来，我们分头入座，父亲们一桌，母亲们一桌，11个孩子一桌。酒菜是特有的农村老席，对于我们这些女人来说，下酒菜就是这一路上的趣事和欢笑。

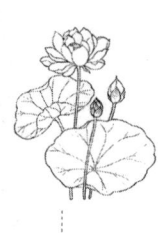

　　席间，李平的公公高兴地说："看到你们如此友爱，我很高兴，你们给我这农家小院增添了快乐，欢迎你们常来！"

　　是啊！这是一次多么难得的回归自然、放松身心、愉悦精神的行程啊，更令人高兴的是，通过这短暂而快乐的时光，我们之间的友谊在增进，亲情在延伸。

（此文发表于2009年11月7日《沧州晚报》）

小轩窗 正梳妆

2009年3月16日，沧州市棉纺厂五栋楼发生一起凶杀案，敏与其父亲一起被害。这篇文章在征得敏未婚夫同意后，引用了他的日记，写他们之间凄婉的爱情故事，以寄托哀思与怀念。

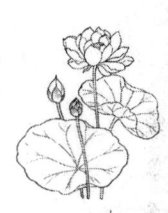

下雪了，大片大片的雪花漫天飞舞。

"绿蚁新醅酒，红泥小火炉，晚来天欲雪，能饮一杯无？"白居易的诗令人怀想围坐火炉饮酒看雪的温暖与惬意。而此刻，这雪带给我的却只有忧伤。

我从上海回来了，敏儿，这是你遇害后我第二次回来，带着深深的思恋和怀念，我手持玫瑰来到你的墓前，有多少话要向你诉说。

亲爱的你，不孤单，我天天想你，与你不散的魂魄相伴。原谅我，没有与你一起化蝶的勇气。来不及触摸人生漫长的画卷，你就轻轻地带走了我无尽的相思。敏儿，几次，我习惯地又打你的手机，那边告诉我手机已停机。不知3月16日上午9时21分，就是你被害的时候，我给你的最后一条短信，你看到没有。短信的内容是："多想带你看看江南的春天呀，好美。"温柔恬静的你，是怎样面对恐怖的场面，勇敢地拿起手机报警的。每次想到这种场景，我就忍不住心疼，疼到心里流血。

我时常翻出你的相片，一边轻抚，一边哭，不敢哭出声，怕影响别人，把声音压到嗓子里面，眼泪像是被挤出来，溢满了镜片，涎到地上。在时间和痛苦的反复拉锯中，我被砍得支离破碎，始终还是不能减轻对你的思念。

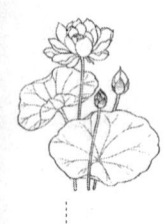

我的工资卡还是一直用着你的密码，我不知道这几个数字的意义，当初问过你，你一脸神秘地说等结婚那天告诉我，现在我永远不知道这个"意义"了，现在这个数字对我的意义就是亡妻你了。昨天一个从小一起长大的朋友问我们是否一切安好、什么时候结婚，我的泪水止不住了。亲爱的，别让我再过这种每晚一个人抱着枕头流泪的生活了，找个好理由带我走吧！

最近，我养成了一个习惯，我总会在安静的旷野对着蓝天白云默默倾诉，每次仰起头对着它的时候，我就能感觉到你正温柔地看着我，充满了爱意。"天"的概念对我来说，就是你现在生活的地方。当我仰头对着天空颤抖着倾诉时，常常泪水顺势流进耳朵，慢慢塞满，模糊了周围的声音，一切变得更加寂静。寂静中我感到你就坐在我的身边，一种熟悉的温馨，你是不是像往常一样靠在我右边的肩膀上呀，敏儿，我看不到你呀！你在哪里？7年来，你是我一切美好的源头，怎么就不在了呢？

那夜，外面下着小雨，我坐在草坪边，静静地思念你，我的爱妻，今晚你又幻化成雨，来爱抚我，顺着我脸颊流下的不仅是雨水，还有泪水。

在想念你的每一个夜晚，苏东坡的《江城子》总是在脑际翻转："十年生死两茫茫，不思量，自难忘。千里孤坟，无处话凄凉。纵使相逢应不识，尘满面，鬓如霜。夜来幽梦忽还乡，小轩窗，正梳妆……"敏儿啊，是你，就算跑到天涯海角依然能给我那种安心和宁静；是你，使我在你的宠爱下，慢慢变得成熟温顺而又斗志昂扬。自别后，盼相逢，几回魂梦与君同。只愿你夜夜来到我的窗前，我会每日挽上红草篮，漫山采集蔷薇花，用花瓣铺满我们来世的新婚床。"

…………

我想凡尘与仙界之间，也许只隔着一扇小轩窗。

小轩窗，正梳妆。

（此文发表于2009年12月26日《环渤海文化报》）

让生命在感动中升华

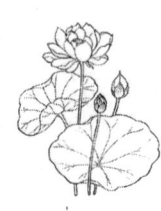

　　从外地回来,汽车下高速时已是华灯初上,迎宾大道两侧彩色的灯树把我所生活的这座城市装扮得更加旖旎动人。望着新建起的像鸟巢一样的体育馆和气派的会展中心,蓦地,一丝感动涌上心胸——一个人与一个城市相爱需要几年?这是对外地人的询问,对于我,这是生我养我的地方。美丽的沧州狮城发展得这么快,怎能让我不喜悦、不感动呢?

　　回首过来的一年,还有许多令我感动的时刻涌上心头。经过一个多月的筹备,"五四"青年节联谊会举办得非常成功,领导和战友们的废寝忘食、默契相助,令我感动;我不幸摔倒受伤,亲友们的关爱和祝福令我感动;我的儿子暑假在英国的一个月,凯文一家免费提供吃住,像疼爱自己的孩子一样爱护和管教他,让这个16岁的中国男孩在美丽怡人的大西洋和英吉利海峡岸边度过了人生中一段难忘的时光,凯文夫妇无私的爱令我感动;一个几年前我帮助过的孩子——外甥女蒲俊彤,参加了国庆60周年阅兵仪式,她是女民兵方队的一员,她是我们家的骄傲,更是沧州人的骄傲!在众人的帮助和支持下,她从一个丑小鸭变成了美丽的白天鹅,这一切令我感动;当我穿过浓浓大雾赶到学校为孩子们讲感恩,为他们播放《让生命充满爱》时,老师和学生们被片中的动人故事感动得泪流满面,自发地配合着片中的启示,齐声喊道:"感谢老师,老师辛苦了!""为中华之崛起而读书!"那种被真爱的感觉,无法用言语来表达,同样令我感动。

其实,只要我们认真想一想,每个人都生活在爱和感动之中,不同的只是我们是否能感知这种爱、这种感动。感动不一定是惊天动地,也不一定是"怒发冲冠凭栏处/潇潇雨歇……"的慷慨壮丽,它可能仅仅因亲朋间的一点关爱,或因一棵早春出芽的小草、一队归来的紫燕让你感动,但这点滴的感动温暖和激励着我们,生命也因此而灵动和闪光。

感动是一种支撑,感动是一种力量,让生命在感动中升华!

(此文发表于2009年12月26日《沧州晚报》)

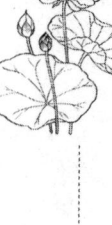

人生感悟

踏着春的脚步

　　一只小鸟站在依然光秃秃的树枝上,用嘴擦洗着羽毛,爪子下面已经感觉到待发嫩芽的膨胀,听见枝条里有哗哗的流淌声……

　　侧耳谛听,你就会感觉到那些泥土间有种微妙的声音,如鸡雏破壳时的微响。哦,那是急着争春的草儿,复苏破土,泥缝开裂的声音,那是抖掉残雪后精神抖擞的麦苗拔节的声音,那是板结的土地苏醒后吱吱的吸水声,那是醒来的树根根须走动的声音,那是新生命诞生的歌吟……

　　春,轻盈的脚步,踩着绿色的音符,踏绿大江南北,生命不再犹豫,从芬芳的泥土中爆芽。大地在醒来,小河在醒来,乡村在醒来。在四指宽的春联里醒来,在大门两扇正中贴着门神的年画上醒来,在农家走亲访友的背影里醒来,在密集的一排排一幢幢的农舍的炊烟里醒来……

　　春是生的欲望、生的能源、生的激情。这些碧绿的针尖一般的草芽,不仅叫你看到了崭新的生命,还叫你深刻地感受到生命的锐气、坚韧、迫切,还有生命和春的必然。

　　当几阵醉人的暖风吹来,一场润物的细雨不经意间洒下时,春就实实在在地走来了。披一袭妙曼的轻纱,似一根根银针的春雨轻盈盈地降临，滋润着初醒的大地，唤醒那埋进土地里的种子和它的梦。

你若漫步雨中，能看到如梦般的氤氲。那雨，起在初春雨季，若在林中听雨，确是有一种"天街小雨润如酥，草色遥看近却无"的感觉。因为，那时枯草尚未返青，"山戴去年雪，春来何处峰？"只是一看春雨，才看出春的气息，春的朝气！我枕着雨声，品着雨韵，遐思悠悠。

我们和春站在一起，新鲜生命的汁液流遍全身。站在新的时光门槛上，满怀渴望和期盼，为此，踏着春的脚步，我们再次出发。

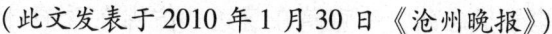

（此文发表于 2010 年 1 月 30 日《沧州晚报》）

人生感悟

爱的坚守

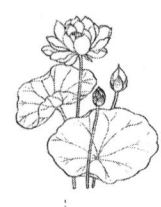

冯东生是一名35岁的普通巡警,此刻正在市医院康复科进行康复训练。1.72米的个子,将近95公斤的体重,圆圆的脸庞上一双大眼睛流露着憨憨的孩童似的神情。他的妻子仉志茹,一直陪在身边,仿佛在看护自己的孩子,他的两个战友也在一旁照顾着。

这是我第二次到医院来看望他,回想起去年东生治疗的经历,志茹脸上挂着从容的微笑,眼里却噙满了辛酸的泪水……

去年9月28日晚8点多,连续工作了3天的冯东生拖着疲惫的身体离开单位回家。不想,大约两个小时以后,邻居在门口发现了躺在地上呼救的他。当志茹赶到医院时,东生已经被送进手术室。诊断结果是高血压导致左丘脑出血。经过四个多小时的手术,昏迷不醒的东生被送进ICU病房。

从那一刻起,志茹就日夜守候在病房外,一守就是48天。每天上午10点,医生准许家属半小时探望,每到这时,志茹边给东生擦洗身体,边和自己的丈夫说着知心话:"快点儿醒吧,东生,咱们的女儿特别懂事,咱们的家多么的好……"为了早一点把丈夫唤醒,志茹把自己说的话、孩子唱的歌录下来,让护士每天放给他听。她一天要给东生送六次流食、一次牛奶,还要清洗被褥,时间表排得满满的。晚上,劳累了一天的志茹就在走廊的地板上睡会儿觉。多少困难,多么辛苦,一个平凡的女人就是这样咬牙坚持着,没有一声埋怨。她祈盼东生醒来的第一刻就能见到她。

入院的第15天起,东生的病情日渐恶化:肺部感染、腹部积水、颅内感染。第18天,她带上有关诊查资料,凌晨1点多出发去了北京,一连跑了三家医院,晚上8点多才回来。医生的诊断是相同的:严重颅内感染,随时有生命危险。

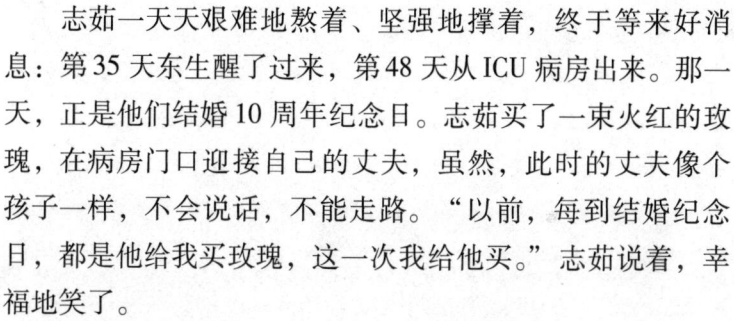

志茹一天天艰难地熬着、坚强地撑着,终于等来好消息:第35天东生醒了过来,第48天从ICU病房出来。那一天,正是他们结婚10周年纪念日。志茹买了一束火红的玫瑰,在病房门口迎接自己的丈夫,虽然,此时的丈夫像个孩子一样,不会说话,不能走路。"以前,每到结婚纪念日,都是他给我买玫瑰,这一次我给他买。"志茹说着,幸福地笑了。

刚从ICU病房出来的时候,东生浑身插满了管子,志茹一天24小时不敢合眼,寸步不离,生怕自己稍一疏忽东生就离她而去。她像哺育婴孩一样侍候着东生,至今,每晚她还要给他接尿。东生刚开始做康复训练时,志茹要费很大劲给他摆好双脚,搀扶他一步步向前走。在日夜煎熬中,本就不胖的志茹体重下降了7.5公斤。她的空间、她的世界只有一间病房大小,她顾不上照管女儿。一次,孩子见到久违的她,撒娇地说:"妈妈,亲亲我吧!"

四个月来,她精心呵护、无怨无悔,是她的坚持和爱的守候唤醒了丈夫。如此真挚纯洁的爱情在这个浮华的世界中犹如一朵奇葩,令人敬重,令人感动。她与他曾经一起走过的日子,仿佛广袤的天空抖落了一地的碎钻,镶嵌于彼此的岁月里,让二人一世珍藏。

(此文发表于2010年3月9日《沧州日报》)

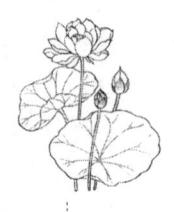

与莲花相邻的日子

海棠花开

走进刘老太太的家,一下子就被满目新绿所吸引。窗台上、地板上,那一片生机盎然的绿色令人怦然心动——绿萝繁茂的叶片,极富生机,宛如翠色浮雕;吊兰舒展散垂,形似展翅跳跃的仙鹤;还有那枝含松百态、杆如笔直的文竹……层层叠叠的绿色当中,我尤其喜爱那盆四季海棠,小巧玲珑的粉红色花朵,一团团一簇簇,优雅别致。

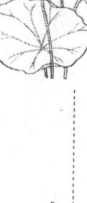

人生感悟

绿色簇拥下的屋主人刘老太太,个子不高,背稍有些驼,步履蹒跚。站在她身旁,能听到她有些急促的喘息声,唯有古铜色面庞上那深邃的目光,让人感觉到她内心的坚强和刚毅。

1921年出生的她,17岁出嫁,进门就伺候瘫痪在床的婆婆,端屎端尿,洗衣做饭,瘦小的她辛勤地操持着家务,从无怨言。

岁月荏苒,她经历了半个多世纪的沧桑。贫穷、饥饿、疾病、亲人的先后离世……她默默承受着一切,不抱怨什么,反而越来越通达,越来越平和。

从未生育过子女的她喜欢孩子,每当邻家的小孩到她的院子里来,老人都要拿出点儿吃的东西给孩子们。

她喜欢小动物,兔子、鸡、猫她都养过。时间久了,那些猫儿们因为得到老人的悉心照料,似乎懂得感激,每当看到老人疲惫的时候,就会发出温柔的叫声,似乎是在提醒她休息。

前年冬天,我给这位孤寡老人办理了低保、医保,还带她去办理了二代身份证。老人高兴得不得了,眼含热泪,拉着我的手说:"警察,我拿什么来报答你?"瞬间,我的眼眶涨潮。

去年母亲节,我给老人买了一双绣花布鞋,到家一穿,有些紧,我立即去换了一双,是另外一种图案的。没想到,老人见了,不好意思地说:"我更喜欢那一双的花色。"闻听此言,我感动不已——一位耄耋老人,身患疾病,没有儿孙绕膝,没有养老金,仅靠微薄的几百元维持生活,却依然热爱美丽,热爱生活。

老人常叮嘱我要孝顺、要节俭、要懂得感恩。与老人相处的日子里,与其说我帮助了老人,不如说是老人赐予我心灵的营养,让我彻悟一些人生的道理。在她的生命里,岁月已将红尘往事润泽成珠,保存下来,静静地闪耀着朴素而温暖的光辉。

阳光照进来,一种温暖混着海棠花香在小屋里弥漫着。老人正莳弄着那盆海棠,花朵成簇,片片绿叶娇嫩光亮。从她的眼睛里,我看到淡定、从容、爱抚和安详。

(此文发表于2010年3月13日《沧州晚报》)

坐在克拉克和路易斯的船头

一个周末的早晨,我带着儿子来到天津科技馆,观看了一场穹幕电影,名为《克拉克和路易斯》。

克拉克和路易斯是美国早期最有影响力的北美探险家,在美国地理考察史上的地位与中国的徐霞客很相似。1804年5月14日,他们受命于美国总统托马斯·杰菲逊,带领着一支由33个人组成的探险队,从现在的伊利诺伊州的伍德河出发,沿水路向美国大西北挺进,历时3年,跋涉距离长达8000英里。沿途,他们撰写沿线水文地理、动植物分布的科学报告,绘制美国内陆地图,收集动植物、矿物标本作为珍贵的早期记录,而最重要的是,与美国西北的印第安人建立了联系,最终促成"路易斯安那购买案",使美国版图扩大了210多万平方公里。

"路易斯和克拉克之旅"是一次充满艰辛、见证奇迹的探险。途中,他们总共遇到了50个部落,他们发现了绵延不断的洛基山和几乎覆盖整个草原的水牛群。1805年11月24日,他们终于到达太平洋海岸。"路易斯和克拉克之旅"堪称"美国历史上最伟大的探险"。

天津科技馆宇宙剧场放映的是360度穹幕电影,内设两百多个座位,与地面呈 20 度倾角,摄影和放映都采用鱼眼镜头,放映出的影像呈半球形,有如苍穹。影院类似天文馆,半球形银幕由观众前面伸向身后,使观众犹如身临其境。

剧场后面的中间部位有一块伸向前方的平台,我们的座位正好在这个平台上,因此,当克拉克和路易斯的船在河流里行驶时,我们仿佛就坐在船头,随着探险队一同在山间的水中搏击,一同欣赏壮观的自然美景,探索神秘无穷的生命魅力。时而,我们又像飞了起来,翱翔于万仞雪山之巅,飞腾在广阔草原之上。就在那一刻,我的心灵受到震撼——对于每个人来说,从出生到童年、少年、青年、中年、老年,这一生都在不停地攀登,而登山对于我们,也许一生中就只有两次,一次是攀登大自然的高度,一次就是超越自己精神的高度!前者超越的是别人,后者超越的是自己——既是超越自己的生理极限,也是超越自己的精神和灵魂!

坐在克拉克和路易斯的船头,学习成长,感悟超越。

(此文发表于 2010 年 4 月 17 日《沧州晚报》)

拿什么献给您 母亲

她，58岁，个子不高，方正的脸庞上书写着沧桑和疲惫。

第一次见到这位母亲，是在街道居委会。当时，她正在那里申请办理低保，不时用手抹着眼泪——她还不能接受这不幸的现实：29岁的智障儿子晓圆，又患上鼻咽癌。

怀孕8个月时，晓圆降生了，这给她的家庭带来喜悦，然而，随之而来的却是更多的焦心和悲苦。晓圆是早产儿，发育极差，刚满月就突然发病，生命垂危。输血、输氧，在医院里经过半个月的抢救，晓圆又活了。那些日子，她日夜守候，一步不敢走开，生怕孩子离她而去。孩子熟睡时，她常常以泪洗面，仰望星空，祈求上苍把孩子的病换给她；而当孩子醒来时，她又像所有母亲一样，用最恬美的笑容迎接孩子稚嫩的目光。

接下来，晓圆生病住院成了常态。当医生给晓圆输液，头上、手上，连扎几次都找不到血管，又在脚上扎时，她心疼如针刺，泪水扑簌簌地落下来。

日子过得漫长而艰难，她和丈夫挣的钱几乎都给孩子治病了。晓圆比同龄的孩子说话晚，智力偏低。上小学时，

人生感悟

每当做数学题,他就急得用拳头砸自己的脑袋。8岁时,他突患急性肾病住进了医院,从此与学校无缘。随后,病愈的晓圆智力越发低下,他成了一个智障孩子。

晓圆6岁时,她生了女儿晓雪。晓雪长得俊俏可爱,她的到来,给这个不幸的家庭增添了许多快乐和幸福。当然,经济上更加拮据了,幸亏亲戚们纷纷伸出援助之手。12岁,小学还未毕业的晓雪,到山东省一所舞蹈学校上学。走时,她送女儿到火车站,望着远去的列车,站台上的她泣不成声……

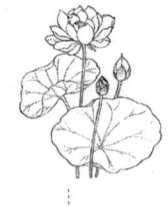

晓雪特别勤奋,顺利地读完了本科,先后多次在省、市舞蹈比赛、调演活动中获奖,还曾参加中央电视台"心连心"艺术团赴威海的慰问演出,现在山东东营一所舞蹈学校任教。2000年的一天,晓雪给家里打来电话,欣喜地告诉父母:"今晚有我的演出,电视台现场直播。"就这样,他们狠狠心买了一台彩电。

前不久,我来到这位母亲家里。晓圆正坐在沙发上看电视,左侧脸上有明显的放疗痕迹。母亲把一盘刚煮熟的饺子端到晓圆面前,对我说:"这几天他吃饭不好,我给他包了点儿素馅饺子。"

离开之后,我的心里满是伤痛和感动:上帝做了如此的安排,给了她一个智障又患病的儿子,又赐予她一个乖顺灵巧的女儿。这位母亲用心血和汗水,守望着孩子们的成长,也将目送一个孩子走向生命的终点。她的喜,她的忧,她的笑,她的泪,令人想到关于母爱的箴言:母爱的力量在于,即便在各种残酷现实的挤压里,还具备爱的光辉。世界上有两样事物是每一个人都必须仰视的,一是星空,二是母爱。

拿什么献给您,母亲?

(此文发表于 2010 年 5 月 1 日《沧州晚报》)

人生感悟

雨中记忆

傍晚时分,天下起小雨,我撑着伞往家走,远远看见中学门口放学的孩子们正拥挤地走出来。忽然,一名女生连人带自行车倒地了,在一旁执勤的交通安全协管员赶忙跑过去,把孩子扶起,人流又恢复原来的秩序。望着被扶起女孩离去的背影,一段温暖的记忆重现我的脑海。

那是我上高中时的事儿了。清晨,天下着小雨,我穿着件深绿色成人雨衣骑自行车上学。因为是成人的雨衣,帽檐超过我的额头,挡住了两侧的视线。我小心翼翼地骑着车。突然,我被推倒了,胳膊擦在马路上,伤口处慢慢渗出血迹,书包也摔到湿漉漉的地上,而我的旁边,是嘈杂的越聚越多的行人。

只听一名中年男子大声斥责一位手提豆浆油条的男士:"她是个孩子,又没碰到你,你凭什么把她推倒?"

"她差一点儿撞到我!"

"不是没撞到你吗?她还是个孩子呀!"那位男士被叱问得哑口无言。

我爬起来,有人已为我扶起车子,装好书包,我充满感激地对他们说:"叔叔,别说了,我没事,我要上学去了。"我重又骑上自行车行驶在雨中,不过,这时,我撸下帽子,任凭雨丝在我头上、脸上飘洒……

雨还在下,放学的孩子们嬉笑着从我身边走过。此时,我又想起几年前为雨中的台胞老人披上雨衣后默默走开的那位女士……

安宁、和谐是所有人的福祉,要实现这样的目标,其实并不需要花费很大的社会资源,往往仅仅是一个手势、一句问候、一种目光和一种态度。当人遭遇失意、身处困境时,那些仗义善良的言行宛如风雪中的玫瑰,宛如寒冷中的酥油茶,永远带给人温暖的记忆。

(此文发表于2010年6月12日《沧州晚报》)

相　　遇

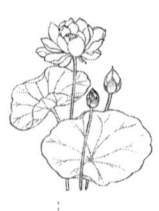

　　前不久去天津办事，遇到一名女出租车司机，当得知我们是沧州老乡时，她竟情不自禁地跟我讲起了她和她母亲的故事，说到动情处，她潸然泪下。她的坎坷经历，她的乐观豁达，深深地打动了我。

　　1999 年在南方旅游时，在一户人家，60 多岁的阿婆一边照看着她的双胞胎孙子，一边热情地领着我看她家的猪圈、菜地，给我讲当地的风土民俗，阿婆的朴实、淳厚一直印在我的脑海里。

　　前年夏天，我到曾经实习的那个派出所看望曾经带领我们一起工作的老民警、老所长。望着他们已过天命之年的笑脸，曾经的往事重现眼前……

　　在我的生命里还有许多难忘的事情、难忘的人，融合着欢乐和忧伤，孤独和热闹，凡此种种，我以为都是相遇。记得一首歌中唱道："人生，原来是和那些事那些人相遇的过程。"你可能会"他乡遇故知"，却很难有徐志摩笔下那样浪漫的相遇，"你我相逢在这黑夜的海上……你记得也好／最好你忘掉／在这交会时／互放的光亮"。

　　其实，人世间最难相遇。我们每天与很多人擦肩而过，但这不是相遇。我们不停地认识一些新人，彼此交换名片，这也不是相遇。

　　当最初见面时，你突然觉得心里有了一些异样的情绪，或者模糊感觉到它埋伏在你的身体里，那才是相遇。只有在第一次见面后的很多天，你回忆起那一刻，心里充满了怅惘或者甜蜜，那才是相遇。只有在一切欣欣开始，又悻悻落幕很久很久以后，在某个热闹的角落里，突然重新面对那张留着熟悉气息的面孔，所有往事尘埃四起，那才是相遇……

　　相遇是一首诗，诗中有欢声笑语，也有离情别绪；相遇是一首歌，歌中有慷慨激昂，也有低沉忧郁。让我们珍惜每一次相遇，真诚地面对自己，面对他人，在相遇中收获真诚和感动。

　　（此文发表于2010年7月3日《沧州晚报》）

茶楼饮酒

晚间散步,发现一茶楼,名曰"颐和轩",门口两侧矗立着雪白的石莲花,门楣亦是仿古的雕刻。步入其中,一幅幅字画、一声声古曲,满眼的古色古香,满耳的悠远绵长,真乃一个清雅温馨之地。询问服务生"是否只可以喝茶",服务生答曰"亦可饮酒"。于是,我认定找到了一个休闲聚会的好地方。

几日后,我约了几个朋友到这里集会。茶,要了普洱,酒,是自带的葡萄酒。服务生娴熟地把一撮生普洱泡进壶中,只见那些叶子在水中慢慢舒展,栩栩如生,宛若刚刚醒来伸着懒腰的婴孩。叶儿在水中玉雕般沉静,散发着润泽的光芒。这令我想到苏轼的茶回文诗:酡颜玉碗捧纤纤/乱点余光唾碧衫/歌咽水云凝静院/梦惊松雪落空岩。叶子上的绒毛隐约可见,好似每一片心事都曾被细心保存。"苍海月明珠有泪,蓝田日暖玉生烟。此情可待成追忆,只是当时已惘然。"也许岁月会把往事风干吧,但也许只是一个恍然的回首,记忆便会潮水般涌来,所有的故事得以再现,宛若昨天。

高脚酒杯里红红的葡萄酒,似乎要把屋里浓郁的书香气息和内心沉淀的幸福,融合成一种味觉的体验,犹如品了一口绵长细滑的"梅洛",幸福感在口腔中,像天鹅绒一般滑过。葡萄酒,是大自然用葡萄酿造的华彩;人,是用一生的执著追求让生命升华。很多时候,人们期待生活、生命、爱情都能如酒般酝酿,散发着淡淡的迷人的醇香……

从古老的时候开始,人们就已将葡萄酒与艺术,善与美兄弟般地结合在一起。在希腊神话中,维纳斯因为葡萄酒才与巴克科斯相逢,因此被认为是带来情爱和欢娱的象征。几乎所有的艺术都曾赞美过葡萄酒给人们带来的陶醉和灵感。世事轮回,今天的葡萄酒又代表着一种优雅、健康的生活方式。

我们举杯对酌,不久竟微醺欲醉。没有喧哗,没有争闹,茶香、酒香弥漫、飘荡。我的心像是经过了茶的浸泡、酒的酝酿,满是安静和欣喜。佛教禅宗主张静气养性,提倡坐禅。真正的品茶高手必戒骄狂、浮躁,心静如水。

能平和、能静心,这既是修身之道、品茶之道,同时也是一种优雅的养身之道。我们感受着茶与酒蕴含的中西方文化带来的滋润与启迪,就这样在这里围坐,慢慢地品着,陶醉着……

(此文发表于2010年7月24日《沧州晚报》)

行走　简单而快乐着

与莲花相邻的日子

　　同事中，越来越多的人步行上班，邻居里，越来越多的人喜欢到外面散步。在我看来，走路是一种好的健身方法，同时也可能由此产生出复杂而精致的文化活动。有时候，思想和行走，思忖和踱步，需要我们有颗易感之心，脚触大地。

　　在今天这个科技发达的时代，交通工具取代了行走，网络替代了思考，一切都变得快捷、便利、机械了。而行走，却能使烦躁封闭的心灵在都市繁华的梦里打开。先哲蒙田说："徒步时，有某种东西在启迪和激发我的思想。"

　　1749年10月的一个中午，卢梭去探望朋友，从巴黎走到樊尚，在路上，他突然豁然开朗，大量思想向他袭来。"这次散步是我一生中最特殊的体验，我的生命由于这次散步而获得了非常积极的转变。"一次散步，竟然改变了一个人的一生。他还说："我从来没有像在独自徒步旅行中想得那样多，生活得那么充实，那么有意义。那时，我在重读我的遐想时，就能重尝我在撰写时的甘美，使逝去的岁月得以重现。"

　　如今，现代的我们，双脚越来越鲜有丈量大地的机会，内心变得不再那么敏感与丰富。其实,你知道吗?想要体验自由,玩味孤独,与大自然交流,跟自我对话,最好、最简单、最直接的方式莫过于走路。

英国作家乔夫·尼科尔森说:"每个步行者都有自己的想象地理,用步幅丈量出私人想象世界的幅员。"对我而言,最难忘的行走,是在警校上学时,一走便是十里八里。春日里,我们三五成群地在乡间小路上散步,周围是绿油油的麦田。在这醇美的大自然中,都会蓦地感到肩上盾牌的沉重和庄严,发誓在不久的将来,当一名打击犯罪、保护人民的优秀警察。秋日里,我们走在乡间小路上,映入眼帘的丰收景象,会令我们心中升起对家的想念。而在西山森林公园的山间行走,激发了我许多诗意的想象,令我更多倾听自己的呼吸。

在清朗的早上,到静美的田园里行走,能看见喜鹊在草地上寻觅着什么,听见小虫在私语,能让你瞬间对世界有清晰的感悟,觉得人生很美好。更神奇的是,行走有利于把自己倒空,再装进去新鲜的东西。这是行走中的禅意,当你真正实施起来,就会感到,这是件简单而快乐的事情。

(此文发表于 2010 年 8 月 14 日《沧州晚报》)

人生感悟

镜泊湖的黄昏

2010年8月下旬，我随全省公安系统功模代表休养团来到牡丹江镜泊湖风景区游览。

镜泊湖是中国最大、世界第二大高山堰塞湖，是著名的旅游、避暑及疗养胜地和世界地质公园。"镜泊"意为"清平如镜"。红罗女的传说为这里的山水倍添了灵性，许多伟人的行踪墨宝也给名湖增色不少。

镜泊湖蜿蜒曲折，湖中大小岛屿星罗棋布，而最著名的湖中八大景，犹如八颗光彩照人的明珠镶嵌在这条万绿丛中的缎带上。镜泊湖原始天然，风韵奇秀，山重水复，曲径通幽，让人流连忘返，无限眷恋。

镜泊湖的黄昏更是美丽至极。我们泛舟湖上，在游赏了岸上的山色风光之后，正值黄昏到来，我们在游船上，倚着舷窗，看夕阳在波浪中书写隽美的诗意与禅机。下湖时，已经五点多钟，枕着山脊的夕阳，已经不再炽烈，两岸的青山，将葱茏投入湖中，孵化出翡翠般的宁静。我此刻站在船尾，眺望夕阳由猩红变成淡红。这时，我真切地感到，生命的每一种境界，都是无法替代的历程。它既有色彩，也有温度；既是灿烂，也是淡泊。就像这镜泊湖，成为河道时，它流得欢畅；堰塞成湖，它仍然逍遥。

不知不觉，三分之二的夕阳已经沉入了山脊。剩下的半弯，似乎激情更为充沛，投放到水中的光晕，金灿灿的更为明亮。船尾的排浪中，水花更为璀璨。这最后的辉煌实在太美了。

这时，导游带我们下船，到一个名叫"钓鱼台"的地方去吃鱼餐。餐馆临湖而建，房屋全是木质结构，仿古的风格，令人仿佛置身于一条古船上，如莅仙境。我们一边吃饭，一边悠然地欣赏对面的风景。这别样的美味，清醇的酒浆，雅致的景色，激发着每个人的情怀。我们觥筹交错，笑语喧哗，陶醉在异乡温暖亲切的柔情中。

风，已然是金秋的风了，水，静静地拍打着这座"古"屋，那层层叠叠的山峦，变成紫褐色，涂在远处天际线上，而夕阳那最后一抹红霞，仿佛是对游客们行着一个匆匆的敬礼！

（此文发表于 2010 年 9 月 11 日《沧州晚报》）

重读一位英雄母亲的遗言

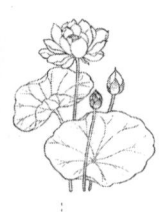

　　初秋时节，我随全省公安系统功模代表休养团来到哈尔滨，参观了东北烈士纪念馆。在那里，当我读到英雄母亲赵一曼写给儿子的遗信时，不禁心情沉痛、潸然泪下。

　　赵一曼，1905年10月出生，四川宜宾人，1926年入宜宾女子中学读书，同年加入中国共产党。1927年入黄埔军校武汉分校学习，不久，去莫斯科中山大学学习，翌年与同学陈达邦结婚。1928年冬，她因疾病和身孕，奉调回国。1932年春，被派到东北地区工作。1935年秋，任东北人民革命军第三军一师二团政委。同年11月，在与日伪军作战时不幸因腿部受伤被捕。敌人对她进行了惨无人道的审讯，致使她伤口化脓，生命垂危。日军为得到重要口供，将她送到哈尔滨市立医院进行监视治疗。住院期间，赵一曼利用各种机会向看守她的警察董宪勋与女护士韩勇义进行反日爱国思想教育，两人深受感动，决定帮助赵一曼逃离日军魔掌。1936年6月28日，董宪勋与韩勇义将赵一曼背出医院乘上预先准备好的汽车，辗转来到阿城县境内。6月30日，在准备奔往抗日游击区的途中不幸被追捕的日军赶上，再次落入敌人的魔掌。凶残的日军对她进行了老虎凳、泼辣椒水等严酷的刑讯，采用的酷刑多达几十种，但她始终坚贞不屈，敌人决定将她处死"示众"。1936年8月2日凌晨，赵一曼被押上赴刑场的火车，她知道最后的时刻到了，不禁想起远在四川的亲人、异国他乡的丈夫和年幼的儿子，她向押送者要来纸笔，饱含深情地给儿子写下遗言：

"宁儿：

母亲对于你没有尽到教育的责任，实在是遗憾的事情。母亲因为坚决地作了反满抗日的斗争，今天已经到了牺牲的前夕了。母亲和你在生前永远没有再见的机会了。希望你，宁儿啊！赶快成人，来安慰你地下的母亲！我最亲爱的孩子啊！母亲不用千言万语来教育你，就用实行来教育你。在你长大成人之后，希望不要忘记你的母亲是为国而牺牲的！"

当纪念馆的音箱播出这位英雄母亲的遗书时，在场的人都哽咽了、抽泣着，对英雄高尚的情操肃然起敬，被英雄伟大的母爱深深打动。透过烈士的遗言，不难体会到烈士对生的深深留恋，对人间美好生活的热切向往。她有亲情，有活泼可爱的儿子，但为了革命不得不与儿子先是生离，后是死别。作为母亲，眼看年幼的孩子将永远失去母爱，她岂能不心痛，但她明白，民族解放事业需要她慷慨捐躯。作为党的女儿，为着党的事业和民族的利益，她笑洒热血，视死如归，坚信不论自己能否到达胜利的那一天，自己的队伍一定能到达，党的旗帜一定能到达，为此，她死而无憾，无怨无悔。

这是何等伟大的母爱！这是何等崇高的民族精神！凝望这封遗信，我唯有怀念、敬仰，内心充满着走向未来的激情和力量！

（此文发表于 2010 年 10 月 14 日《大众阅读报》）

与莲花相邻的日子

走近范妈妈

中秋之前的一个上午,我到衡水的枣强县,看望了2008年奥运安保期间因公牺牲的全国公安系统二级英模范党育的母亲。

这是一个普通的院落,闻听我们到来,范妈妈快步迎上前,拉着我的手,笑着寒暄着坐下。范妈妈今年74岁,个子不高,瘦瘦的,古铜色的脸庞上,一双眼睛十分有神采。

范妈妈生育了一儿两女,党育排行第二。退休前,她是一名老师,曾在小学和初中任教。那时,她丈夫在县城公安局工作,她一个人一边工作一边带三个孩子,日子过得很艰苦。但即使这样,范妈妈还是很热心地帮助他人,无论是从经济上,还是从化解他人矛盾方面,她都乐于去做。因此,不管是邻里之间,还是夫妻之间,只要有矛盾,人们都喜欢跟她讲,生活上拮据了更是情不自禁走进她的家门。因为人们知道,她没有解决不了的事情,即使她办不到,也会再去求别人帮助解决。

范妈妈的热心可苦了当时还小的孩子们。记得有一次,

人生感悟

村里一对夫妻闹别扭,从下午人家找到家里来,范妈妈就给调解,晓之以理,动之以情,讲来讲去天都黑了,她都不知道。当她把和好的夫妻俩送走时,才想起自己的孩子们,走进屋里开灯一看,发现还没吃饭的孩子们都已蜷缩在炕上睡着了。

党育结婚后,范妈妈搬到了县城,可每年回老家过春节,范妈妈就又担当起义务调解员,她的家简直就是民事调解庭。有一次,因赡养问题,一位老人的子女们找到范妈妈,越说越激动,竟差点儿打起来,幸亏范妈妈说话管用,才避免了一场"战争"。

有一年春节,一位邻居家里啥也没有,范妈妈知道了,赶紧把自家仅有的两碗白面给了邻居一碗,结果,自己家也没好好吃顿饺子。

范妈妈不仅教学严谨认真,而且特别关心爱护学生。她的学生中有一名孤儿,范妈妈经常送衣服给他穿,还常把他带到家里吃饭。一提起学生们,范妈妈就很激动。多年来,学生们也没有忘记这位善良的老师,时常到家中看望范妈妈。

范妈妈笃诚朴实、热心助人的品格感染、传承给了她的孩子们,体现在孩子们的生活和工作中。我想,这就是党育多年来爱岗敬业、乐于助人的渊源所在。

范妈妈年轻时很活泼,喜欢唱歌,每次开全乡教师大会都是她领唱。有趣的是,由于她个子不高,每次她都要站在凳子上指挥大家唱歌,这使会前的气氛变得非常高涨,给人们带来无穷的快乐。范妈妈回忆起那艰苦而快乐的时光时,脸上洋溢着幸福的神情。在教学中,她同样也注重营造快乐的氛围。课余时间,她教孩子们唱歌、打乒乓球,让孩子们在紧张的学习之余陶冶了情操、增强了体质。她的苦心没有白费,每次统考,她的学生成绩在全乡都名列前茅,在文艺活动中表现也非常出色。

孙子鹏飞小时候跟随奶奶一起生活。那时,人们时常看到年逾花甲的范妈妈跟几岁的孙子一起跳绳、跳房子,同时还一边拍着手连跳带唱。"每当看到这些,我们的心里就感到无比的幸福和快乐。正是婆婆的大力支持,才使我们在各自的岗位上把工作做到最好。"党育的妻子说。

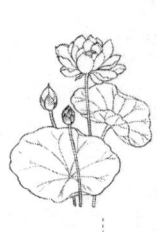

开朗的性格使古稀之年的范妈妈遇事想得开,更使她表现得很坚强,这其中包含了她对他人的包容和关爱。为了让孩子们工作得更踏实,她自己承担了很多。2007年9月的一个早晨,她发现老伴突然躺在了地上,她没有惊慌失措,而是立即跑去叫人来抢救,等孩子们赶到时,他们的父亲已经在医院里了,老人做了开颅手术,手术很成功,是范妈妈的镇定和坚强挽救了亲人的生命,也给儿女们减少了突发事件带来的麻烦。党育在医院陪伴了一晚,第二天就回单位工作去了。范妈妈没有责怪儿子,她知道儿子是孝顺的,她更知道忠孝不能两全。

"最令我难忘也是最令我佩服的是党育走后婆婆的表现,当时,悲痛欲绝的我不敢想象跟婆婆见面的情景。可当我见到她的时候,已经无法支撑的我却突然变得有了力气,她的坚强给了我勇气,让我懂得不把自己的痛苦传染给别人。"党育的妻子说。因为她理解自己的儿子,因为她知道自己不能倒下!白发人送黑发人的割心之痛是怎样的折磨!她在用最大的意志力来控制自己,就是在那样的日子里，她还强颜欢笑来安慰老伴，在老伴看不到的时候偷偷地哭，连放声大哭的机会都没有。她说，她不怕死，也不怕老伴死，她觉得他们已经活得值了，如果能用他俩的命去换回儿子，他们都愿意！

每当领导们来看望范妈妈的时候，她的内心都会经历激烈的斗争，她感激领导对他们全家人的关爱，同时也要一次次经受失去儿子的锥心之痛。每当这时，她都提前作自我安慰，控制自己的情绪，待领导们走后，她都会慢慢坐下来闭着眼睛劝解自己，心情久久不能平静。

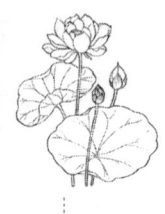

范妈妈经常安慰儿媳："我们有各级领导和好心人的关心和照顾，这是不幸中的万幸！"她很看得开，自从党育走后，她对生死更加看开了，她总是说"人要活得有价值"，这很像党育生前经常说的"活着干，死了算！"这是当时大家劝他休息时他说的玩笑话，可他确是这么做的，一直干到生命的尽头。

今年4月，在全省"范党育式民警"评选揭晓晚会上，范妈妈动情地说："娘看到了你们就像见到了党育，你们和党育一样，是好样的，都是无私奉献的好警察！你们的工作我可知道，真艰苦呀！苦，孩子们你们也要坚持，累，可是要保重身体，身体可是资本呀！爸爸妈妈需要你们，老百姓需要你们，党和国家更需要你们！你们责任多大呀，多重啊，好好工作，什么时候去枣强了，上我家里去，认认门，娘给你们包饺子吃，爱吃什么馅，咱就包什么馅……"

母亲的牵挂，是天下最深的牵挂，儿女一辈子放不下的，是母亲的心里话。当个好警察，就是对天下母亲最大的孝敬!

　　离开范妈妈时,我笑着与老人拥抱,泪水不觉在脸颊流淌,车开出很远,却依然看到范妈妈挥手的身影……

　　(此文发表于2010年11月7日《环渤海文化报》)

人生感悟

播撒爱心　播种希望

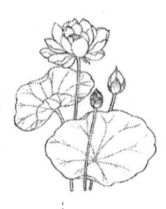

近日,我和"红心志愿服务队"的几名志愿者利用两个周末的下午,驱车到沧县走访看望了7名孤儿和贫困学生,给他们送去了衣服、食品等,也送去了初冬的温暖。

我们来到12岁的小玉家。她的母亲患有强直性脊柱炎,瘫痪在床,生活不能自理。她与母亲相依为命,靠制作纸花卖钱为生。母亲毫无抱怨,笑着招呼我们坐下。而小玉,沉默不语,稚嫩的脸庞上却没有同龄孩子的欢笑,幼小的她过早地担当起生活的重任,使她过早地体会到生活的艰辛。

小兰,一个9岁的小女孩儿,活泼可爱,一双大眼睛让我想起希望工程形象代言人——"大眼睛"苏明娟。见到我,她欢快地跑过来说:"我认识你,你是红心阿姨!"她的母亲患有小儿麻痹,父母离异后,母亲带着她再嫁给一聋哑人,又生育一子。临别时,小兰的母亲颤巍巍地下炕送我们,她的父亲憨憨地用手语表达对我们的感激,她的奶奶挽留我们吃饭,而我眼里早已满是泪水,说不出话……

小路,一名初二女生,瘦高的个子,不爱说话,沉默的脸上仍然刻着往日的悲哀——在她12岁和14岁时，父亲和弟弟分别在两次交通事故中丧生，母亲改嫁，她现随75岁高龄的爷爷奶奶生活，令人欣慰的是，她的大爷大娘特别疼爱她。当我们离开时，她的脸上终于露出了微笑。

小峰，一个10岁的小男孩，父母离异，父亲在服刑，他跟随姑奶奶生活。他个子瘦小，发育明显迟缓，听着大人们谈论他父母的情况，两行眼泪悄然而落……

每次走访归来，心中都不是滋味儿。孩子们渴望亲情温暖的眼神，勤奋学习、自强不息的精神，深深刺痛和激荡着我的心。一箱奶，一袋米，关切的询问、真挚的关怀，给一个个困境中的家庭带来了阳光，带来了希望。

送人玫瑰，手留余香；帮助他人，快乐自己。如今，"志愿周末"、"志愿假日"正成为一个新的志愿服务理念，让志愿服务渗透到每个人的生活中去，成为每个人都可以做到的事情。让志愿服务成为一种生活方式，在广袤的土地上播撒爱心，播种希望！

（此文发表于2010年12月11日《沧州晚报》）

面朝新年　春暖花开

多年来，一直不喜欢过年，又值新年将至。一日，回首往事，忽然找到了不喜欢年的根源。

1993年11月2日下午，我生下一对双胞胎男孩。不幸的是，几天之后，先出生的孩子夭折，我一下子垮倒，躺在床上，终日以泪洗面。因伤心过度，身体极度虚弱，孩子刚满月，我就被查出患重度贫血。在医院工作的婶婶找了一位老中医，用中药为我补血。从那时起，我的饭都是黄芪炖羊肉。不久后的春节，我是在伤心疲弱中度过的。现在回想，那时的我一定是患了产后抑郁症，对于过年，不是期盼，而是厌烦。

对于一个母亲来说，失子之痛是一生都无法忘却和弥合的，就像《唐山大地震》中元妮说的那句话："没了才知道什么是没了。"因失去儿子而产生的偏执，让我对象征团圆的春节从心理上产生排斥，因为它像是一个情感旋钮，会瞬间打开对逝去亲人的怀念。

在救助孤儿和贫困学生的过程中，我看到了一个又一个正在经历不幸和苦难的家庭：永田，小学三年级学生，父亲在外地服刑，母亲患小儿麻痹症走路困难，姐姐17

岁,在外打工。我劝慰永田的母亲:"孩子慢慢长大了,能帮你干一些地里的活儿,生活会越来越好。"没想到,她的眼泪立刻涌出来,哭着说:"长大了,我拿什么给他吃,我拿什么来养他?"这句话像石头一样砸在我的心上。临别时,永田清脆地给我背诵古诗,照合影时,他右手伸出两个手指,成"V"形,笑得很开心。一个母亲竟然还焦虑着孩子的温饱,这令我的心灵震撼,而小永田自信的笑容却深深地印在我的脑海里。

在目睹了一个又一个困难但却乐观坚强的家庭之后,我的灵魂也得到医治,我对生活充满了无限感恩。人世间注定有一些悲剧,一些逆境,一些困难,但这非但不能阻碍人们生活下去,反而更能激发抗争困难的勇气,因为世上根本就没有什么绝境,当命运之窗为你关闭时,我们要坚信,总有一扇窗会为你打开!

过去的一年,我们可能遇到了失意、痛苦甚至不幸,最有效的甩开就是战胜,当我们积极地向前走时,那痛苦就慢慢地远离了我们,而且我们还会越来越感受到生活的芬芳。

面朝新年,春暖花开!

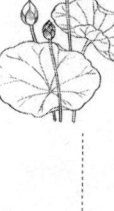

(此文发表于 2011 年 1 月 15 日《沧州晚报》)

内在生命的伟大

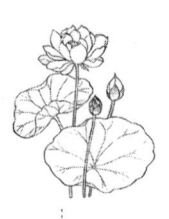

深秋时节的一天,我带领部分"红心志愿服务队"成员到人民公园为来自泊头的 12 名残疾人志愿服务,陪伴他们游园。

他们大多坐轮椅,我们推着轮椅,陪他们在一个个动物馆前驻足欣赏。途中,我与他们时有交流,得知他们与身体障碍抗争的故事,内心充满了感动与敬佩。

文成,从小因病下肢残疾,靠拄双拐走路。初中毕业后,不愿靠家人供养,不顾父母姐妹的反对,只身来到泊头谋生。几年间,他先后干过工艺品销售、在工厂打工、在路边卖机油,最后,他瞄准润滑油销售这一行业,由小到大,经过十几年的经营,生意现已形成大的规模,位列泊头润滑油销售前三名,年收入几十万元。他不屈不挠、自强不息的精神赢得了一位健康姑娘的爱慕,两个人最终组成了幸福的家庭。

小逍,九个月大时,因患小儿麻痹下肢瘫痪,靠拄双拐走路。但是,他不向命运低头,从小养成了坚强的品格。上学时,学校离家四五里路,他靠双拐每天走一个来回,从没耽误过学习。他的刻苦勤奋为他赢得了名列前茅的成绩,他曾代表泊头市中学参加全省的数理化竞赛。高中毕业后,他应聘到一家工艺美术绣品厂担任美术设计,一干就是30年,在泊头美术绣品业已小有名气。后来,他创办了自己的工艺美术研究所,靠着勤劳和智慧,几乎垄断了泊头所有的美术设计业务。更重要的是,他没有忘记那些还在为生计苦苦挣扎的残疾兄弟姐妹。2007年1月,他创建了"扬帆残疾人互助会",旨在组织动员残疾人互助互励,共同拼搏。现在,他的互助会已有会员一百多位,举办救助活动几十次,帮助了许多残疾人。为了发动社会力量帮助支持残疾人群体,他联系其他朋友与长城网联合创办了"泊头残疾人俱乐部"。

最令我难忘的是珊珊。她先天残疾,不能走路,却生着白雪公主一般美丽的脸庞。因为残疾,她不能享受到同龄健康女孩的快乐,有的只是寂寞和孤单。但是命运的不幸并没有摧毁她的坚强不屈,她多次离家外出打工,最远曾到过北京郊区。后来,她参加了泊头残疾人互助会,在大家的帮助下,开了个手机通信门市部,实现了自己的梦想。也许是坎坷的生活给了她太多的灵感,她从小就爱写诗。她的诗优美、真切,表达着一个少女对美好未来的渴望和期待。她的诗经常在泊头广播电台播出,受到人们的好评和热爱。在诗中,她写道:"我/活得简单而清澈/如同这个秋"。望着眼前坐在轮椅上的这个漂亮的小才女,我的心中生出更多的敬重和爱怜。

忽然想起小时候,也许我也曾经像顽童一样,在一个腿残或者聋哑人背后指指戳戳,轻视或嘲笑他们,即使我不曾那样,现在我仍要忏悔。正如作家周国平所说,因为在很长的时间里，我多么无知，竟然以为残疾人和我是完全不同的种类，在他们面前，我常常怀有一种愚蠢的优越感，一种居高临下的怜悯。现在，我才知道，无论是先天的残疾，还是后天的残疾，这厄运没有落到我的头上，只是侥幸罢了。遗传，胚胎期的小小意外，人生任何年龄都可能突发的病变，车祸，地震，不可预测的飞来横祸，种种灾难都可能造成残疾。被选中诚然不幸，但未被选中，又有什么可优越的？他失明了，我仍能看见。他在地震中失去了双腿，我仍四肢齐全……我要为此感到骄傲吗？我多么浅薄啊！

现在，我懂得了所有残疾人都是我的兄弟姐妹。我与他们只是躯壳有别，而人的生命不仅是肉体，更重要的是内在生命的质量，内在生命的层次决定了我们生活的状态。在西方，从盲诗人荷马，到双耳失聪的大音乐家贝多芬、全身瘫痪的大科学家霍金。在中国，从受了腐刑的司马迁、受了膑刑的孙膑，到坐着轮椅写作了几十年、为人类奉献出精神财富的史铁生。他们的肉体诚然缺损了，但他们的生命没有因此而缺损。甚至，与许多肉体没有缺损的人相比，他们拥有着更加完整和健康的生命！

从泊头残疾人身上，我看到残疾人仍然拥有完整的内在生命。他们用事实证明了人内在生命的伟大。在那次助残游园之后，我常常怀着感恩的心情看待自己的生命，亦时常检省自己。

（此文发表于2011年《燕赵警视》一二期合刊）

警营姐妹花

提起女警,人们自然会想到"英姿飒爽"这个词儿。身处警营,我体会更多的却是女警的隽美柔和、睿智坚韧。

宁秀娜,26岁的派出所女民警,隽秀的面庞上嵌着明亮的双眸,颀长纤瘦的身材展示着女性的柔美。街道大妈见了她叫"闺女",孩子们见了她喊"阿姨"。刚任社区民警时的一千多个日日夜夜里,辖区内的每条小巷、每户人家、每所学校、每家商铺都深深地留下了她的足迹。秀娜用自己的行动证明了——"我能行!""团结社区现有住户1642户,常住人口5108人,出租房屋350户,暂住人口615人,沿街门市168家……"一支笔、一个本加上一双勤快的双腿,使秀娜对如此复杂的社情了如指掌。她通过发放警民联系卡为求助的群众解决实际困难,通过与居民坦诚地沟通了解人们的需求,很快拉近了与社区群众的距离,取得了大家的信任。

一次,秀娜带领几名巡防队员在辖区巡逻时,发现一可疑男子。盘查时,该男子神色慌张、答非所问,并欲掉头逃跑。秀娜一个箭步上前将其摔倒在地。经审,此人是一盗窃自行车惯犯,本想伺机作案,没想到栽在一个柔弱

人生感悟

的女警察手上。从这个惯犯身上，刑侦部门破获系列盗窃、抢夺案件27起，为社区治安消除了一个"毒瘤"。

吕晓东，沧州市运河分局情报中心一名33岁的女民警，个子不高，看上去像一名运动员，椭圆形的脸庞上一双眼睛冷峻有神。2010年10月底，她参加第二十二届全国公安系统军用手枪实战应用射击比赛，获得运动后快速射击女子个人第五名的成绩。入警以来，不论是在刑警队、派出所，还是在分局情报中心，晓东都很好地完成了各项工作任务。

2010年9月，晓东被选入省公安厅前卫体协射击队参训。在一个多月的集训中，她每天坚持5公里有氧跑步、50个十指支撑俯卧撑、30分钟身体平衡训练。刚开始，每一个动作都要挑战自己的极限，而每次都会有新的突破。在一个多月的实弹射击训练中，她的右手虎口被震裂了，流着鲜血，愈合了又震裂了……坚忍与毅力，责任与担当，终于铸就了优异的成绩，她为河北公安增了光。

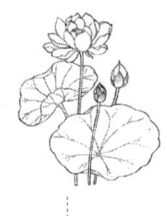

可谁又知道，当时，她患有先天脑瘫的女儿不幸夭折才几个月。多年来，她已习惯了每天给孩子做康复训练，每天看着孩子。孩子的突然离去，让她崩溃了，一连十多天吃不下饭，睡不着觉，整个人好像失了魂一样，而当领导希望她去省公安厅参训时，她却欣然表示"服从组织安排，保证取得佳绩"。她是忍着悲痛，怀着对警察职业的敬重与忠诚参训和比赛的。

陈永俊，一个听上去很男性的名字。她今年44岁，是泊头市公安局刑警大队副大队长。每次见到她，她都是一脸平静的笑容，可当我走进她的侦查故事里，看到的却是一个英勇果敢、披荆斩棘的女刑警的气概。在侦办张吉胜强奸本村19岁哑女致怀孕案中,受害人因长期受到侵害而不愿与他人交流,更不愿向他人说出被辱之事。为使受害人说出真相,她3次带领聘请的哑语老师和技术录像人员到哑女家中做思想工作。陈永俊的真诚和尊重最终感动了受害人,受害人很快讲述了其长期被强奸的事实,使该案成功告破,犯罪分子受到应有的法律制裁。在侦办一起偷盗婴儿案件中,她顾不上陪伴正在生病输液的女儿,连夜赶赴献县解救女婴。当第二天凌晨6时她将女婴成功解救,回到自己家时,懂事的女儿急切地问道:"妈,那个被偷的小孩你给抱回来了吗?"她一把把女儿搂在怀里,激动得热泪盈眶……每当她的女儿看到电视剧里的女侦查员破案时,都对奶奶说:"这人多像我妈呀!"

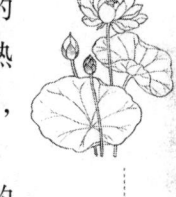

陈永俊从事刑侦工作23年,经她直接破获或参与破获的案件达1060起,抓获各类犯罪嫌疑人215人。显著的成绩使她获得全省优秀人民警察的光荣称号,她的事迹曾在河北电视台《警方时空》节目中报道,受到社会各界的称赞。

在警营中,在我的身边,还有很多美丽的警花,很多好姐妹,如市局出入境管理处的女警俊燕、柳华,装备财务处的清燕、王薇,巡特警支队的志英、莉丽……她们或柔静亲和,或雷厉风行。她们宛如玫瑰、腊梅、牡丹、百合,一支支、一朵朵、一片片、一串串,花团锦簇,装点着警界的万紫千红、千姿百态。她们以独特的魅力,在平凡的岗位上,恪尽职守,谱写着女警充实而又别样的人生。

(发表于2011年第三期《燕赵警视》)

老席"扣碗"

俗话说"民以食为天",吃乃人生一要事。但吃什么、怎么吃,每个地方、每个民族都有不同的特色。今年春节,在农村的婆家,我组织了一次大聚餐。婆婆的俩儿仨女携家眷全部到齐,平日一向沉默寡言的三姐夫一进门,就乐呵呵地承诺:"今天由我来给大家做饭,我给你做老席'扣碗',让你们尝尝我的手艺!"闻听此言,我们都感到惊喜,期待着三姐夫烹出的美食。

说起老席"扣碗",三姐夫津津乐道。这个老席,指的就是请客的宴席,"扣碗"也称"八大碗"。关于"八大碗"的由来,还有一段神话故事。相传八仙过海惹怒龙王,双方鏖战,八仙饥饿难忍,便分头寻食充饥。曹国舅一人不辞劳苦,当行至一村庄农宅,闻菜香扑鼻,不觉垂涎三尺。只见四方桌上八人围坐,于是带走8样诱人的菜肴并留言:"国舅为众仙借菜8碗,日后定当图报。"后来人们为图吉庆,改方桌为八仙桌,坐八客,食八菜(八冷碟、八大碗菜),并一直流传至今。

此菜历史悠久,自明朝永乐年间开始流传,至今已有600多年的历史,盛器为农家的粗瓷大碗。此菜在沧州东南部，尤其是沧县、南皮一带备受食客喜爱，是该地区婚丧嫁娶必备的菜肴。此菜以肉为主，却肥而不腻，因为此肉都取自猪身上不同的部位，经过一系列工序且特殊的工艺"去油"，有效地去除了多余的油脂，从营养学角度看能够较好地保留食物的营养成分，符合现代人对于健康饮食的要求。它的菜谱是：

用料：猪肉一块（就是所谓的方子肉、带皮的五花肉）；

调料：葱、姜、蒜、冬菜、粉皮或豆腐、面酱、盐、老抽、高汤；

扣碗肉做法：

1. 将方子肉刮净余毛、洗净，放到水中煮成八成熟，捞出晾凉；

2. 将葱、姜、蒜切成末备用，将粉皮用温水浸泡或将豆腐（垫碗用）蒸透；

3. 把晾凉的方子肉切成薄片，如同家里炒菜的肉片厚度即可（在晾凉的过程中，将面酱或老抽抹在方子肉上面）；

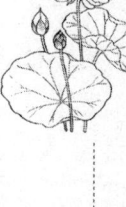

4. 取一只大碗，将事先切好的肉片码放在大碗里（肉皮面朝下），将粉皮或豆腐切成片，此为"垫碗"，然后再根据个人口味将垫碗放在肉上面，最后将切好的葱、姜、蒜末、冬菜均匀地撒放其中；

5. 上笼屉蒸 1 小时左右，端出，扣到事先备好的另一只大碗中，翻转，最后浇上高汤即可。

三姐夫切着、说着，眼睛里充满喜悦的神采。他把切好的豆腐、粉皮、肉片等整齐地码放在碟子里，该上屉蒸了，我家小儿抢着去烧火，灶膛里红彤彤的火苗快乐地舔着锅底。旁边，液化气灶上温着一锅高汤。大约一小时后，三姐夫高喊一声："开锅！"随即上前掀开锅盖，待热气散开，他从笼屉上熟练地端起一只只碗扣到事先准备好的空碗里，而后掌勺浇汤。

"扣碗"上桌，孩子们欢呼雀跃，大人们大快朵颐。"扣碗"颜色红亮，肥而不腻，真乃美食也！席间，我们觥筹交错，笑逐颜开，晚辈敬长辈，年轻敬年长，用语言、用酒水表达着感恩和祝福。我们共同举杯祝福娘"健康长寿、天天快乐"，娘眼圈一红，转而又笑着说："娘看见你们就是高兴，娘最大的心愿就是你们都健康平安！"我对大姐说："虽然我们称呼您'姐'，但您在很多时候担当着妈妈的角色，您辛苦了，我们感谢您！"瞬间，大姐流下了激动的泪水。小姑子站起来，朝我举着酒杯："嫂子，你是咱家的骄傲，为了我们，你付出了这么多，我敬你！""我也感谢你们给予我的支持与帮助！"说着，我的眼里也盈满了泪水。看着桌上的"扣碗"，回想三姐夫从笼屉里端出蒸碗扣到空碗里，那起承转合之间，承载着怎样的默契与支撑？在浓浓的年味里，一盏盏"扣碗"使我们的身心回归到家乡的祥和宁静与淳朴之中，在家乡亲情与乡情的阳光下，在品尝美食的过程中，听老人说一些因为岁月的积淀而越发醇厚的往事，那份感觉是既温暖又满足。

老席"扣碗"，这蕴含着浓厚乡情的盛馔，不一定真正满足你的味觉或其他，但是这种记忆停不下来，好像吃一次就能找着"北"。怕自己忘了自己，因为忘了自己特别难受。吃下去那第一口,你就想起……原来,一种食物,它会把你的现在和过去串起来,让你回望岁月,感念亲情与乡情,记住自己与这个世界最真切的联系。

(发表于2011年第四期《燕赵警视》)

人生感悟

母亲节怀想

2011年5月4日,我组织带领市局部分优秀共青团员、功模代表、优秀"青年文明号"集体代表、基层团委书记一行12人到吴桥走访慰问了六位公安英烈母亲。每到一处,我们向英雄母亲献花、致敬,与母亲促膝交谈、亲切合影,母亲们的话语使我们的心灵受到一次次震撼和洗礼。

这六名英烈分别是烈士吕成江、因公牺牲的民警曲广新、孙玉治、王旭东、张玉滨和苗国军。第一站,我们来到吴桥县杨家寺乡东潘村,因公牺牲民警张玉滨父母的家。这是一个明显比邻居房子破旧的院落,两位老人见到我们刚开始有些木讷,稍后,让我们进屋坐下。母亲杨桂珍见到我们又想起她的儿子。张玉滨自1990年12月入伍,一直在海南部队服役,2008年8月转业到吴桥县公安局,同年12月25日晚,在下班途中发生交通事故,不幸牺牲。"俺儿说了,下个月给俺们修修这房子,太旧了,没想到……"张妈妈说着,眼角又淌出泪水,接过我们递上的慰问信,老人悲伤地说:"这辈子当什么也别当娘啊!滋味不好受啊!"

在烈士吕成江的父母家,母亲刘香芝感激地说:"感谢公安局党委对我们的关爱,尤其是对两个孩子的照顾,大孙女公安大学毕业,已被安排在石家庄市交管局上班了,小孙女去年被保送到山东警察学院上大学了。谢谢你们这么远来看我们!"

在因公牺牲民警曲广新的母亲家里,我们见到了82岁的安静义老人,曲妈妈坐在沙发里,虽然身体较胖,行动不便,但耳不聋,一双眼睛炯炯又神。见到我们,她又拿起那本旧相册,指着身着橄榄绿警服、头戴大盖帽的儿子,仿佛她的儿子从未离去,仿佛往事如昨……

曲广新,乳名小牛子,上有一哥一姐,他排行老小,父亲临近退休却因病死在工作岗位上,母亲对他疼爱有加。从军营到警营,他一直兢兢业业,任劳任怨,使这位回族老母亲引以为自豪。牛子的事业、牛子的健康、牛子的安全就是她的全部牵挂。母亲常说的一句话就是:"想着儿子全心投入工作,看着儿子平安回家,香甜地吃着我亲手做的饭菜,我也就心满意足了。"

每天早晨五点半,母亲准时起床,从外面买来儿子最爱吃的豆浆、油条,看着他的小牛子吃饱喝足,然后目送着儿子去上班。其实母亲关心儿子的口味,还另有缘由:牛子是警察,他的工作有时很危险,母亲担心儿子发生不测回不来了,再有他热心肠、重义气,朋友多、应酬多,母亲唯恐他因应酬而耽误工作,所以用心良苦,每天变着花样调节伙食,以牵着儿子回家吃饭。母亲饭菜做得精细地道,牛子吃得津津有味,母亲喜得眉开眼笑。牛子还经常把战友带到家里来吃大餐,母亲自然乐此不疲。

只要牛子晚上加班或夜晚有执勤任务,母亲都要等到他回来才肯入睡。在一个风雪交加的夜晚,牛子奉命执行任务,时钟已敲响 12 下,电视台已停播节目,他仍然没有回来。儿媳一觉醒来,发现屋里屋外灯火通明,便起床穿衣,发现婆母在大门外拿着一把大扫帚正吃力地扫雪,院儿里的雪刚扫干净,又覆盖上薄薄的一层。婆母的头上、背上已被白雪覆盖。"妈,这么晚了,您怎么还在扫雪?"儿媳心疼地问,"不行,我把雪扫干净了,等着牛子回来。"儿媳深知,婆母认定的事谁也无法劝阻,于是,她也拿一把扫帚陪婆母扫雪,直到牛子像个外星人一样浑身湿漉漉地突然落到院子里。

1995 年 11 月 10 日晚 8 点多,曲广新同志和战友们调查一起偷盗案时,不幸发生交通事故,经抢救无效死亡。

"16 年了,我每天就坐在这里,再没走出这间屋子,每到中午时,我就向外望着门口,等我的牛子回来吃饭。我的牛子没走,他去执行任务了,我的牛子一定会回来的。"老人说这话时,眼睛闪亮着,似在沉思。

"我的牛子一定会回来的",仿佛一个永久的承诺,又似乎一个坚定的信念,正是这个信念支撑着老人坚强地走出了阴影,正是这个信念陪伴老人风风雨雨走过了 16 个春秋。

广新的离去,给年轻的妻子淑玲带来沉重的打击,当时女儿才 5 岁,她还带着 6 个月的身孕,为了不影响工作,刚刚处理完丧事,淑玲就出现在税收稽查的第一线。工作的繁忙消除不了心中的悲痛,一向刚强的淑玲,常常一边给小女儿喂奶,一边伤心落泪。

1999 年冬天的一个傍晚,上小学 3 年级的大女儿早该放学了，却还不见人影，淑玲找遍了她所有能去的地方，仍杳无音信，正当她想去报案时，邻居李大娘领着满身脏泥、泪眼模糊的女儿进门了，原来老师布置习作《我的爸爸》，孩子想起了疼爱她的父亲，竟一路哭着跑到了广新的坟前……十多年了，淑玲只身带着两个孩子，家庭重担一肩挑，并在工作中独当一面，成为一位优秀的母亲、出色的税务干部。

"看见你们，就像看见了我的牛子，我高兴啊！"安妈妈激动地说，"我们就是您的孩子，抽空儿我们再来看您！"临别，我们向老人敬礼！

在回程的路上，我在想：母爱的力量在于，即便在各种残酷现实的挤压里，还具备爱的光辉。我想起野夫的诗："岁月的霜雪/早已飞上她的黑发/苦难的过去在她腮边留有伤疤"，我亲爱的战友们啊，谁也无权漠视白发父母、年轻妻子以及幼小儿女的永久期盼，请你们珍重啊！

（发表于2011年第五期《燕赵警视》）

◎ 侦破纪实

一个年轻女子的悔恨泪

1998年6月1日这天是国际儿童节,孩子们越发显得兴奋和活泼。这天早晨,园林小学上学的孩子们像往常一样,按时到学校里上学,可是谁也不曾想到,灾难就要落到12岁的小学生凌云身上。

一方报案,一方自首,孩子死得好无辜

上午8点多,"园林小学一个小女孩让人砍死了"——这个令人惊愕的消息不胫而走。很快,沧县公安局的警车一路鸣叫着,停在了这所小学门口,刑警们直奔发案现场——学校院内女厕所。小女孩趴在地上,浑身是血,血肉模糊的样子,惨不忍睹。经法医鉴定,凌云因颈静脉断裂失血致死。刑警们就地提取了凶器——带血的菜刀一把,同时还有遗留在现场的一件黑色女上衣和一顶白色帽子。

几乎同时,在市公安局治安处,一名男子询问民警:"坐出租车不给钱你们管不管?"他一边说一边指着他后面跟进来的那个年轻女子说:"就是她不给钱。"民警们问她:"你为什么坐车不给钱?"这个女子一言不发,神情呆滞,过了好半天,才吞吞吐吐地说:"我杀人了,我是来自首

的。"民警们听了立即将这一情况向局领导汇报,同时,治安处领导按案件管辖权限的划分与沧县公安局及时取得联系。

上午,县公安局刑警队到市局治安处将自首的犯罪嫌疑人带回。经讯问:她叫梦星,24岁,东光县人,初中文化,梦星对其杀害凌云的犯罪事实供认不讳。

可怜少女,意乱情迷,好糊涂

一个年轻女子,为何如此残忍,竟杀害一个幼小的生命?梦星对此懊悔至极。在看守所里,她痛哭流涕,向民警们哭诉着……

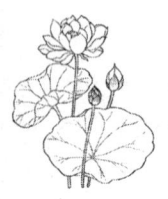

她家中父母都是老实巴交的农民,有三个哥哥,一个姐姐,二哥半个多月前旧病复发,上吊自杀身亡。家境的贫寒,加之二哥常年有病,梦星感到十分压抑,为了减轻家庭经济负担,她于1996年来沧州市打工,经人介绍,到沧州市一饭店当了一名服务员,月工资500元,这对于从小就家境贫寒的梦星来说,是一个可观的数字。她工作认真,日子在平淡和满足中一天天地度过。

在打工过程中,一个40多岁的村干部林某经常来此饭店吃饭。时间长了,梦星渐渐地对林某产生了好感。春节前的一天,林某又来到饭店吃饭,他对梦星说:"我要开一个饭店,你到我那儿去吧,我让你管理饭店。"梦星没考虑什么就答应了,她认为这样可以锻炼一下自己,将来可以更有出息。年轻而又肤浅的她,为自己编织着一个美丽的梦!

林某的饭店在今年初开业,梦星名义上是负责人,实际与服务员并没有区别。3月的一天晚上，林某开车带着梦星去沧县一舞厅，约10点多钟，林某说家中有事呼他，让他快回去。在回去的路上，车突然停在了一片麦场里，林某转身朝梦星扑去，梦星一把将他推开，说："你是有妻子的人，不能这样，否则，我去告你！"林某毫不在乎地说："你告去吧，我不怕，哪儿我都有人。"周围一片漆黑，一个人也没有，梦星想喊，想挣扎，可是没人能听见……梦星就这样忍气吞声地认了。此后，林某哄骗梦星说要和妻子离婚，然后娶她。梦星信以为真。此后俩人又多次发生性关系。梦星一次次催林离婚，林某一次次搪塞她，在屡次遭到冷遇后，她的心情非常低落，也很无助，终于在5月30日，离开了林某的饭店，临走时梦星往包里塞了一把菜刀。

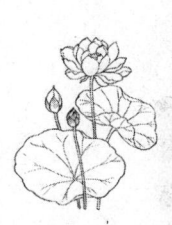

梦星来到沧州火车站广场北面的国营旅馆，住了下来，在旅馆里梦星思前想后，她恨林某，但仍旧对他抱着一线希望，在旅馆住了两宿，在这其中，她给林某打了两次电话，第一次她问："咱俩的事怎么着啊？"林某说："你别神经病了"，"叭"把电话挂了。第二次梦问："你有时间吗？能出来一趟吗？"林某说："没时间。"又把电话挂了。

失去理智，持刀杀人，好无知

最后的希望就这样破灭了，她想到了报复他，可是她对付不了他，想来想去还是觉得通过报复他的女儿小凌云，来宣泄一下心中的愤懑。6月1日上午8点，她打车来到他女儿所在的小学，把正在上课的小凌云叫到女厕所里。在厕所里，小凌云被拽着头发往墙上磕，小女孩大喊："梦姑,你要干嘛?"失去理智的她,挥刀砍向小凌云……在逃跑的路上,她想到自己灰暗的未来,她觉得自己真糊涂,她恨林,她恨自己的无能,竟然用这么卑劣的手段来对付一个什么都不懂的孩子,在她的脑子中已没有多少生存的希望,但她还是想到了自首,毕竟孩子是无辜的。于是,她打车去市公安局……

梦星该明白,此时再多的泪水也换不回那失去的一切,更换不回刚刚来到世上十几个春秋的小凌云的宝贵生命。任何人犯了法,都逃脱不了法律的制裁,梦星应该受到法律的惩罚,这是天经地义的事情,但是林某始乱终弃,不负责任的行为除了应该受到道义上的谴责外,是否也应该反省一下自己的灰暗过去?

任何语言也替代不了梦星心中的懊悔,还是用她自己的话,来表达她的内心世界吧:我知道我犯了罪,希望法律能给我一个公正的判决,同时给予林某一个应有的惩罚,我对不起孩子,对不起家中的父母。对同龄姐妹们,我想说,提高警惕,别轻易相信别人,不要像我一样上当受骗,害人又害己。

(发表于1998年6月24日《河北政法报》)

外甥被亲舅绑架之后

1998年8月13日早9点,在湖南怀化火车站民警值班室,8岁男孩儿张照奎终于见到了他的亲生父亲张栋华,父子俩抱头痛哭,被作为人质绑架8天的小照奎终于与亲人团聚了。此刻,从2400公里远的沧州赶来解救小照奎的民警们已疲惫不堪,5天来,他们总共睡了15个小时的觉,有时一天就吃一顿饭,然而,令他们欣喜的是,犯罪嫌疑人舒某某、宋某某均被抓获归案,孩子安然无恙与亲人团聚。

一

8月5日,天气酷热难耐。中午11时,沧县杜林乡张家营村村民张栋华的妻子舒同文发现8岁的儿子小照奎不见了。舒同文赶紧去找,结果没有找着,舒同文一下子慌神了。消息传开后,亲戚朋友、乡亲邻居们都帮着四处寻找,但仍然不见小照奎的影子。张栋华今年53岁,他44岁时娶了舒同文,才有了这个唯一的儿子。他平时对儿子百般疼爱,此时孩子找不着了,就像抽了他的筋骨。他和妻子无力地坐在门槛上,泪眼相对。

6日下午4点,张栋华夫妇到驻陈圩村的沧县公安局刑警二中队报了案。队长王树明立即召开碰头会,大家分析有两种可能:一是孩子发生了意外;二是被人贩子拐骗了。考虑第一种可能情况,王树明带领民警冒着酷暑,找遍了附近的河道等可能发生不测的地方,但都没有孩子的踪迹。此时,民警考虑第二种情况的可能较大,王树明当即向县公安局副局长庞炳山汇报了案情,庞炳山指示:继续摸查线索,无论如何也要破案。

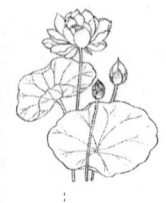

二

夜深了,白天的燥热仍然侵扰着劳累了一天的人们。二中队的民警们难以入眠,张栋华夫妇也难以入眠,与张家营村相邻的大布村提某一家人更难以入眠。半夜12点,提家的电话铃突然响了,提某一骨碌爬起来,他听出来打电话的是曾经给他干过活儿的湖南人舒某某,张家营村张栋华的妻弟。舒某某在电话里说让提告诉张栋华,明天上午8点到提家听电话。

7日上午10时40分,张栋华接到舒某某的电话:"你的孩子在我这儿,你马上准备一万块钱给我送来!"

"你也知道,这些年,我和你姐姐过的什么日子,我到哪儿去弄一万块钱呀!"张栋华哀求道。

"我不管,你要是想要孩子,就得给我钱,限你5天之内准备齐!"舒某某丧心病狂地说。

"你在哪儿?我的孩子呢?我把钱往哪儿给你送呢?"张栋华忽然机智地问。

只听对方"啪"的一声把电话挂了。

信息反馈到刑警二中队,民警们一阵兴奋,疲惫和困倦立时丢在脑后。经调查得知:舒某某,现年28岁,湖南省溆浦县让家漆乡马家漆村农民,投奔姐姐来沧打工,在杜林住了四五个月。期间,他曾向别人透露过想弄个小孩儿,敲诈点儿钱花的念头。5日下午4点,有人在村子里见到过他,此后再没有人看到他。

三

"舒某某还会来电话,安排警力注意取证!"庞炳山指示。果然,10日下午3点半,提某的妻子接到舒某某的电话,舒让张栋华第二天上午8点去接电话。11日早晨7点半,电话终于来了。舒某某说他已到湖南溆浦县低庄,让张栋华到低庄火车站交钱领人,并保证孩子无恙。他还告诉张栋华保定有直达溆浦的火车,晚上9点有一趟,上午11点有一趟。为了给抓捕行动以充分的时间,沧县公安局刑警大队副大队长李玉堂当即让张栋华告诉舒某某乘次日上午11时的火车去送钱。

为鉴别舒某某电话的真实性,民警们专门到沧州火车站询问了有关情况,根据调查的情况推断,舒的确已到了湖南。沧县公安局领导立即召开会议,研究部署抓获犯罪嫌疑人、解救人质方案。考虑到作案人数不详、低庄的行政管理权属、火车站地形、内部设置等问题不了解的实际,刑侦人员决定采取两步走策略:一组人马由二中队副中队长高宪武带孩子的四叔张栋柱及另一个亲属张某,先期抵达低庄,与当地公安机关取得联系,摸清火车站有关情况,掌握时机,抓获犯罪嫌疑人,进而营救人质;一组由民警

侦破纪实

李俊峰带张栋华等人准备好一万元钱，按时乘车到达低庄，以备第一组人马没有事先成功，待交钱见面时，抓获犯罪嫌疑人。县局领导再三交代一定要保障人质的人身安全。另外，警方在保定火车站也布置了警力，以防舒某某万一在保定，可以将其擒获。

8月11日下午3时，两组人马一同从沧州出发到保定，当晚9点，高宪武等乘车奔赴湖南，李俊峰等人则乘第二天上午11点的火车前往湖南，而舒某某还以为张栋华乘这趟11点的车去交钱，他怎么也不会想到公安民警会提前到达低庄，布下天罗地网。

11日晚21时，高宪武等人乘87次特快到达低庄以北150公里的新化，因为该次列车不在低庄停。他们又经倒车到达溆浦县，此时已是13日凌晨3点多。经了解，低庄确属溆浦县，民警立即与县公安局和低庄派出所取得联系。经调查，舒某某平时好吃懒做，是当地的惯赌。因担心舒某某认出张栋柱，高队长给他买了遮阳帽、墨镜戴上。高宪武等人也都着便装，打扮成当地人模样。

13日中午12点，驻扎在低庄的溆浦县公安局刑警队中队长向华带领民警来到低庄火车站，协助高宪武等人搜寻舒某某。他们分两组从南、北两面将火车站包围起来。为防止打草惊蛇，他们把警车藏到货场里面。突然，随同高宪武前来的孩子的亲属张某发现旁边一个货物堆上有一个人很像舒某某，只是头型变了，由长头发改成平头了。为进一步确定，让张栋柱过去辨认，确认该人就是舒某某。说时迟，那时快，高宪武等人一个箭步上前，一把卡住了舒的喉咙。这时，旁边一青年男子像惊起的兔子似的撒腿

就跑，高宪武见状伸腿去绊他，那男子趔趄了几步，没有倒地又继续逃跑。民警们紧追不舍，那人钻进附近一家旅馆。高宪武将舒某某交给别人，在旅馆门外向里喊话，进行政策攻势，终于迫使那人出来。据交代，他叫宋某某，24岁，与舒某某是朋友，孩子藏在他家了。10号、11号他两次和舒某某一块儿到公用电话亭给沧州打电话。高宪武立即用手机向沧州方面汇报了工作进展情况。庞炳山果断指示："将宋某某马上刑拘，另一组人马即将到达怀化车站，我马上通知他们在怀化下车，在车站等你们，你们解救孩子后，到那里去与他们会合！"

四

13日12点40分，抓捕舒某某、宋某某的战斗刚一结束，高宪武等人就立即赶往宋贻松家解救人质。宋某某家住溆浦县大渭溪乡宋家村，处于湘西的雪峰山里，距离低庄50多公里。一路山道弯弯，崎岖难行，吉普车上不去，好几次，人们都是下来推着车走。连日来，高宪武的衣服被汗浸透得变了味儿，白背心变成了黄背心。然而此刻，他顾不上这些，他的心里一直惦念着那个孩子。

经过5个小时的奔波，下午4点半，民警们终于在宋家村将孩子解救出来。小照奎见到亲人，扑进四叔的怀里，"哇"的一声哭了，在场的人无不流下激动的泪水。

13日晚8点20分，高宪武等人带着小照奎，押着两名犯罪嫌疑人乘火车赶到怀化。经与怀化市公安局联系，将两名犯罪嫌疑人羁押在当地看守所。当高宪武一行与李俊峰等人在火车站见面时，便出现了本文开头那一幕。

16 日 9 点 10 分，列车到达沧州站，被绑架 8 天的小照奎终于又踏上了生他养他的土地。

18 日上午，张栋华夫妇和几十名群众敲锣打鼓，将一面锦旗送到刑警二中队表示感谢。在看守所，当民警们提审舒某某时，舒交代："绑架小照奎，弄点儿钱花，我已想了好久。8 月 5 日 11 点左右，我到我姐姐家，发现只有照奎一人在家，我便以带他出去玩儿为名，将他骗出，到了湖南，我就把他藏到朋友宋某某家了。其实，平时我姐姐、姐夫对我都不错，但我就是想弄钱，我不管绑架的是亲属不是亲属，我只要钱！"

舒某某，为了满足自己的金钱欲望，丧尽天良，但多行不义必自毙，任何敢无视法律、触犯法律的人都会受到法律应有的制裁！

（发表于 1998 年第 12 期《警视窗》。文中庞炳山同志现已退居二线，王树明同志现任沧县公安局党委委员、纪委书记，李玉堂同志现已不在公安机关工作，高宪武同志现任沧县公安局治安大队大队长，李俊峰同志现任沧县公安局看守所所长）

八千里路擒逃犯

1996年6月28日上午九点，泊头市公安局千里屯派出所门前"噼里啪啦"地放起了鞭炮，泊头市郝村镇赵庞村农民赵国英和村大队干部高举着一块镜匾送到派出所。一见到所里的民警们，赵国英"扑通"跪下了，激动得边哭边说："谢谢你们逮住了凶手，为我儿子申了冤。"而此时，抓获杀人逃犯的所长任炳庆正躺在病床上输液。就是他，一个33岁的冠心病患者和一名42岁的联防队员任德才往返8千里，在中朝边界——吉林省图们市将在逃近两年半之久的绑架杀人犯赵某某抓捕归案。

1994年农历正月初九，当人们还沉浸在春节的热闹欢喜之中时，不幸却降临到赵国英家中。赵国英收到一封匿名敲诈信，他唯一的儿子，8岁的侯侯遭绑架，信中威胁"以一万五千元钱换回孩子，否则，孩子就性命难保"。第二天，公安机关在村里一条干涸的河沟里找到了掩埋着的小侯侯的尸体。文检结果和其他证据证明案犯就是侯侯的亲叔伯哥哥赵某某，可是赵某某早已潜逃。

"严打"开始后，泊头市公安局十分重视此案。局长韩政华亲自到发案地了解案情，督导工作，走访被害人亲属和其他群众,摸排案犯的所有亲戚,最后,经分析认为赵某某很可能去了吉林省图们市他舅舅林某某家。

6月14日,医生诊断,任炳庆患了冠心病,需要住院治疗。

6月15日下午,任炳庆正在做心电图,突然,BP机响了,他立即从病床上下来,不顾妻子和护士的劝阻,赶回市局。当听说要去图们市抓捕赵某某时,任炳庆主动请缨。政委尤国良考虑到他的病情,不让他去。可是,任炳庆坚持说:"所里总共只有4名正式民警,副所长40多岁了,此项任务艰巨、危险,让我去吧,任德才认识案犯,让他跟我一块儿去就行了!""我们现在只掌握一条线索,就是图们市火车站下车后别出站,向左拐500米,到一个叫王小芳的小卖店找林某某,这条线索的虚实还未可知,要抓赵某某,就是大海捞针啊!"尤政委语重心长地说。任炳庆坚定地向政委保证:"就是大海捞针,我们也要彻底地把他捞一捞!"

6月18日下午1点,任炳庆带着救心丸与战友任德才一起踏上了八千里擒逃犯的征途。

19日晚8点半,火车抵达图们市。二人下车后,顾不上30个小时旅途的劳累,开始熟悉周围环境。

20日凌晨5点,两人去寻找王小芳小卖店,可是一连找了两遍,都走出去1000米了,也没找着。他们立即与当地派出所——月公派出所取得联系。付强所长立即派人同任炳庆再去火车站,结果,还是一无所获。派出所通过微机查暂寄住人口,查林某某、赵某某、王小芳的情况,但微机显示,根本没有这三个人,线索断了。

白天,一点儿线索也找不着,晚上,任炳庆彻夜未眠。猛地,他想起林某某以前在和龙八家子镇龙山村六队住过。"对,去龙山六队查!"

21日凌晨6点钟,两人乘上了到八家子镇的火车,从八家子镇火车站去龙山还需往回走,可是那时已没有通龙山的汽车了,为了尽快到达目的地,任炳庆想花钱雇人骑自行车带着去,但由于是山路,而且他们又不是当地口音,人家不愿意。无奈,他们只有发扬长征精神——开步走,他们沿着铁道上的枕木走。山道弯弯,铁道弯弯,可任炳庆的心眼儿是直的——赶紧摸清林某某住在哪里。六月的图们十分凉爽,而任炳庆和任德才却大汗淋漓,汗水顺着他们的脸颊滴落在枕木上,走了大约20多里路,下午1点多,到达了龙山六队。村上林某某的一家远房亲戚告诉他们,林某某现住在图们铁路中学附近,租的是铁路宿舍的房子。得到这一线索,任炳庆和老任立即往回返。为了尽快回图们市,两人抄近路往龙水坪车站赶去。两人在铁道枕木上跑累了就走,走一会儿再跑。大约有20多里路,到了龙水坪车站。从八家子镇到龙水坪,他们徒步跑、走了三个站,50多里路,衣衫被汗水浸透了,脚上磨起了血泡,可他们似乎一点儿也没有察觉,心里一直牵挂着的是任务。

晚7点多,任炳庆和老任下车后直奔月公派出所。他们在派出所同志的帮助下,找到了铁路中学附近铁路宿舍区的街道办事处主任和治保主任,由他们领民警们去调查有关情况。终于找到了租房给林某某的房主,房主说:"林某某每天早晨4点钟去批发鱼。今年3月份搬走了,现在住的离这儿也就200米。"房主用手指了指不远处,派出所一个警长说:"市公安局有个人在那一片儿住。"经市局那位同志的母亲探问,终于找到了林某某的住处。任德才拿出赵某某以前的照片让这位母亲辨认,这位母亲端详了一会儿说:"是有这么个人,有时候到这一块儿来,不过人比照片可胖多了。"

晚10点,月公派出所两名警长会同任炳庆和老任到林某某家查户口。经查问,证实了一点:赵某某就在图们市!晚上11点多,任炳庆和老任才吃这天当中唯一的一顿饭。吃着吃着,老任忽然发现所长额头上满是黄豆粒大的汗珠,不由得吓了一跳,急忙问:"所长,你怎么了?"任炳庆满不在乎地笑了笑:"没事儿,这100多斤放不倒,吃几片药就好了。你身体也不太好,怎么样,没问题吧?"任炳庆说着把几片药用菜汤送了下去。任德才的眼睛湿润了,"没问题!"他干脆地说。这一夜,两人在林某某家外面不远处蹲坑守候了一宿,可是赵某某没出现。

23日,赵连胜仍然未露头。

23日凌晨4点多,蹲坑守候的民警们见林某某走了,就按预定方案,一齐冲进去,将赵某某的舅母和他的两个小表弟带到派出所。询问分别进行。赵的舅母谎称:"两年以前来过。"而两个孩子,一个说:"今年过年时来过。"一个说:"去年三月份来过。"三个人讲的不一致,经过两个多小时的政策攻心,赵某某的舅母终于讲出实情:"赵某某在图们找了个朝鲜姑娘,已经同居,现在华兴大厦旁边门口卖朝鲜小菜,赵某某每天早晨4点去批发菜,然后回来做小菜卖。"

事不宜迟,任炳庆立即把这一线索告知付强所长,经

与莲花相邻的日子

研究决定,一面把这三个人放回去,监控起来,避免他们给逃犯通风报信,一面派人查找逃犯的住处,并探知其行踪。

23日上午8点多,派去的人报告:赵某某在家了,并对付强所长讲明了赵的详细住址。一场抓捕战开始了,月公派出所正、副所长、警长等6人主动要求参加了战斗。朝鲜人的房子有两个门。民警们堵住了这两个门口。付强所长去敲门,一会儿,门开了,任德才快速进门猛喊了一声:"赵某某!"正在切小菜的赵某某刚一回头,任德才就指着他,怒喝一声:"就是他!"只听赵某某手中的菜刀"咣当"一声掉在菜板上,脸部的肌肉很快地抽搐了几下,而后故作镇静地指着任炳庆手里的手枪说:"你们拿着枪干什么?别走火了,我又没做什么坏事。"赵某某说着就想溜。说时迟,那时快,任炳庆和老任几步上前扭住了他的胳膊,然后利落地给他戴上了手铐,又将他的腰带解下来捆住他的胳膊。"走,到派出所说去!"任炳庆喝道。

审讯室里,任炳庆所长一句"我们是从泊头来的",这个在逃两年多凶狠的杀人犯顿时瘫软在地上,他万万没有想到泊头的公安民警像神兵天将一般来到图们市,找到他。

23日下午2点,在江泽民总书记题写的"中国图们口岸"石碑旁,任炳庆、任德才与月公派出所的部分民警合影,随着快门一闪,历史将永远不会忘记月公派出所与千里屯派出所协同作战,抓获在逃犯的一幕幕,永远不会忘记任炳庆、任德才在图们短短的4天。在这4天里,他们总共睡了4个小时觉,吃了4顿饭,任炳庆所长吃了4回药。晚上8点半,任炳庆、任德才押着案犯赵某某返回泊头。

在火车上,送行的地方公安和铁路警察就占了半个车厢。临行,付强所长又送给任炳庆一副铐子,给赵某某铐上。

车上,30 个小时,任炳庆连眼睛都不敢眨一下,饭一点儿没吃。

25 日上午 10 点 16 分,任炳庆、任德才凯旋。他们非要坚持把赵某某送到看守所再休息,可是送完案犯,任炳庆再也站不住了,立即被送进医院。

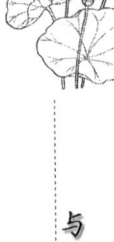

赵某某被抓回来的喜讯传到赵庞村,赵国英激动不已,买了鞭炮和镜匾赶到千里屯派出所,于是,就出现了本文开头那一幕。

(发表于 1996 年第 11 期《警视窗》。文中韩政华同志现已退居二线,尤国良同志现已退休,任炳庆同志现任泊头市公安局法制大队教导员)

夜半突袭抓逃犯

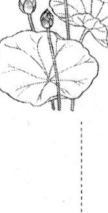

1992年11月11日晚,玉盘似的圆月照着通往河间市景和镇西丰庄村的乡间小道,一辆带有警灯的吉普车在颠簸中疾驰。

原来,这是新华公安分局预审股的4名民警去抓捕因拐卖人口案批捕的在逃犯杨某某。虽然他们一年前来过这里,但因地形复杂,已记不起杨犯的确切住址。车进入西丰庄村后,他们先敲开别家的门,找群众证实了一下。股长铁忠华仔细地查看了杨家的房屋布局,杨犯与其父母分住东西两院,中间隔着一道半人高的墙,西面还有一个便门,杨犯的院儿里趴着三条大黑狗。为防止杨犯逃脱,孟秋生、王浩蹭蹭蹿上墙头,掏出手枪,用火力控制了整个院子。大约敲了一分钟的门,杨妻才慌张地走出屋,支吾地回答:"他不在家,外出做买卖去了。"铁忠华几步迈进屋里,他一眼看见并排的两个大枕头中还留着清晰的枕印,手摸摸,是温的。铁忠华、刘福利把目光落在了立橱上。"钥匙呢?""就一把钥匙让孩子给弄丢了。"铁忠华拿来菜刀,只几下就把锁撬开了。他猛地一拉橱门,只见杨某某身穿一条裤衩无力地倚在橱壁上。

警车在月光下飞驶,把杨妻的呜咽声和黑狗的狂吠声远远地抛在了后面……

(发表于1992年11月27日《沧州市日报》。铁忠华同志现任沧州市公安交警支队三大队大队长,孟秋生同志现已退居二线,王浩同志现已退休,刘福利同志现为新华公安分局建设北街派出所民警)

与莲花相邻的日子

偷牛案引出的杀父疑案

1996年12月23日,隆冬的天气并不是很冷。

青县公安局刑警大队副队长边维生率领民警深入陈嘴乡,进行细致的调查摸排。据反映,陈嘴乡后两连村肖某某(男,35岁)有盗窃嫌疑,于是民警传讯了肖某某。在证据面前,肖某某交代了1994年盗窃本村肖焕政家黄牛一头的犯罪事实。

与此同时,陈嘴乡派出所民警了解到另外一个重要线索:1996年夏天,肖某某的父亲肖寿泊喝醉酒后,在村里闹着要将肖某某偷牛的事告发,扬言把他送到监狱里去。当天肖父便"喝农药自杀",第二天尸体被火化。村民对肖父死因有怀疑。

根据这一重要线索,边维生立即向青县公安局副局长杨建国做了汇报。杨建国立即驱车赶赴陈嘴乡,和民警们一起重新研究审讯方案。大家经过讨论,决定采取迂回战术,从肖父尸体目击者入手,寻找突破口。

据多人证实,肖父死时颈部确有掐痕。在民警耐心说服教育下,肖某某之妻也交代说,肖某某曾对她说过父亲是被他掐死的。

侦破纪实

据此,民警连夜审讯肖某某。经过数小时的攻心战,肖交代了杀父的犯罪事实。原来,1996 年 8 月 8 日中午,肖父喝醉酒在村里嚷着要将肖某某偷牛的事告发。由于父子积怨已深,肖某某萌生杀父之念。回到家里,肖某某将其父摁倒在炕上,扼住其脖颈,活活将其掐死。随后,肖又找出 1605 农药,倒在其父口里和炕上,伪造了现场。对外谎称其父喝农药自杀,为了毁尸灭迹,丧尽天良的肖某某最终偷偷将其父尸体火化。

偷牛案牵出的杀父疑案至此告破,等待罪犯的,必将是法律严正的惩罚。

(发表于 1997 年 1 月 4 日《沧州晚报》。边维生同志现任青县公安局党委委员、副局长,杨建国同志现任沧州市公安局治安支队支队长)

他与妹妹"掉了包"

今天下午我就预感肯定能抓到被批捕的在逃犯王某某。

晚23时50分,股长铁忠华率我和王浩、刘福利摸到了王某某家,股长让王、刘二人在门口把守,我敲门后,王的父亲开了门。说明来意后,老汉毫不犹豫地说:"他在家呢,就在东面那一间。"可我们来到东屋后,一见躺着的人那长长的头发,心就凉了:"怎么是个女的?"跟在我们后面的老汉气呼呼地说:"这个混账肯定在家,你们再到西屋找!"

走进西屋炕边,铁股长一眼发现王某某正缩在被窝里,怀里还搂着个小孩。"起来!"随着那铜钟般的喝声,王某某像泄了气的皮球,蔫蔫地爬了出来。

在吉普车上,王某某懊悔地说:"我昨天刚从东北逃回来,没想到你们就来了,唉……"

当我问他为什么跑到西屋时,他支吾了半天才说:"我妹妹带着俩孩子来住娘家,和我娘都睡在西屋,我在东屋听到动静后,就想了个与妹妹换被窝的掉包法,谁知被深明大义的老爹检举出来了。"

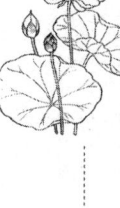

（发表于 1993 年 1 月 8 日《沧州市日报》。铁忠华同志现任沧州市公安交警支队三大队大队长，王浩同志现已退休，刘福利同志现为新华公安分局建设北街派出所民警）

与莲花相邻的日子

她，被溺死在水缸里

1996年12月17日下午，献县公安局接到报案：乐寿镇高坦村38岁的农家妇女柴某某死在家中水缸内。

接报后，主管刑侦工作的副局长杨建华和刑警大队队长刘柏树率刑警二队民警立即赶赴现场，现场勘查、尸体检验、调查访问同时进行。

经过一天的侦查，民警们发现死者的丈夫高某某（42岁）有重大嫌疑：高某某与妻子长期不和，且高与本村一妇女有姘居两年的事实；高自述发现其妻扎进水缸后，没有进门就去找别人，与别人一起将其妻从水缸里拽出来，这不符合正常人的行为习惯；死者长期卧床，近一个月来未下炕走动，而高某某则称其妻在死亡当天下炕走动过，但无人证实此事；尸检发现死者右耳处有一抵抗性外力伤。

由于现场被破坏，侦破工作遇到了困难。刑警大队果断地对高采取了监视措施，同时组织召开案情分析会，成立了有力的侦审班子，制定了科学严密的讯问策略。民警先发制敌，利用矛盾，亮出尸检结果中死者有外力伤这一关键证据，全线出击。

经过一昼夜的突审，高某某交代了杀妻经过。原来，

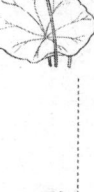

侦破纪实

柴某某常年有病，卧床不起，加之生活困难，夫妻经常打架，闹离婚。12月17日下午1时许，高又与柴某某发生口角，遂将柴按在外屋水缸内溺死。

（发表于1997年1月11日《沧州晚报》。文中杨建华同志已退休，刘柏树同志现任正科级侦察员）

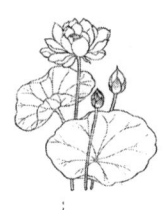

与莲花相邻的日子

大伯子怎么和弟媳同居

晚上10点半,人都到齐了,股长铁忠华像久经沙场的指挥官似的,只见他一挥手,说了声:"出发!"大约过了40分钟,警车驶进了沧县风化店乡达子店村。

因以前来过一次,对被批捕的在逃犯杨某某家的住址已有些了解,加之今天正好是农历十五,皓月当空,不一会儿,我们就来到了杨犯家的院墙外。

预审员刘福利手扒墙缝,"噌"地一下跳上墙头。敲开门后,杨犯的妻子神色有些紧张,可是瞬间又换上了一副笑脸,"你们找谁?"铁忠华仔细从脑海里搜寻着这个笑脸:"是她,就是杨妻!"他严厉问道:"我们找杨某某。你姓什么?""我姓徐。""她不是姓陈吗?她在说谎!"铁忠华迅速地判断着。我们走进屋时,一男人正在穿裤子,我们都没有见过杨犯,不知道这个人是不是,于是,我问道:"你叫什么名字?""我叫杨国某"。丝毫没有犹豫的回答中仍然带着怯懦的声音。"杨某某是你什么人?""杨某某是我叔伯弟弟"。"大伯子怎么会和弟媳妇同居一室呢?"铁忠华经过推理,马上得出结论:"不对,你就是杨某某!"话音刚落,只见杨犯"扑通"一声跪在地上,脸色煞白。我立即上前

侦破纪实

给他戴上了手铐。突然,我发现杨妻溜出了门,"她出去干什么,莫非是去喊人?对!得快点儿走!村民们如果阻拦,我们带着罪犯就不好脱身了。"这样猜想推断着,于是,我们一边一人架着杨犯的胳膊迅速回到吉普车上……

今天,月色很好,刘福利突然想起,今天是女儿的生日。他说着说着,声音突然变了调儿,借着月光,我看见他的眼里闪着泪花……

(发表于 1993 年 1 月 21 日《沧州市日报》,文中铁忠华同志现任沧州市公安交警支队三大队大队长,刘福利同志现任新华公安分局建设北街派出所民警)

与莲花相邻的日子

◎ 震撼与警示

这些孩子怎么啦

不久前的一个中午，沧州市第三中学初二学生梁某在学校附近被李某、吴某等人抢劫。李、吴等以威胁手段强行要钱，在没翻到钱的情况下，抢走梁的家门钥匙，并让梁在放学时用 50 元钱交换。当梁回家后，发现家门被人用钥匙打开过，家中丢失小型录音机一个及 200 元活期存折一个。

案件被迅速侦破。几天后，当李某再次出现在市第三中学门口又欲作案时，被设伏的公安民警擒获。经初步审理查明，以李某（男，15 岁，1995 年 11 月在市第三中学退学）、吴某（男，15 岁，铁路中学初一四班学生）、费某（男，15 岁，市第三中学初一年级学生）为首的 13 人少年抢劫盗窃团伙，曾在铁路中学、市第三中学附近多次抢劫学生，抢走现金 2000 元，物品折款计 3000 余元。这一团伙成员中，11 人是在校学生，他们中年龄最大的 17 岁，最小的不满 14 岁。

这可怕的事实，令人不寒而栗，震惊之余，我们不禁要追问：这些孩子到底怎么啦？

"我恨妈妈,恨老师,我没有爱"

15岁的李某从小跟着奶奶。"奶奶和二姑督促我写作业,写完作业之后,她们就让我出去玩儿。可是,自从回到爸爸、妈妈身边,我就失去了自由。只要一回到家,妈妈就把我关在屋里,让我学习。她脾气暴躁,就为衣领没翻好这类的小事,我都要挨骂,甚至挨打。她经常为一点小事和爸爸争吵不休。在学校里我也受气。有一次我因为上厕所,来不及清扫自己座位底下的废纸,老师就骂我,还打了我一巴掌。我开始厌烦学习,上课时我总怕做错事,挨父母、老师的打骂。今年4月份,我离家出走了,想找一个自由自在不受欺负的地方。我恨妈妈,恨老师,我没有爱。出走后,我不愿到亲戚家去,怕爸爸、妈妈找到我,再让我回去。为了生活,我不得不考虑怎么弄钱。劫学生钱、偷东西,这是我想的招儿,我不知道问题的严重性,更不知这是犯罪。"

离家出走和逃学是青少年违法犯罪的开始。据国外犯罪学家调查发现,58%的犯罪青少年逃过学,70%的年轻犯罪分子曾离家出走,所以,两者并称为"犯罪的温床"。离家出走的原因,社会心理学家认为是传统家庭教育方式失败。传统的家庭教育,遵循对孩子实施学习、监督双管齐下的原则,以成人的价值观来约束子女,甚至粗暴地责打他们,从而影响了子女与父母的关系。但是,在学校里,这种失误往往也无法得到弥补。学校的传统教育模式已不适用于现代的学生,极少数教师难以成为学生的榜样。教师除了传授知识外,几乎再难顾及其他。所以,学生逃学渐渐成为常事。应该看到，学生的逃学和离家出走与他们走向犯罪有着密切的联系。出走者无处容身，往往铤而走险，成为犯罪分子。李某、吴某、费某犯罪的历程，就是最好的印证。

"我寻求刺激，想亲身体验影视及小说中描述的险境"

发生在市第三中学附近的这起抢劫案，其实是李某等人蓄谋已久的。在审讯过程中，李某供称："我寻求刺激，想亲身体验影视及小说中描述的险境。平时我看录像、电视、电影中有这样的镜头，于是我就想模仿这些镜头。我抢来钥匙，然后用钥匙开门入室盗窃"。犯罪青少年在这种盲目模仿中获得刺激，找到快乐，并且希望以此证实他们的长大和存在，以期得到社会的认同。

更有甚者，黄色淫秽书刊和录像的泛滥，使有些青少年走上了强奸犯罪的道路。1991年11月26日中午，方某（16岁）伙同杨某（16岁）窜至沧州市某中学教室，将正在吃饭的一女学生强奸。方某在招供时悔恨地说："是黄色录像害了我，是低级趣味害了我。"

青少年问题始终是社会关注的焦点，因为它关系到国家的未来。如今，越来越多的青少年学生走上犯罪道路，这不能不说是一件令人痛心的事。分析研究青少年犯罪，尽快培植市场经济条件下新的防治青少年犯罪的"防护林带"，是目前最迫切的任务。

（发表于1996年7月23日《沧州晚报》）

玩过了头的孩子想"自由"

案情回放

少年疯狂去盗窃 一月作案几十起

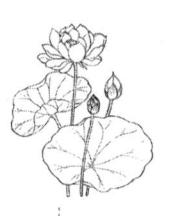

2004年7月13日,小明(化名)伙同刘某、于某在盐山县城关镇一村民家中偷窃时被当场抓获,并被扭送到公安机关。

警方调查查明:小明,男,1990年出生,沧县人。在2004年6月到7月间,小明与于某、刘某组成盗窃团伙,流窜到盐山、沧县、青县等地,在短短一个月内,作案达几十起,盗窃大量现金和金戒指、金项链、手机等物品。警方经审理认为,小明多次结伙入室盗窃,数额巨大,性质恶劣,因不满16周岁,且家庭没有管教能力,2004年8月被劳动教养3年。

采访印象

采访小明的过程是艰难的。面对我们的问题,这个还有3个月就要回家的少年摆出一副软硬不吃的架势,任凭我们动之以情、晓之以理,始终无动于衷。在整个采访过程中,少年面无表情的脸是留给我们的最深记忆。

3个小时的采访,没有感情的流露,没有对亲人的感恩,没有对被偷人家的愧疚……少年唯一的兴奋就是回忆起昔日与同伴一起吃喝玩儿的情景。由于过早地走上了社会,沾染了不良的社会风气,少年一脸的玩世不恭,他耷拉着眼皮坐在我们面前,从他的眼里看不到喜怒哀乐。这是一个没有理想和信念的孩子,生活对于他来说,最大的乐趣就在于玩儿。

正因为如此,我们最担忧的是他今后的路会怎样去走……

他是家中最受宠爱的男孩,从小零花钱就没断过;他唯一的兴趣就是玩,小学5年级开始逃学进游戏厅;他结交不良朋友,稀里糊涂地走上犯罪道路——

"第一次知道他们偷东西后,第二次就跟着去了"

记者:怎么就去偷东西了呢?

小明:逃学的时候出去玩儿,认识了几个朋友。有一天,两个朋友叫我出去玩儿。我们仨人骑一辆摩托车,我们在一个村子里停下来,一个朋友看见一个人家锁着门,就翻墙进去了。过了一会儿,朋友拿着钱出来了。我那时候就知道他们偷东西。

记者:知道他们干坏事为什么不离开他们?

小明:当时我也想走,但我没地方去。

记者:可以回家呀?

小明:不想回家。

记者:为什么不想回家?

小明：回家父母就不让出去了，在家待着没意思。

记者：你就和他们一块儿去偷了？

小明：第一次知道他们偷东西，第二次就跟着去了。

记者：去偷的时候害怕吗？

小明：第一次去偷的时候害怕，怕让人逮着，逮着就要挨顿打，还得送公安局。

记者：那还去偷？

小明：偷了钱可以去玩儿，偷的钱多了就特别高兴。

记者：都去什么地方偷，怎么样去偷？

小明：去的地方多了，记不清偷过多少家了。我们骑着摩托车或是开着车，到处转悠，看谁家锁门了就进去。我们一般把摩托车停在大道边上，到村里后，两个人进去偷，一个人放风。进屋后先翻衣橱、抽屉，一般人家的钱大多是放在衣柜里面、炕底下、床下面，还有保险箱里。

记者：有人来了怎么办？

小明：放风的人在外面给里面的人打手机。手机一响，我们就跳墙跑，跑到摩托车那儿骑上就跑。摩托车放在大道边也是为了便于逃跑。

记者：农村有许多人家养狗，遇到狗怎么办？

小明：遇到小狗或是拴着的狗，就进屋找点儿吃的，别让它叫了。如果遇到没拴着的大狗，就不进去了。

记者：偷了钱干什么去呢？

小明：吃喝玩儿。我们租车开着玩儿，我会开车。我们还去黄骅、东北玩儿，东北我们就去了两回，坐火车去的。

十几个人给我过生日，我们点上好菜好酒，过一次生日花了1000多块钱，那次我们都喝醉了。

朋友们在一起又吃又喝，没有烦恼，受重视，特别有满足感。

记者：那是过多大的生日？

小明：14岁。

（采访中，少年每每说到关于偷东西的事情，就会稍微有一点儿点儿兴奋，脸上的表情也似乎活泛起来。可是，大多数时候小明不是用手指使劲地划自己面前的桌子，就是低头不语，一脸僵硬的表情。少年内心的忐忑不安，通过划桌子的动作不经意地流露出来。）

记者：想过收手不干了吗？

小明：想过，想偷够了钱就不干了。

记者：多少钱算够呢？

小明：（长久不说话）想有钱，有厂子，有权力，有势力……

"天天上学没意思"

记者：你的姐姐都是初中毕业，你为什么小学毕业就不上学了？

小明：自己不愿意上了，在学校憋着慌，天天上课太没意思了。

记者：你不上学父母同意吗？

小明：不同意。我从5年级开始逃学，每天上学去也是背着书包玩儿，到处跑，上游戏厅玩游戏，打台球，到了放学的时间才回家。

记者：因为什么逃学？

小明：4年级以前我学习不错，上了5年级以后，老师留的作业多了，就没有时间玩了，就觉得上学特别没意思。我觉得老师不负责任，老师经常上课抄一大黑板题让我们做，也不讲课。

记者：最喜欢上什么课？

小明：体育课。

记者：你逃学的事老师向家长反映吗？

小明：老师向我父母说过。一天我背着书包回家，父母就问我干什么去了，我说上学去了，父母就说，老师都说了，你逃学，还骗我们。

"就是觉得好玩儿、刺激，想有钱"

记者：父母管你管得严吗？

小明：有不好的朋友到家里找我，父母就不让我和他们出去。父母说怕我跟着他们学坏。

记者：父母打过你吗？

小明：打过。小时候因为偷酒喝，还挨过两次打呢！

记者：从多大开始学会的喝酒？

小明：七八岁的时候就学会了喝酒，偷着喝。我爸爸爱喝点儿酒，干一天活儿回来晚上喝一点儿。

记者：跟谁感情最好？

小明：父亲。

记者：在家是不是最受宠？

小明：（点头）……

记者：一家人怎么宠你？

小明：我爸爸惯着我，我妈妈不。

记者：怎么惯着你？

小明：爱怎么着就怎么着。一次与人打架把人家的头打破了，人家找上门来，父母领着人家去看病。原以为要挨打，回来后却没事，父亲说别让人家把咱打坏了就行。

记者：从小零花钱多吗？

小明：上小学三年级的时候就有零花钱，五六块吧，爸爸、妈妈、姐姐给的，在小伙伴中是比较有钱的。

记者：父母不给钱的时候呢？

小明：父母不给就和爷爷、奶奶要。

记者：在家过生日吗？

小明：没有。

记者：你们家别人过生日吗？

小明：姐姐给父母过生日。

记者：什么是生日？

小明：（沉思了好久）出生那天的日子。

记者：听说过"孩子的生日，母亲的难日"这句话吗？

小明：（摇头，一脸的困惑）……

记者：知道什么叫青春期吗？

小明：知道，小学的时候就知道。

记者：谈谈你所理解的青春期。

小明：（不语，低头，用手指不停地划面前的桌子）

记者：因为你曾经的过错，你的父母会觉得在乡亲们面前抬不起头来，想过父母的压力吗？

小明：没有。

记者：想起过被偷的人家吗？

小明：（摇头，沉默了一会儿）有时和别人说话的时候

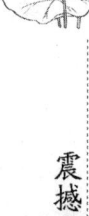

说起来，觉得被偷的人家肯定生气，出去后看见我肯定会打我。

记者：觉得对不起人家吗？

小明：没有觉得对不起别人，只是觉得对不起父母。

记者：想过为什么会走这段弯路吗？

小明：就是因为好玩儿、刺激，想有钱。

记者：知道什么叫感恩吗？

小明：就是报答的意思吧。

记者：想过报答父母和别人吗？

小明：想过报答父母，别人没有。

记者：想过怎么报答父母？

小明：挣钱报答父母。

记者：挣钱是要干活儿的，干活儿是要受累的，你想过吗？

小明：（呆呆地看了我们很久）不想让别人管我，不想给别人打工，想自己干。

记者：什么时候最高兴，什么时候最难过？

小明：好朋友在一起的时候最高兴，朋友走了最难过。

记者：父母来看你什么感受？

小明：（摇头）说不出来。

记者：你说人活着是为了什么？

小明：（想了好长时间才断断续续地说）人活着……是玩儿。

记者：这是你14岁时的想法，还是现在的想法？

小明：……（愣愣地看着我们不说话）

记者：现在是怎么想的，出去以后有什么打算？

小明：现在想养着爸爸、妈妈。娶媳妇生孩子过日子，有钱了才能娶媳妇，有房子，有车。

（我们面面相觑）

记者：你现在最需要什么？

小明：自由。（声音小得不能再小）

（对于小明来说，懂得了自由的可贵是用巨大的代价换来的，但愿我们的青少年不再和小明一样犯同样的错误。）

采访后记

采访完小明，心中一直有一种说不出的感觉，少年那种无所谓的态度，让我们有着深深的失望和无奈。孩子是一张白纸，家庭、学校和社会应该共同描画。可是，小明这张白纸上如今留下了什么呢？

家庭的溺爱，让小明不懂得珍惜和回报别人。作为家中最小的男孩，小明在爷爷、奶奶、父母以及姐姐们的呵护和疼爱中长大，从小要什么都能得到满足，零花钱更是没有断过。这种无限制的满足造成了他从小坦然受之的心理，让他认为别人疼他、爱他是天经地义的，而家长的不求回报也让他认为疼他是应该的，而从内心深处，他从来就没有为家庭和父母着想过。

学校教育的单调和缺乏兴趣让他过早地辍学走上社会。在对小明的采访中，他说最喜欢的是体育课，而作业的压力，老师经常不讲课让他们上自习等事情，令他对学习提不起兴趣，从而逃学过早地走了社会。

交结不良朋友，使他走上犯罪道路。过早辍学的小明在走上社会时如果能及时得到引导，也许今天的悲剧就不

震撼与警示

会发生。可是,他却没能得到家庭和朋友的帮助,结交了一群不良朋友,过早地沾染了不良社会风气,最终走上了盗窃的犯罪道路。

(发表于 2006 年 11 月 20 日《沧州晚报》)

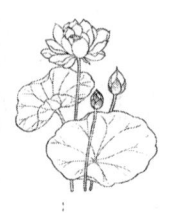

与莲花相邻的日子

残缺家庭的"义气"少年

案情回放

为给朋友筹钱　少年参与绑架

只为了帮要结婚的朋友弄点儿钱，15岁的小强（化名）参与了绑架。2005年10月15日，小强和另外三人被黄骅市公安局刑事拘留。

2005年10月13日晚，黄骅市方庄子村一名7岁的男孩被绑架，对方索要5万元。接到报案后，黄骅警方迅速出击，只用两天的时间就把犯罪嫌疑人抓获。据参与绑架的小强交代：朋友王某某没钱结婚，他们几个就合计着绑架人弄点儿钱。10月13日，他们绑架了一个小男孩并打电话向家长索要5万元。他们到指定的地方去拿钱，但没有看见孩子家长，他们几个因为害怕，就把孩子放到了黄骅市畜牧局门口。后来，他们在南排河一家小旅馆睡觉时被警方抓获。

2005年12月，小强因作案时不满16周岁被劳动教养一年半。

采访印象

坐在我们面前的小强显得很瘦小,一脸的调皮和稚气,根本看不出已经 16 岁了。他是几名接受采访的劳教少年中唯一一个露出笑容的孩子,并以真诚的口气说:"进来对我是件好事"。

他摸着头一坐在我们面前,就先入为主试探性地问:"你们是干什么的?"当我们表示想以朋友的身份和他聊聊天时,他露出了天真的笑容,一脸的轻松,并不失时机地向我们打听他当年"犯事"的"朋友"的下落。

采访是在相对轻松的氛围中完成的。

这是一个真诚的少年,他一开始就敞开了自己的心扉。讲义气,肯吃苦,富有同情心,乐于助人是小强身上表现出来的好品质,而他对自己行为的反思更说明这是一个有思想的孩子。少年对母亲的回忆和对父亲的愧疚与责任,都给我们留下了深刻的印象。

8 岁时母亲去世,父亲常年出海。小小年纪的他过早地走上了社会,交结了一帮朋友,一块儿干了一件让他后悔的事……

8 岁失去母亲的苦孩子

记者:还有多长时间就出去了?

小明:还有 5 个多月就出去了,我现在是天天盼啊。光想着出去能干点儿什么,出去也不好意思回家了,先找活儿干吧。

我是 2005 年 1 月 2 日来的,判了一年半劳教,刚来的时候压力特别大,总想乱七八糟的事,还想过逃跑呢!

记者：家人经常来看你吗？

小强：我爸爸老来，上个月刚来过。

记者：你妈妈呢？

小强：我妈妈在我8岁的时候就死了，要不怎么说我是个没人管的孩子呢！

记者：你爸爸不管你？

小强：我爸爸在船上工作，常年出海，短的一个多月，长的好几个月不回家，从小就我一个人。

记者：就你一个？

小强：还有个姐姐。妈妈去世后，姐姐就不上学了，跟着姥姥，我跟着爸爸。

记者：你什么时候辍学的？

小强：上小学2年级的时候，妈妈去世的那一年，没人管我，我就不上了。上学的时候我经常打架，上课睡觉，也不是好学生。

记者：你母亲得的是什么病？

小强：心脏病，听说是先天性的，不能生气，也干不了什么重活儿。原来我们家自己有船，后来给我妈妈看病，就把船卖了，我爸爸给人家打工。

就因为妈妈的病，我们家很穷。

记者：妈妈去世你就不上学了，你爸爸同意吗？

小强：爸爸常年出海，想管也管不了。小时候我就一个人在家，守着6间破土坯房，饿了自己做饭吃。

记者：从多大你一个人在家？

小强：8岁。妈妈是冬天去世的，她去世的第二年3月，我爸爸就出海了，我就一个人在家。

要不说我这个孩子从小和别人不一样呢。苦命,从小什么都会做,煮米饭,下面条……我都会做。

10多岁的时候就与一帮朋友整天瞎混,我有一帮不错的朋友,他们都比我大,社会上的。我们一起玩儿,有好吃的一起吃,有架一起打。我还没进来以前,听说我的几个朋友在天津抢劫汽车,有的判了9年刑。

记者:那么小一个人在家害怕吗?遇到事情怎么办?

小强:不害怕。从小我胆子就特别大,遇到事情就找邻居或是朋友帮忙。我小的时候,出海前爸爸总是给邻居放下几百块钱,我花钱就和邻居要;再大点儿,爸爸走前就给我留下几百块钱,告诉我爱吃什么买点儿什么,爱干什么就干什么。

记者:爸爸也不是常年出海,爸爸在家的日子呢?

小强:他在家的时候我也玩儿惯了,有时候出去好几天不回来,我爸爸也不找,不像别人家的父母,天黑了孩子不回来就着急,到处找。

记者:家中谁最疼你?

小强:妈妈最疼我,爸爸也很疼我,但妈妈和爸爸的疼不一样。他是你想干什么就干什么,只要不给他惹事打架就行。

(坐在我们面前的小强习惯性地用手摸着自己瘦小的头,不时用审视的目光瞅着我们。每次说起妈妈,孩子眼中流露出更多的是向往和回忆。母爱在他的记忆中,遥远而珍贵)

记者:妈妈怎么疼你?

小强:我妈去世前最放心不下的是我,她叮嘱我爸爸,千万管好我。妈妈临死前和我爸爸说,也告诉过我,十六七岁的时候千万别惹事,惹了事监狱的大门始终向我开着。那时候我小,可我在一边听见了妈妈的话,也记住了。

记者:给妈妈上过坟吗?

小强:上过,我太对不起我妈妈了。(小强的眼圈红了,少年摸着头的手下意识地挡住了自己的视线,怕我们看见。其实,当他说起母亲临死前的叮嘱时,一种莫名的感动撞击着我们的胸膛,酸酸的,涩涩的)

讲义气爱面子的少年

记者:你有多少个好朋友,他们都是干什么的?

小强:好朋友有五六个吧。干什么的都有,有的跟着家人在船上打鱼,有的在外面做买卖,有的在外面瞎倒腾。反正他们都和我差不多岁数,都不上学了。

记者:和你一块儿绑架孩子的都是你的好朋友吗?

小强:嗯,都是好朋友。

记者:怎么就想起绑架人家孩子呢?没想过这是犯罪的事吗?

小强:都是王某某(小强绑架案的同案犯,已另案处理)。他快结婚了,家里让他拿3万块钱回去结婚用,他随口就答应了,可他没那么多钱呀。他在外边和别人合伙倒手机,根本赚不了那么多钱。

去年的一天,他找到我们几个朋友说,结婚没钱,得想个事干,弄点儿钱回家把婚结了。家里急着让拿3万块钱结婚用。我们几个合计了半天,说干嘛呢,王某某说绑架吧,我们几个一合计就干了。其实,那时候我们几个也

震撼与警示

不知道应该绑谁,就想随便找个孩子绑了就算了。

随后,我们几个就租了辆车到黄骅市转悠,也没有目标,转悠到方庄子的时候,看见一个小孩,就把那孩子绑了放车上了。

记者: 没想过绑架是犯罪吗?没想过不去吗?

小强: 我当时确实没想过绑架犯罪这事,但也想绑人家孩子不地道,也犹豫着想不去。但是,如果我说不去,他们肯定说我不够意思,碍着面子就去了。

我当时就想,为朋友嘛,王某某没钱结婚总不能不帮忙吧。要5万元,王某某拿3万块钱回家把婚结了,哥儿几个把这2万块钱花了就完了。

记者: 绑了孩子后害怕被警察抓着吧?

小强: 也说不上害怕,但心里就是不踏实。那时就想,有什么算什么了,绑了就完事了。我们就给小孩子的家里打电话,让他拿5万块钱放在旅馆的门口。按照分工,我和王金某去拿钱,他们两个带孩子走。但是小旅馆的门口没钱,我们就回去了,找了一家旅馆在里面睡觉,我们在旅馆睡觉的时候让警察给逮住了。

其实我什么也没干,主意不是我出的,人也不是我绑的,我只是跟着去了,碍着朋友面子不去不行。孩子一哭,我都觉得对不住人家,不给钱我们就把孩子给放了。

记者: 现在后悔吗?

小强: 后悔。后悔有什么用,也进来了。进来好好改造,出去后不再惹事了。

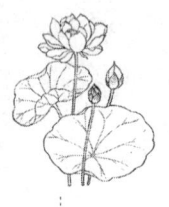

走段弯路也是件好事

记者：你怎么评价自己？

小强：我这人爱面子，讲义气，爱面子吃大亏，讲义气害了我。我还爱管闲事。其实，我这人最看不得欺侮人，所以一有人叫我去打架我就去。我干活儿有力气，不怕苦，不怕累。（富有同情心是他的性格特点，可是，不分善恶青红的同情心却成了少年走向犯罪的心理前提）

记者：以前还干过别的坏事吗？

小强：（调皮的笑，摸着头不好意思地）没干过什么大的坏事，顶多就是偷鸡摸狗的，偷个鸭子烤烤吃了。我从小没人管，有人管也到不了这一步。（神情突然黯淡下来）

记者：偷过别人钱吗？

小强：从没偷过钱。人家挣钱不容易，反过来想，如果咱的钱被人家偷了，咱是嘛滋味？心里好受吗？

记者：现在想明白自己以前干的事是犯法吗？

小强：想明白了。管教干部给上课，我学了许多法律知识，知道绑架是犯法的事了。我自己想，进来也不是什么坏事，像我这样的，再没人管，不知会出什么事，万一把别人捅死怎么办？所以我说进来是好事，一年半让我明白了许多事，以后再也不做违法犯罪的事了。

记者：爸爸来看你怎么说？

小强：爸爸第一次来看我哭了，他后悔没有管好我。我没哭，我说哭嘛，最起码知道犯法的事不能干了。我说等我出去了，好好孝敬他老人家。

我爸爸给我钱，我没要。爸爸44岁了，风里来浪里去挣钱多不容易,我不能乱花钱。

记者:现在有什么打算?

小强:现在光想着出去干点儿什么,不好意思回家了,怕邻居们笑话,总得找个活儿干吧。我这个人不怕苦和累,有的是力气。

记者:就你这小身板?(我们表示怀疑)

小强:我14岁就干活儿,在虾池给人打工,人家一个月给我几百块钱,挣的钱我都给父亲了,从来不乱花。我干活儿不服输,看别人比我干得好不服气,非得比他强才行。我最大的优点就是不怕花力气。(小强伸出细长的胳膊给我们看,我们看得鼻子发酸)

采访后记

在邻居和老师的眼里,小强也许是一个调皮捣蛋的"坏小子"。可是,当我们走近他、了解他时,孩子身上的种种优点都会自然而然地流露出来,吃苦耐劳、有正义感、责任心、乐于助人……是什么让一个本性天真率性的孩子走上了犯罪的道路,他的成长环境又受到了怎样的影响?

残缺的家庭让小强从小感受不到家庭的温暖,更得不到完整的家庭教育。采访中,小强一直说自己是个没人管的孩子。的确,8岁失去母亲,父亲常年出海打工,这样的家庭环境让小强感受不到家庭的温暖,更得不到良好的家庭教育。母亲去世后,小强的生活和学习基本上处于一种无人监管的放任状态。无人管的他逃学、失学,甚至挨饿,年仅8岁就过早地走向了社会,小小年纪就开始独自面对社会上形形色色的人和事。

交友不慎让他沾染了不良社会习气。青少年缺乏社会经验和足够的是非判断能力，容易结交社会上一些不三不四的劣迹人员。小强正是结交了一些社会上的不良青年，才沾染了不良习气，随波逐流，一步步走向犯罪的。

讲哥们儿义气，让他走上了犯罪道路。采访中，小强也告诉我们，他也觉得绑架人家孩子是不对的，但碍于哥们儿义气，怕朋友们说他，也只好跟着去了。小强说，当时朋友结婚没钱总不能不帮吧。正是这种盲目地讲义气，让小强尝到了苦果。

对于像小强这样的孩子，社会缺乏关爱。母亲去世，父亲打工，小强成了留守孩子，无论是在农村还是在城市，都缺乏相关的帮助和引导。我们应该建立健全相关救助机制，使留守少年不致成为闲散人员，不致成为社会隐患，让他们像其他孩子一样健康成长。

（发表于2006年11月21日《沧州晚报》）

滴血的亲情

案情回放

13 岁少年连杀三名亲人

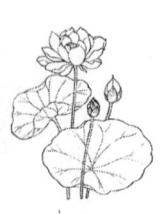

2006年8月24日,南皮寨子镇单庄发生杀人纵火案,安卫某的母亲、妻子和儿子被杀死在家中,并被焚尸灭迹。

南皮警方接到报案后,迅速组成专案组进村调查。在几天几夜的调查走访中,警方共走访调查278人,排查出重点人员88名,最后警方把调查重点放在安卫某的二哥安某某一家人身上。原来,安卫某与安某某虽是亲兄弟,但两家素来不合,因为地基问题曾经大打出手。经过三天三夜的询问,安某某13岁的儿子晓诚(化名)承认了杀人纵火的犯罪事实。晓诚认为妈妈受了婶婶的气,为了给妈妈报仇,8月24日下午潜入婶婶家,先勒死了弟弟,又准备好刀杀死了后来回家的婶婶,而无意中碰到的奶奶也没能逃脱晓诚的杀害。

日前,晓诚被劳动教养3年。

采访印象

随着一声"报告",一个虎头虎脑的男孩笔直地站在我们面前,一双忽闪的大眼睛足以用"英俊"二字来形容。

采访晓诚的心情是复杂的,痛惜、不舍、吃惊、爱惜……复杂的感受时时涌上心头。他是一个聪明的好孩子,学习一直名列前茅,是老师的得力助手,同学们的好班长;他是一个懂事的孩子,劳教所里他最牵挂的是妈妈,担心姐姐分心学习,希望长大后养着叔叔;他是一个有理想的孩子,喜爱读书,立志当一名警察,最爱看公安题材的电视剧……

这是一个心中有爱的孩子,只是家庭矛盾的长期影响,给他埋下了仇恨的种子,让他在那个下午,一时冲动举起了刀。

最后悔的是上不了学

记者:像你这个岁数应该在学校里读书,知道自己为什么不能读书了吗?

晓诚:(大眼睛一下子红了,努力吸着鼻子不让泪水掉下来)知道。本来开学我就上初一了,连书都买了。可是,因为我杀了人,就不能上学了。

记者:他们都是你的亲人,你杀他们的时候下得去手吗?

晓诚:婶婶与我们家关系不好,她欺侮我妈妈,就想杀了她为妈妈报仇,弟弟(婶婶的儿子)挡着我杀婶婶,奶奶是碰上了,没办法。

记者:现在不能上学后悔了吗?

晓诚：（大眼睛又一次被泪水浸湿）后悔，从小就愿意上学。

记者：学习成绩好吗？

晓诚：学习行，从上学就一直是班上的前三名，当班长，不给老师惹事。

记者：你觉得自己当班长当得合格吗？能让大家服吗？

晓诚：当得好。我从小就喜欢帮助别人，与同学们都合得来，知道让着女同学。

我是大班长，管纪律，在班上领先，平时不让同学们闹了，一说他们就听。

记者：你来这儿之前，爸爸、妈妈怎么对你说的？

晓诚：（眼泪一下子流下来）妈妈……还不知道呢，不敢告诉她，我爸爸让我好好待着，他劝着我妈妈点儿。还有一个姐姐也知道，怕她分心，耽误学习。

记者：现在后悔自己当初做的事了？

晓诚：后悔不该一时冲动毁了自己，还让家长担心，也上不了学了。

想着电视剧的情节，就想杀了婶婶为妈妈报仇

记者：这件事是你想替妈妈报仇才杀死婶婶的，说说你眼中的妈妈和婶婶。

晓诚：妈妈性格内向，关心我们比较多，文化水平不高，是个慈祥的母亲。她有事不和我们说，自己躲在屋里哭。婶婶是那种能说会道的人，爱挑拨是非，我比较烦她。奶奶怕我婶婶，粮食、住院费每年都要，我们不给不行，我婶婶不给行。

记者：你妈妈受气是她说的吗？

晓诚：不是，是我自己看见的。我不知道她们（婶婶和奶奶）怎么欺侮我妈妈，但妈妈哭的时候特别伤心，我就知道妈妈受气不小。

我知道的就是因为地基的事，不知道谁放了一把火，我家的庄稼被烧了，我婶家的柴火垛也着了，就为这个打起来了。

记者：那你为什么还要杀你婶婶？

晓诚：也不知道为什么。那天下午（8月24日）我睡醒后就回想一个正在看的电视剧，想演到哪儿了，一会儿再接着看。我就回想电视剧的情节，我也得替妈妈报仇，我就想怎么报仇，越想越觉得应该杀死婶婶。

记者：那你为什么还要杀死弟弟和奶奶呢？

晓诚：我没想杀死弟弟，可是他挡着我杀婶婶了，谁挡着我我就杀谁。

记者：那个下午心中充满了什么样的感受？

晓诚：也没什么，就是一门心思地报仇，必须得杀了婶婶，越想越觉得必须杀死她。

记者：没想过把这种想法和别人说说，交流一下，征求别人的意见吗？

晓诚：没有，报仇的心里充满了头脑，别的什么也没想。

记者：平时有什么心事和谁交流和排解？

晓诚：平时，自己能控制住，听听歌就能调节一下心情，也和好朋友、合得来的同学说，可那天下午越想越气。

震撼与警示

镜子中自己满脸是血的样子，像鬼

记者：你们家和婶婶家不合，你和弟弟的感情怎么样？

晓诚：我和婶婶不说话，但与弟弟还行，我俩能玩儿到一块儿去。

记者：整天与弟弟一起玩，你杀他的时候能下得去手吗？

晓诚：他挡了我的路，我不杀他不行。

记者：拿什么杀的弟弟？

晓诚：一块孝布。我们两家紧挨着。那天下午妈妈下地后，我观察着婶婶家，寻思弟弟走了，我就杀婶婶，可弟弟没走，婶婶先走了，我就翻墙进去了。

记者：弟弟看见你说什么了？

晓诚：我先说的。我说看咱奶奶来了，他说是嘛，还笑了，看他笑了，我就不想杀死他了。但他说一块儿出去，大门是锁着的，我是翻墙进来的，一块儿出去怕他知道了，我就从后面勒了他。

记者：勒你弟弟的时候心里没害怕？

晓诚：也没胆小，一开始用小劲儿，他还说："哥，别闹了。"

记者：弟弟为什么这么说？

晓诚：我们以前也这么闹着玩儿。

记者：弟弟都喊哥了你也没心软吗？

晓诚：我就用劲儿勒死了他。（说完后快速地低头拨弄着手指）

记者：弟弟死了你害怕了吧？

晓诚：也没有。杀死弟弟后，怕婶婶回来看见，就把他弄到别的屋里去了，但弟弟睁着眼睛，我有点儿胆小了。

记者：你干什么呢？

晓诚：看电视，等着婶婶回来。两个小时后，婶婶回来了。我藏在屋门后面，婶婶进屋看见我了，问我干什么，我就用床单捂住了她，我俩打了起来。

记者：你回答她了吗？

晓诚：（沉默）

记者：后来呢？

晓诚：我想用三角带勒死她，她看见抢过去了，我们两个都倒地下了。这时，我摸着了刀，我就砍她。她喊疼，我就胡乱砍。

记者：刀哪儿来的？

晓诚：事先放在床底下的。

记者：怎么又杀死了奶奶呢？

晓诚：正砍着，我奶奶进来了。吓坏了，说砍你婶子干嘛，吓得躺地下了。我就说："奶奶，对不起了，谁让你看见了，我本来不想杀你"，我就砍了奶奶。

记者：她们可都是你的亲人呀，你就下得去手？

晓诚：奶奶从小没看过我，对她很陌生，没感情。

记者：杀死了三条人命就不害怕？

晓诚：看见她们倒在血中，我想吐，我晕血。我怕自己控制不了，再来人还会杀，就赶紧把门插上了。乱砍的时候，我一抬头看见镜子里自己满脸是血，像鬼一样，就胆小了。

后来，我把她们放到床上，盖上被子，就在婶婶家洗澡，洗衣服上的血。这时我浑身都软了，没劲儿了，天也黑了，我就翻墙回家了。

记者：回家后心里踏实吗？

晓诚：回家后妈妈问我这么晚干什么去了，我说和同学洗澡去了。吃过饭后一个同学找我玩儿，我就去了。

记者：你能玩儿得下去吗？心里不打鼓？

晓诚：心里有事，玩儿得也不踏实，10点多我就回自己屋躺着了。看着爸爸、妈妈都睡着了，我就从窗户跳出去，又翻墙过去到婶婶家，捎着火柴。翻墙的时候看见一块油毡，觉得油毡容易着，就拿着了。我就点油毡，点不着，就点床单，看见有酒，就撒上，把另一个屋也点着后，我就赶快跑了。

躺在床上，我才想起液化气没打开，就又回去，把液化气打开，又跑回来躺着。

记者：做这一切都是从哪儿学的，为什么要放火？

晓诚：放火烧毁现场是跟电视上学的，放火烧了就没有什么痕迹了，警察就找不着了。

就像做了一场梦

记者：睡得着吗？

晓诚：睡不着。后来听人嚷着火了，我以上厕所为由出去看了一下，看火着大了，就回来喊我妈妈，我妈一听着火了，就赶紧喊我爸爸救火。

记者：你也去救火吗？

晓诚：一看大火烧起来了，我就真的想去救她们。我根本就没想过人是我杀的，我就想着那里有我的亲人，有

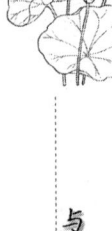

我的奶奶，我得去救她们，赶紧给救出来。

记者：你当时到底是一种什么感觉？

晓诚：就像做了一场梦。不想人是自己杀的，就想着赶紧救人。我跑去喊我大爷，他们家离得远，我跑得都喘不过气来，腿都软了，到我大爷家时一下子就跪地上了。

记者：为什么看见妈妈哭你就后悔了？

晓诚：我为妈妈报仇，但她并不高兴。

记者：她们安葬的时候你去了吗？

晓诚：去了。她们是第二天埋的，弟弟是先埋的，后是婶婶，最后是奶奶。

记者：人们已经报了警，警察正在调查这件事，为他们守灵的时候你心里是怎么想的？

晓诚：守灵的时候我大娘说，要是知道了谁是凶手，就一刀一刀地割他的肉，我真的害怕了。

少年承认杀人后警察都不敢相信

记者：警察找你的时候，你是怎么想的？

晓诚：警察问了我三天，我不敢承认。

记者：那警察怎么知道的？

晓诚：听妈妈说，刑警队破不了案要挨处分，所以后来我就提出来要和他们单独谈谈。不能因为我的事连累他们，我就把事说了。

记者：警察当时是什么反应？

晓诚：他们不相信，第一次说的时候都没记，但看我说得那么详细，不得不信了，就让我又说了一遍，给记上了。

记者： 说的时候想过要为自己的行为负责吗？

晓诚： 当时想，怎么着也得负点儿责任，犯了这么大的事。

记者： 在看守所是怎么想的？

晓诚： 想自杀，可看守所的人说了，你死了，你妈妈怎么过呀？

记者： 对叔叔、爷爷有什么话要说吗？

晓诚： 在看守所里看电视，叔叔、爷爷说能接受我，我就哭了，哭了一个多小时，看守所的人劝我。

记者： 为什么哭？

晓诚： 对不起他们。特别是弟弟，才12岁，人生的大好时光还没有享受，就死了。

记者： 是什么造成了今天这样的悲剧？

晓诚： 是思想错了，我把电视节目给想歪了，太冲动了。电视剧里告诉人们报仇是可以通过正当的手段的，不应当杀人放火，我给想歪了。

采访手记

一个有理想、爱读书、乐于助人的"小男子汉"，如果没有那场悲剧的发生，此刻他应该坐在明亮的教室里，享受着阳光。可是，在仇恨的驱使下，晓诚在那个下午变得如此可怕。

家庭是孩子实现社会化的第一课堂。在农村，像晓诚这样的家庭有许多，妯娌之间、婆媳之间有矛盾也是常有的事。如何看待和处理这些矛盾？对于晓诚这个未成年孩子来说，难免会出现偏颇。长期的矛盾给孩子的心灵蒙上了一层阴影，在孩子的心里埋下了报仇的种子。

　　学校教育大多存在重智轻德的现象，对法制教育、道德教育和心理健康教育不重视。假如人们能对晓诚平时经常进行心理干预，就完全可以避免这场悲剧。像晓诚一样的孩子，正处于青春期，他们自我约束力差，心理发育不成熟，常会在外界因素的刺激下一时冲动，做出意想不到的事情。因此，有必要在中小学中建立心理健康辅导制度。

　　晓诚在看了电视剧的杀人情节后，模仿电视剧的情节产生了为妈妈报仇的想法。当前，有些影视作品对案件侦破过程描写得过于详细，暴力、血腥场面充斥其中，青少年难免受到影响。因此，各有关部门要继续联手加强文化市场的治理力度，为孩子们的成长提供一个健康、向上的环境。

（发表于2006年11月27日《沧州晚报》）

被网络扭曲的少年

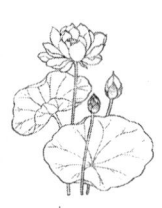

案情回放

15 岁少年疯狂盗窃百余起

2006 年 7 月 12 日，盗窃少年小刚（化名）被沧县公安局刑事拘留。

公安局经审理查明，小刚是盐山人，今年 15 岁。据小刚交代，他从小学就开始上网，因为上网成瘾没钱才走上盗窃之路。自从去年被学校开除后，他经常不回家，并疯狂去偷盗，有时一天就偷好几家。据沧县公安局的调查，自今年 3 月以来，小刚与同伙在 5 个月的时间里，疯狂作案上百起，作案范围涉及盐山、沧县、孟村、青县等地，盗窃了大量现金及黄金、白金等物品。警方经审理认为，小刚秘密窃取他人财物数额巨大，由于作案时不满 16 周岁，被劳动教养 3 年。

采访印象

这是一个看上去时尚帅气的少年，但成熟过早地写在他的脸上。他倔强而又脆弱，理智却又冲动，自始至终，他都是一个感情的矛盾体。

这是一个被网络扭曲的少年。沉迷网络他打打杀杀,疯狂盗窃他兴奋快乐,说起父母他流着眼泪却说出恨字……

整个采访过程中,少年一直像个大人一样控制着自己的感情,在少年倔强的个性中,他认为不想父母也是自己"男子汉"的表现。

一出家门不是直奔学校,而是直奔网吧

记者:上到几年级就不上学了?

小刚:初一。

记者:为什么不上学了?

小刚:初一的时候在学校打架,把同学的脑袋打破了,被学校开除了。

记者:上学的时候成绩怎么样?

小刚:不好。上四年级以前学习好,从四年级开始就总是倒数第一。

记者:为什么?

小刚:上网吧。

记者:你那么小,怎么学会的上网?

小刚:以前在同学家里玩儿过。一次,我们村上的一家网吧开业,出于好奇和热闹,我就和同学们去转了一圈儿,就玩儿上了。从那以后就迷上了这种游戏。游戏不用教就会玩儿,同学们大都是这样。

记者:迷上了不想办法改正吗?

小刚:没想过。后来一出家门不奔学校,而是直奔网

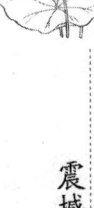

吧,不光是网吧,还有台球厅、游戏机厅。

记者: 你开始逃学?

小刚: 嗯。我拼命地逃学,一年也就上了一个多月的学。早上7点多我背着书包从家里出来,中午11点多回家,下午也按时出门,到晚上放学才回家。

记者: 家长不知道你逃学?

小刚: 不知道,他们以为我天天上学去呢。

记者: 这么长时间不上课老师也不管,也不告诉家长?

小刚: 老师不管。

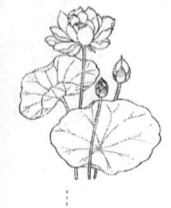

记者: 你们班上还有像你一样逃学的学生吗?

小刚: 有两个。

记者: 你们两个是好朋友吗?

小刚: 不是,我们不在一起玩儿。

记者: 上网是一种什么感觉?

小刚: 其实就是好玩儿。看人家等级高,自己等级低,心里就非常不服气,就想超过去,就拼命地玩儿,只有这样才能升级。等级上去了,会觉得自己更厉害了,心里也更满足了。

记者: 我国法律明文规定未成年人不允许进入网吧。你是未成年人,网吧老板就让你们进去玩儿?

小刚: 老板才不管呢,他是为了赚钱。网吧老板还管吃管住呢。你只要在网吧玩儿,老板就给订饭,包子、饺子、焖饼、烩饼你随便订,想吃什么就吃什么。

上网没钱就去偷,偷了1600元玩儿了三四天

记者: 钱呢?钱从哪儿来?

小刚：偷的。（低着头声音很小，说完后小心地抬眼看着我们）

记者：玩游戏没钱就去偷？

小刚：嗯。我从14岁就开始偷。以前还进过一次看守所呢。（说到偷钱，小刚的情绪有了高涨，说话的底气也似乎一下子充足了许多，脸上的神情开始活泼起来）

记者：第一次去偷谁领你去的，偷了多少？

小刚：第一次自己去偷的，偷了1600元，自己村上的。

记者：为什么？

小刚：当时上网玩儿得身上没钱了，就在村上到处瞎逛，走着走着，看见一户人家锁着门，院墙也挺矮，就翻墙进去了。进屋后看见椅子上放着一个包，包里满满的都是钱。我没敢多拿，拿了1600元，就飞快地跑出来了。

记者：害怕吗？

小刚：拿钱的时候害怕，手脚都直打哆嗦，但出来后走在大街上就觉得没事了。

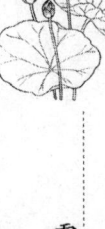

记者：偷了钱干什么去了？

小刚：偷了钱就直奔游戏厅，打游戏机玩儿。

记者：打游戏机怎么收费？

小刚：也不贵，一小时才3块钱。

记者：1600元钱玩儿了多长时间？

小刚：也就三四天吧。

记者：都怎么花了？

小刚：上网，玩儿游戏，吃饭，抽烟。我12岁就学会抽烟了，是一个哥哥教的，我学抽烟就是好奇，想尝尝抽烟是什么滋味的。那时我抽的都是中华、玉溪烟，钱也是

偷的。(自豪感在一瞬间升起，但面对我们诧异的目光，又迅速消失)

记者：父母是怎么知道的？

小刚：1600块钱花完了，我又去那家偷，被逮住送公安局了，公安局通知了我父母，他们才知道的。

(小刚的父母直到这时才知道，每天背着书包的独生子并没有去上学，可这时，小刚已经逃学一年多了。面对突如其来的打击和真相，父母又会怎么做呢)

记者：父母怎么处理你的事？

小刚：在公安局把我狠骂了一顿，回家狠狠地揍了我一顿。用三角带打我，打得身上都是印子。

记者：除了打你，父母没有坐下来和你好好谈谈？

小刚：没有。他们就问我钱怎么花了，还剩下钱没有。打完了我就跑了，跑出去好多天不回家。

记者：打了你，你应该记着下次不再干坏事了吧？

小刚：我当时说了，保证不偷了。

记者：是真心的吗？

小刚：不知道（摇头，沉默）

记者：打你的时候哭了没有？

小刚：我没哭，疼也没哭。

记者：妈妈呢？

小刚：妈妈哭了。

记者：知道妈妈为什么哭吗？

小刚：不知道，没想过。

记者：现在想想，回答我们。

小刚：……

（小刚努力地仰起头，扭向窗外，眯起眼睛控制着自己，不让泪水流下来）

惯偷的感觉

记者：后来又回家了吗？

小刚：有一次我在网吧睡觉的时候被我爸爸逮回了家，关起来不让出去。在家老实地待了几天，看没事了，就又出去玩儿了。我向他们保证不偷了。

记者：结果呢？

小刚：结果又偷了，管不住自己。

记者：这次为什么又去偷了呢？

小刚：抵账。我是通过别人认识李某某（小刚案的同案犯，另案处理）的。我向他借了1000块钱，他也没跟我要，但想着总得还他，我就说："我领你去偷，偷了钱平分，抵账。"我俩就一块儿去偷了。

记者：没想过后果吗？

小刚：没有。这次偷了一条黄金项链，一个黄金戒指，还有一条白金项链，一共卖了2400元钱，我给了他1000块钱抵账，剩下的我自己揣起来了。

记者：再去偷还害怕吗？

小刚：不害怕，已经习惯了。有时候，我们一个下午就偷好几家。

记者：事先踩点吗？

小刚：不踩点。就找一个村子，看哪家没人就进哪家，翻墙进院，跳窗户进屋，进不去就找东西把玻璃砸了进去。进屋先撬锁着的地方，没钱就四处翻。

震撼与警示

记者：你们俩事先分工吗？

小刚：不分工，也不放风，一块儿进去偷。

记者：没被逮着过吗？

小刚：没有。我光偷黄金和现金，李某某什么都偷。有一次我们在一个村子被一个老头看见了，李某某手里拿着一个包。老人问我们干什么的，我们扔下包就跑。后来我就不带着他了。

记者：一次你偷了孟村一户人家12000元，当时是什么感觉？

小刚：偷了12000块钱，高兴呗，光想着怎么花了。

记者：怎么花的？

小刚：我花2500块钱买了一部手机，和李某某上北京玩儿了趟，玩儿了三四天，就全花了。

记者：在北京都玩儿什么呢？

小刚：上天安门广场看了看，去石景山公园，上了趟北京五环玩儿。

记者：那也花不了那么多钱呀？

小刚：在北京吃住。住一晚上300多，我们俩在北京全聚德吃了一顿饭，就花了1000多……

记者：吃烤鸭的时候想过父母在家种地吗？想过被你们偷了钱的人家可能过不下去了吗？

小刚：（长久地沉默）没有。

记者：几个月内偷了多少家？想过吗？

小刚：百八十家吧。

记者：惯偷是一种怎样的感觉？

小刚：不害怕，上瘾，痛快，快乐。偷完后大把花钱

的时候特痛快。(面对我们诧异的目光,小刚露出的笑意凝固在脸上)

记者: 在家里和谁感情最好?

小刚: 奶奶。

记者: 奶奶多大岁数了,身体好吗?

小刚: 奶奶65岁了,身体好。以前奶奶劝我,我没听。

记者: 现在后悔了?

小刚: (低头不语)……

恨父母,烦父母

记者: 在家里待的时间长吗?

小刚: 从去年元旦到今年五一,就回过一次家,呆了两三天就走了。大年三十就白天回去了,晚上又走了,初一也没在家。对了,正月十五在家呆了一天。

记者: 年三十晚上家家团圆,你不回家不觉得孤独吗?

小刚: 不觉得。

记者: 你在哪儿?

小刚: 在网吧玩儿,和朋友们吃吃喝喝。年三十晚上网吧里全满人,都是小青年。

记者: 过年了不给奶奶、父母拜年?

小刚: 拜嘛年?(不屑的口气)

记者: 有了心事和父母说吗?

小刚: 不说。我从小有事就不跟父母说。上小学的时候,我不爱和同学们在一块儿玩儿,不愿意和别人交流。我的朋友都是社会上的人,他们全都比我大。

记者：在家谁最疼你？

小刚：我妈最疼我，什么东西都给买，上小学的时候，一天三四块钱的零花钱。

记者：父母管你吗？

小刚：管。上 6 年级的时候家里知道我逃学，父母就每天看着我，看我进了学校才回去。其实，他们前脚走了，我也就从学校跑出去了。

记者：对父母的感情怎么样？

小刚：恨他们，烦他们。

记者：想妈妈吗？

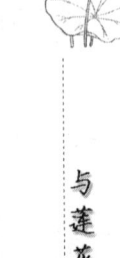

小刚：（努力控制着自己的情绪，沉默）想。

记者：他们不来看你，你是不是觉得他们不要你了？

小刚：……

（泪水顺着少年的脸颊无声地滑落，嘴角剧烈地抖动着，却没有声音）

记者：如果你妈妈真不要你了怎么办？

小刚：没事（拼命摇头）……没事。

记者：辍学后凭自己的劳动挣过钱吗？

小刚：（平静一下心情）在姑姑家干过，但是嫌太累。

记者：想没想过对不起父母，对不起被偷的人家，给他们造成了伤害？

小刚：（低头沉思，点头，却茫然）

记者：真的想改吗？

小刚：真的想改。

记者：什么最重要？

小刚：自由。

采访后记

沉迷网络游戏让他失去了理智,从而走上了盗窃的道路。小刚第一次去偷盗就是因为上网没钱,如果此时有学校和家长及时制止,正确引导,相信小刚能悬崖勒马。可是,处于放任状态的他一发而不可收,走上了一条犯罪的道路。

学校和家庭教育存在误区。小刚逃学很长时间,老师既不严格管教,也不及时告诉家长,让孩子在不好的环境中越陷越深。而小刚的父母在得知孩子逃学和偷盗后,不是耐心细致地做孩子的工作,而是一顿暴打,暴打之后也没有及时和孩子沟通,甚至采取了强制措施。正是这种种的暴力行为,让处于青春期的小刚逆反心理越来越强,最后离家出走,与社会上的不良朋友混在一起。

另外,国家明文规定不允许未成年人进入网吧,可是,网吧老板置法律于不顾,有关部门管理不力,这样的社会环境都给小刚这个未成年人造成了一定的影响。

小刚一案发人深省。

(发表于 2006 年 12 月 6 日《沧州晚报》)

鲜花是怎样凋谢的

虽然沉重的铁门在我们身后已经关上,但劳教少年那渴望自由的眼神却永远印在了我们的脑海里。那些特殊的孩子的经历,留给家庭和社会的不仅仅是反思……

一张张稚嫩的面孔,一颗颗扭曲的心灵,一个个令人震惊的故事,一次次震撼着我们……采访收容劳教少年,打开他们封闭的心灵,剖析他们成长的历程,为的是对我们这个社会日益增长的未成年人犯罪现象有所警示。

这就是我们走近收容教养少年的初衷。

家庭的影响不容忽视

南皮县的晓诚是一个老师和同学眼中公认的好孩子。这个品学兼优的孩子一直当班长,是学习上的尖子生。可是,这个乐于助人的少年却在今年8月的一天下午,残忍地举起了屠刀,连杀堂弟、婶婶和奶奶三位亲人……少年面对我们的疑问郑重地说:"那个下午我心中充满了仇恨,就想杀了婶婶给妈妈报仇。"

少年的仇恨其实缘于一个大家庭的纠纷,更缘于一直以来家庭教育的影响。据了解,晓诚家和叔叔家一直不和,妈妈与婶婶之间更是有着很大的矛盾。天长日久，在妈妈的一次次哭闹中，晓诚的心理受到了影响，在仇恨的驱使下他举起刀砍向了自己的亲人……

专家指出，家庭矛盾的阴影是晓诚走向犯罪的最直接原因。

在与少管所心理老师交流的过程中，心理老师告诉我们，在每一个未成年人犯罪中，都或多或少能找到家庭的影响。许多孩子由于长时间受到家庭环境坏的影响，或是家庭教育不当，在外界的刺激下很容易犯罪。

同样，回顾我市近几年的未成年人犯罪的现象和特点，都能找到家庭的原因。

去年我市一少年杀死奶奶一案，少年怀疑父母离婚是奶奶挑唆的。正是在这种心理的影响下，少年向奶奶下了手……

一起起血案昭示着我们，关注未成年人，家庭要真正自觉地负起责任。家庭是社会的细胞，父母是孩子的第一任老师，怎样营造一个温馨和谐的家庭环境，让孩子们学会宽容、理解和仁爱，是当前家庭教育急需解决的问题。

不仅仅是家庭矛盾，家庭教育的不当也有可能让孩子走上一条不良之路。

我们采访过的小明，是家里唯一的男孩子，在父母、爷爷、奶奶和姐姐们的呵护疼爱中长大，从小零花钱就没断过。正是这种衣来伸手、饭来张口的过度溺爱，让小明陷入了对金钱的欲望之中。当这些欲望得不到满足时，他就走上了一条盗窃之路。采访中小明说，从小，他的要求没有得不到满足的，父母不给钱的时候，他就向爷爷、奶

震撼与警示

奶要。

也许，小明的父母不曾意识到，正是他们这种无原则的溺爱、袒护，使孩子对自己的不良行为产生"合理感"，让孩子形成"以恶小而为之"的心态，从而走上了一条疯狂盗窃之路。与小明的父母相反，小刚的父母面对儿子的问题，不是耐心地教育，而是采取了棍棒相加的暴力手段。在了解到小刚偷盗和逃学的行为后，小刚的父母对他是一顿暴打，把他打出了家门，从而也把孩子推向了社会。

专家指出，许多未成年人的犯罪与家庭教育的不当有着密切的联系。最初是长辈的喜爱、夸奖，周围人们的称赞，使孩子产生了唯我独尊、目中无人的态度。等到错误成堆，家长感到没面子，就采取无情的漫骂毒打。这样从对不良行为的"合理感"未经任何思想转化突然变成"犯罪"，成为大众指责的对象，则容易引起孩子剧烈的心理矛盾，随即产生逆反心理和对抗情绪，走上违法犯罪的道路。这可以说是现代父母教育孩子的一个怪圈。

家长要在孩子的教育问题上真正负起责任，更多的是以身作则和耐心。

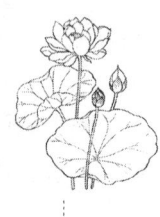

学习困难成为他们走向犯罪的开始

在与这些孩子的接触中，我们深有感触的是，学习成绩不好是他们的共同问题，也正是学习不好让他们过早地走上了社会。我们采访的小明、小刚、小强，他们都因为成绩不好而不愿意呆在学校里，从不愿意上学，发展到厌学、逃学，从而走上社会，交结不良朋友，最终走上犯罪的道路。据一份资料显示，收容教养的青少年中，不上学的占到61.2%。通过分析他们的犯罪经历我们发现，许多孩子闲散在社会上是从学业不良开始的。在这些孩子中，自认为上学期间学习"根本跟不上"的有18.7%，曾经有旷课、逃学经历的高达93.2%。这从一个侧面说明，这些孩子在犯罪前一个比较突出的问题就是学习困难。

有个叫洋洋的孩子因为犯了抢劫罪被劳教两年。他说，他小时候学习成绩就不好，父母认为他有多动症，老师说他行为不轨，同学们也瞧不起他，他在学校里非常苦闷和痛苦。小学没毕业他就经常逃学，晚上也不回家。刚上初中就和人打架，怕老师和家长惩罚，就拿了家里2000元钱离家出走了。钱花完了回到家，才知道自己已经被学校开除了。从那以后，他就彻底离开了学校，跟朋友在外面混，一直到犯罪被抓。

许多孩子正是像洋洋这样，沿着从学习困难到厌学、逃学再到辍学的轨迹，最终走上了犯罪道路。

如果说家庭是孩子心灵成长的土壤，那么，学校就是塑造孩子美好心灵的生态场。良好的教育环境和教育生态，必将对孩子心灵的成长产生重要而积极的影响。可是，目前一些学校片面追求升学率，随意加重学生的课业负担，忽视学生的全面发展，学生厌学情绪严重。差生遭受歧视，导致厌学、逃学，甚至流入社会参与违法犯罪活动。

近几年来，青少年犯罪的一个显著特征就是"低龄化"，原因就是大部分青少年中学毕业后，升学无望，又不愿接受职业技术教育，只好走向社会，不分是非，"随波而混"。另外，一些学校管理不善，对学生的不良行为不能进行及时的帮教处理，导致问题沉积。少数教师对违纪学生缺乏耐心的说服教育，动不动就施用体罚和变相体罚手段，轻则讽刺挖苦、罚做作业、状告家长，重则处以罚款、赶出学校，致使学生畏惧，最后干脆逃学，流入社会参加不健康的活动，或者违法犯罪。

这样一条犯罪规律也给现行的学校教育提出了更高的要求。如何提高孩子们的学习兴趣，老师又该怎样对待"差等生"，学校管理又该有着怎样的提高……都是值得大家思考的问题。

关注残缺家庭、留守家庭孩子的教育问题

采访中，一个15岁的少年给我们留下了深刻的印象，他的经历也让我们对残缺家庭孩子的教育陷入了沉思中。这个孩子叫朋朋，四川绵阳人，从小失去父母，跟着叔叔一家人生活。由于家庭困难，他没有上过一天学。并且，由于婶婶经常打他，8岁那年，他爬上了一列火车，被火车带到了沧州。从此，他开始了流浪生活。今年夏天，他因为与人打架被收容教养。朋朋的脸上有好几道刀疤，他告诉我们，那都是被别人砍的，有好几次他都差点儿没命了，是好心人把他送到医院，才又捡回了一条命。

像朋朋一样，我市黄骅的小强8岁时母亲去世，父亲常年出海打工。由于缺乏管教，小小年纪的小强过早地走上了社会，结交了一帮不良朋友，干起了绑架的"活儿"，从而走上了犯罪的道路。采访中，小强一再说："自己是个没人管的苦孩子……"

他们的经历让我们心痛，残缺家庭孩子的教育问题也又一次现实地摆在了人们的面前。残缺家庭的孩子缺少家

庭关爱，家长监护不力，使没有是非分辨能力的孩子过早地走上社会。对于残缺家庭的孩子，如何完善社会救助体系，如何更好地解决这些孩子的生活学习问题，是一个亟需解决的问题。

而"留守家庭"的孩子教育问题是近年来出现的另一个新问题，也不容忽视。父母打工在外或因工作太忙，无暇顾及孩子，就将孩子"寄存"在别处，孩子从小感受不到他们的爱，心灵上形成了阴影。长期远离亲情使得这些孩子往往性格孤僻，使外界的不良诱因有了可乘之机。在近几年的各类青少年犯罪中，寄存孩子犯罪占到了20%至30%的比例，而且有逐年上升的趋势。

不良环境的影响让部分青少年难以自拔

社会环境在未成年人犯罪中也有着很大的影响。特别是校园周边环境的混乱是造成青少年违法犯罪的重要诱因。

一方面，社会不良环境对学校教育产生了诋毁作用。例如，校园周边开设电子游戏室、网吧、卡拉OK厅等，部分业主唯利是图，播放各种恐怖、枪杀、抢劫、绑架等影片，吸引青少年出入其中，以致使他们染上不良习气，像我们报道的小刚，因无钱上网去盗窃，小明因玩游戏而逃学。

另一方面，社会小群体的吸引和束缚，使部分青少年不能自拔。这些小群体的青少年游离于犯罪边缘，行为异常，对一些有不良倾向的青少年具有影响驱动作用。这种小群体通常由社会闲杂青年和流失学生组成，经常三五成群地在学校周围活动，吸引和拉拢学生加盟。小群体中，

震撼与警示

参与结伙打架、偷盗勒索、赌博淫乱等违法犯罪的情况不胜枚举。他们往往重哥们儿义气,经常一起吃喝玩乐,青少年一旦入伙,难以自拔。

任重道远

据中国青少年犯罪研究会统计资料显示:近年来,青少年犯罪总数已占全国刑事犯罪的70%以上,其中十五六岁少年犯罪案件又占到了青少年犯罪案件总数的70%以上。因此,预防未成年人犯罪,任重道远。

预防未成年人犯罪,说起来应该有许多方面,但家庭应该承担起孩子走向社会的第一步。

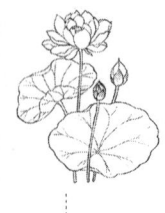

家庭是承担青少年初次社会化的第一环节。确保家庭在青少年初次社会化中切实地发挥作用,是预防控制青少年违法犯罪的重要环节。家庭教育最重要的一点,就是父母要多挤出时间来陪伴孩子,多与孩子进行交流,教育他们形成良好的生活、学习习惯,引导他们树立正确的认知方法,学会正确地对待社会事物,形成良好的辨别力和自我控制能力,为以后独立自主地健康成长奠定基础。

采访结束,当沉重的铁门在我们身后"咣"的一声关上时,少年那渴望自由的眼神永远印在了我们的脑海里。

当小明流着眼泪说"自由"最重要的时候,我们的心灵被深深地震撼了。但愿我们的家庭、社会、学校能联起手来,真正为孩子们的发展创造一个良好的环境。

(发表于2006年12月18日《沧州晚报》)

两少年枪杀出租车司机的背后

2004年9月10日晚上,任丘市35岁的出租车司机胡长远,开着柳州五菱面包车出了家门,这一走就再也没有回来。

9月16日,任丘市新华路办事处四街16岁少年小明(化名)在父母陪同下投案自首……据小明交代,10日晚他和本村15岁少年小祥(化名)预谋劫车杀人。11日凌晨2时,他们在新华路与京开南道交叉处拦截了胡长远的出租车,快到西环时,小祥从司机后面开枪打中司机头部。随后,两人把司机尸体扔进本村西边的一口井里,把出租车上的顶灯、计价器、带血的座套等扔进一个河沟里。做完这一切,两人用在出租车里翻出的200元钱,到世纪商贸城吃了一顿羊肉串,在车里一觉睡到了大天亮。当晚,小祥被抓获。

10月10日,记者在任丘市看守所采访了小祥和小明。

流浪的小祥

首先走进审讯室的是小祥,他身高不足1.60米,瘦弱的身材,一副孩子样,记者实在无法把他和杀人犯联系起来。

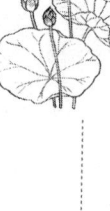

记者：能说一下你家里的情况吗？

小祥：俺家里有爷爷奶奶，俺爸爸和后妈每天卖早点。

记者：后妈？你亲妈呢？

小祥：（流泪）我5岁那年，爸爸妈妈就离婚了，亲妈妈带着我去了东北姥爷家。8岁那年，姥爷又把我送了回来，妈妈很疼我，但她有心脏病，养不了我。

记者：回来后呢？

小祥：爸爸已经和后妈结婚了，他不疼我，一生气就拿棍子打我，有一次因为我没有拿回抚养费，就把我的下巴摔穿了。家里只有爷爷奶奶疼我，但他们也得靠别人养。

记者：你什么学校毕业？

小祥：我小学只上过一年级，在东北时上了一年级，回任丘后又重读了一年，后来家里不给交学费，就不再上了。

记者：你想上学吗？

小祥：（流泪）想，我羡慕人家上学，到现在我还想上学，上学好歹有个地方呆着，不像我现在天天在外面逛，人家都笑话我。（注：据公安人员介绍，小祥在案发前，基本上处于流浪状态，在案发前一天晚上，小祥还独自抱着枪在路边睡了一夜）

记者：你不上学后干什么了？

小祥：转着玩呗，有时到游戏厅、娱乐城玩儿，有时看人家玩儿，有时跟别人要个币自己也玩会儿。

记者：你经常和谁一起？

小祥：都是一些不上学和我年龄差不多的孩子。

记者：听说你在杀人劫车前曾想过偷超市，未遂后才杀人劫车,你以前偷过东西吗?

小祥:我偷东西有3年了,一开始因为吃不饱,就偷点儿铁卖钱。我还偷过爸爸妈妈的钱,今年以来,又开始偷超市的钱和东西。

记者:你偷来的钱都用来干什么了?

小祥:除了吃喝用,就给奶奶爷爷买药。

记者:为什么不打工挣钱?

小祥:我干过半个月的建筑,但早晨5点就得起床,天儿很冷,活儿太累,就没再干下去。

记者:你为什么要杀人?

小祥:小明说他想弄辆好车,问我敢不敢杀人,一开始我害怕没同意,但后来又碰到小明,他叫我跟他上他家里拿枪,我就同意了。等我开枪后就害怕了,心一下子就凉了,知道自己跑不了了。

记者:听说你杀人后到天亮后才回家,家里没问你的行踪吗?

小祥:我回家后,爷爷问了两句也就算了。

记者:你现在最想见的人是谁?

小祥:妈妈和爷爷奶奶。我最快乐的时候就是跟我妈在一起,和跟我奶奶在一起生活。

记者:如果爸爸来看你呢?

小祥:我不见他,我最恨的人就是爸爸,他不应该和妈妈离婚,否则我也到不了今天这个地步。

月零花钱近千元的小明

走入记者眼帘的小明,俨然一个五大三粗的小伙子,那一身打扮，一看就知道来自一个条件不错的家庭。

记者：能介绍一下你的家庭情况吗？

小明：我爸爸弄车队，妈妈务农，哥哥开手机店。

记者：还上学吗？

小明：去年年初（初三下学期）就不上了，是我自己不想上的，什么都不会，成绩也不行。班里的许多同学都因我上不下课去，我上课时说话，下课后偷着出去上网吧聊天打游戏。

记者：家里和老师同意吗？

小明：爸爸妈妈一开始不同意，后来就同意了。退学时，老师说愿意上就上，不愿意上就回家。

记者：你平时爱打架吗？

小明：我脾气不好，从上初中后，就开始爱打架了。退学后，也经常打架，谁惹着我就打谁，基本上除了家里打过我之外，都是我打别人。

记者：家里经常打你吗？

小明：我犯了错爸爸就打我，不管是什么错。

记者：退学后，你干什么了？

小明：没干什么，玩儿呗。

记者：听说是你最先提议劫车杀人的，为什么？

小明：缺钱，家里供不上花，就开始动这念头了。

记者：家里每月给你多少钱？

小明：也就千八百的，不够用。

记者：千八百的？你都干什么花了？

小明：乱花。抽烟，"骆驼"牌，每天一两盒，一盒六块；打台球、进歌厅、上饭店，我每天晚上都不在家里吃，和朋友们一块儿上饭店，哪顿饭不得一百多块钱，大家轮流掏……

记者：家里让你抽烟吗？

小明：我从4岁开始就会抽烟，小时候从家里偷烟，长大了家里也就不管了。

记者：你觉得自己每月花钱多吗？

小明：算是一般吧。

记者：想过自己挣钱花吗？

小明：想过，但没挣过，这么小，上班没地方要，除了找力气活儿。我也曾想过跟哥哥一样开个手机店，但家里不给钱投资。

记者：你的理想是什么？

小明：挣钱。

记者：你作案的枪是哪里来的？

小明：我自己买的。12岁那年，我对枪挺好奇，就拿着家里给的800元压岁钱，到大城买了回来，寻思着打个鸟、兔子什么的。

记者：劫车杀人考虑过后果吗？

小明：当时没想过后果，一开始想弄个好车，但没弄着，正好那天拿枪出去，有辆出租车拿大灯照了我们一下，我脑子一闪，就决定劫辆出租车。

记者：当时害怕吗？

小明：害怕，但一想把车卖了，也就什么都出不来了，存在侥幸心理。

记者：杀人时，想过出租车司机也有老人和孩子吗？

小明：想过，他应该是有家庭和孩子的，一开始，也不愿意杀他，心里也是哆哆嗦嗦的，快到地方时，一想自己没钱付车费，下车时没法跟司机交代，最后脑子一热，决定打死他得了。

记者：现在后悔了吗？

小明：后悔呗，对不起家人，但也没办法了。

（发表于 2004 年 10 月 21 日《沧州日报》）

与莲花相邻的日子

犯罪源于坏环境坏习惯

省青少年维权中心副主任、河北恒佳律师事务所副主任律师李慧臣认为，未成年人走向犯罪的一个突出特点，即他们几乎都是不良环境长期熏染的必然结果。剖析近年来大量青少年犯罪案件不难发现，很多青少年案犯都出自畸形的环境，如流浪、单亲家庭、长期父母不和、家庭关系复杂紧张、长期受虐待歧视等，正是畸形的环境造就了他们畸形的人格，可以说，社会、家庭、学校等各方面不良因素的影响都在他们心灵中有着不同程度的折射和反映。

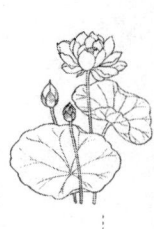

表面上看，小祥父母离异、身无分文，经常流落街头，而小明父母呵爱过度、月供上千，无任何生计之忧，后者似乎没有理由为钱去杀人劫车，但其实两人都处在不良的家庭环境中。

我们知道，未成年人在生活上没有自立、自理能力；在心理上单纯、脆弱，好奇心强，爱模仿；在意志品质上，尚没有形成稳定的价值观、是非观，很容易受到外界的诱导或暗示。对小祥来说，自小父母离异，几乎没有享受到和谐家庭的温暖和关爱，更多面对的是歧视、冷落和贫困，在这样的环境下，他不可能培养出人间的亲情，对生活的热爱，对未来的美好向往，他不可能培养出坚毅的品质和健全的人格；相反，他会由憎恨给他带来不幸的亲人转而嫉妒和憎恨他人，以给他人带来痛苦、灾难而为快事，满足畸形的成就感，他会为了达到自己目的而不择手段。小明家境优越，父母溺爱，4岁就开始抽烟，零花钱上千，出手阔绰，天天下馆子，这样的孩子怎么会考虑学习功课，怎么会考虑靠能力和本事吃饭？他当然会想怎样更快、更多地搞到钱。对小明来说，生活没什么复杂的，什么道德呀、良知呀，都是虚的，有钱就有一切，人生的理想就是挣钱。在钱的问题上，小祥是因太贫穷而感到需要钱，而小明则是因挥霍无度而需要更多的钱，两人家境悬殊，但殊途同归，这就难怪两人为了钱而一拍即合，杀人劫车。

未成年人走向犯罪的另一个特点，是他们"犯事"前就已劣迹斑斑，他们走向犯罪不是一时冲动，而是长期养成的坏习惯的自然延伸。从小明和小祥身上，我们不难看到，他们从小就好逸恶劳、逃课、不回家、爱打架、游手好闲、小偷小摸、抽烟喝酒等，这些不良行为如果得不到及时矫正，慢慢就会积淀为习惯，时间长了就会定型为行为模式。随着年龄的增长和社会交际面的扩大，恶性心理会急剧膨胀，不良行为会导致他们急剧滑向犯罪的深渊。小明、小祥的案例再次警示家长和教师，对未成年人的小毛病、坏习惯，千万不可小看，更不能迁就，否则，毒芽不除，日后必会结出恶果。

（发表于2004年10月21日《沧州日报》）

◎ 成长寄语

做一个甘草女人

一位40多岁的母亲刘女士进入更年期后，变得多疑、心烦意乱、好发脾气。这时，她在北京某重点中学读书的15岁的女儿进入了青春期，表现得非常叛逆。于是，更年期的母亲与青春期的女儿战事不断。事实上，刘女士的遭遇绝非是简单的个案，随着晚婚晚育的推行，家庭中孩子进入青春期，母亲正值更年期的现象日益普遍。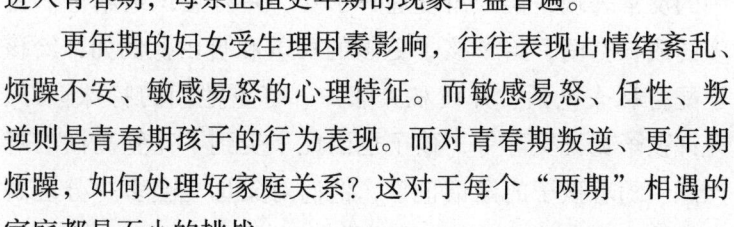

更年期的妇女受生理因素影响，往往表现出情绪紊乱、烦躁不安、敏感易怒的心理特征。而敏感易怒、任性、叛逆则是青春期孩子的行为表现。而对青春期叛逆、更年期烦躁，如何处理好家庭关系？这对于每个"两期"相遇的家庭都是不小的挑战。

当孩子进入十几岁后，开始变得特别爱面子，家长再像以前那样大呼小叫，肯定会惹孩子不高兴，而孩子在学校也不再对老师崇拜和尊敬，却换之以品头论足，甚至针锋相对，这其实是他们参与社会竞争的第一次演习。处于青春期的孩子在通过竞争增强自信心的过程中并不是找自己同龄的"优秀生"，而是喜欢挑战"权威"。在孩子心里，这种权威主要是父母和老师，他们试图通过这种挑战来确立自己的地位和身份，来证明自己的实力。

　　专家认为，家长对孩子在青春期表现的叛逆不要过于敏感和紧张，而应该"欣然接受"。首先，这种叛逆是不可避免的，是正常的心理现象。同时，这种叛逆是必须的，孩子只有在青春期经过这种冲突才能初步建立未来社会竞争力的基础，为日后的社会竞争提供最初的心理自信心基础。当孩子在对家长表现出挑战的迹象时，家长最好能表现出有原则的示弱，帮助孩子增强这种自信。另外，这种叛逆也是双赢的。孩子的不再听话和"一反常态"，促使家长必须洗刷掉陈旧的观念，学会重新审视孩子，把孩子作为独立的人来尊重，为孩子的思想和生活腾出一片任其自由开垦的天地，赋予孩子部分话语权，在家庭中形成民主和平等意识。母亲在此时应该有意识地克制自己在更年期中的反常表现，换个角度理解子女，并有意识地给他们更多的成长空间，给予孩子更多的尊重和自由。例如，给孩子配备私人电话、开设私人账户、尊重他们的特殊喜好、允许孩子宽松交际等，孩子也因此享受到了完整高尚的尊严感。随着孩子的渐谙世事，他们对父母也会多一分理解和体贴，双方关系日渐亲密融洽。

　　平日，我习惯以中药调理亲人身体的不适，所以对中药有一些了解，在许多中药方子中，总能看到"甘草"二字，熟悉而温馨。甘草乃是中药的一种，许多方子都得加上甘草一味。古人云："甘草，味至甘，得中和之性，有调补之功。故毒药得之解其毒，刚药得之解其性，表药得之助其外，下药得之缓其速。"缓解矛盾冲突，甘草实在是一剂良方。当更年期遭遇青春期，母亲要学做一个甘草女人，

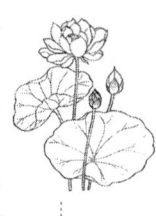

与莲花相邻的日子

学会因势利导，用爱来化解这些冲突和对抗，帮助孩子顺利度过这一段人生中重要的转折时期，恢复以往亲密的母女、父子关系。

青少年教育专家孙云晓曾说，"青春期教育宜柔不宜刚"，每个个体生命的成长是相似的，因为生命的自然周期是相似的，青春期的生理和心理发育也自然是相似的，如果母亲尊重生命自然成长的这一规律，在家庭中做一个甘草女人，对孩子的叛逆言行泰然处之，调理中和，理解和宽容他们的错误，倾听他们的心声，接纳他们的心灵，那么，当他们获得如此的关爱与信任，怎么会没有自尊心和自信心？他们会怀着对父母的感激走向成熟，并以积极的心态走向未来。

（发表于 2008 年 7 月 17 日《沧州晚报》）

让母乳文化滋养孩子的童年

所谓母乳文化，即是倡导对婴幼儿进行母乳喂养，母亲与幼儿生活在一起并给予孩子无私的母爱。近几年，时常遇到一些年轻妈妈在分娩后，乳汁分泌不足甚或无奶，亲属们急忙去抓下奶药，熬催奶汤，而很多母亲却为了自己的味觉，为了自己的体形，不肯喝，不给孩子喂母乳，而去喂奶粉。还有的母亲，为了方便工作或其他原因，早早地给孩子断奶，交给祖母、外祖母或远在农村的姑、姨喂养，有的一送就是几年，使孩子很小就脱离了母亲的怀抱。殊不知，这些做法会对孩子的身心健康及性格养成造成了无法弥补的缺憾和伤害！

吃母乳的孩子与叼奶瓶喝牛奶的孩子，一开始就决定了两种不同的饮食方式和生活习惯。吃母乳不是一件简单的事，婴儿要全身心投入，要全神贯注且不遗余力才能吸出奶汁，让孩子从生命之初就体会到只有经过努力才会成功，同时，孩子吸吮母乳的时刻，也是母子间建立和培养感情的良机。喝牛奶的情形不同，婴儿不需要用力就可以喝到牛奶，而且喝的时候，可以躺着，坐着，可以东张西望，注意力分散，这不仅易使孩子养成边吃边玩的坏习惯，还会给胃带来负担，造成紊乱，而消化系统一旦出现紊乱，孩子的健康就会受到影响。

近日，我重读了青少年教育专家徐国静的《如果遗失母爱》一文，多年的生活经验以及文中的知识使我深刻认识到，处于青春期的一些孩子中存在的诸如考试焦虑、自卑心理，不愿与人交往，冷漠、自私、脾气暴躁等问题，看似发生在一个十几岁的孩子身上，其实是日积月累，经过了一个漫长的潜伏期形成的，其根源甚至可以追溯到婴儿期和胎儿期。

父母与孩子的隔阂常常源于哺乳期的分离，源于分离造成彼此的焦虑，这种焦虑像病毒一样一直潜伏在他们的体内，不易排除。一个孩子在6岁前，若没有与母亲建立起亲情关系，错过了爱的印刻期，一生都将无法弥补。母子之间的亲情直接刺激孩子神经系统的发育，它会产生一种化学反应，母子亲情是通过母亲主动向孩子传递爱（拥抱、亲吻、抚摸），在与孩子的各种亲切呼应中刺激孩子的大脑激素（催产素）建立的（由神经突触的连接）信息网络，并且一直作为一种能量储存在体内。与母亲关系紧张的孩子，情感非常脆弱，因为缺乏安全感，面对新的环境经常不知所措，往往采取各种逃避的方式。曾经有个孩子，出生后不久就离开了母亲，没有享受多少母爱的温暖、母乳的甜蜜和在母亲怀抱里那种幸福感、安全感。当上小学再回到母亲身边时，虽然与母亲的空间距离拉近了，但心理距离仍然很远。他时常感到焦虑、烦躁，易与人发生冲突，那种陌生感带来的不安、恐惧和隔膜，总是驱动他想逃避，于是，逃学、离家出走就成了他情绪的出口和思维惯性。而犯罪学家把逃学、离家出走二者并称为"犯罪的

成长寄语

温床"。去年,我到保定劳教所作青少年犯罪调查时,询问了4个孩子的幼年喂养方式,其中3个孩子很小就脱离了母亲的照顾,使孩子的童年缺乏安全感、稳定感,影响了他们健全人格的形成和培育。

母子亲情是人与外界建立情感联系的雏形,吃母乳的孩子与母亲的亲密关系,源于母亲在他的心中是食物,是阳光,是摇篮,是避风港。孩子饿了本能地要找母亲,母乳就是母亲自身携带的食物;孩子冷了也要去找母亲,被母亲抱在怀里就温暖了;孩子困倦了要找母亲,母亲拍打着、摇晃着就睡着了;孩子害怕了要找母亲,母亲来了,恐惧就吓跑了。这些生命之初的印象,清晰完整地印刻在记忆里,构成每个人与母亲的情感联系网,因为这些记忆与衣、食、住、行密切相关,自然随时随地可以触景生情地想起。

俄国杰出的教育家乌申斯基认为:"人的性格大都是在人一生的最初几年内形成的,而且在这几年内在人的性格中所形成的东西是很牢固的,它将成为人的第二天性。"青少年教育专家孙云晓指出,成年人的幸福与不幸往往可以在童年找到深刻的原因,因为一切都是从童年开始的。不要让孩子发生童年恐慌,不要让孩子遗失母爱!

那些准备做父母的年轻人,在孕育和养育一个新生命的日子里,请珍惜母乳这笔生命资产,以母乳作为最好的投资,实现孩子的早期开发。因为只有获得足够母爱的孩子,才会拥有健康的身心、健全的人格。衷心希望所有的孩子都能吃到甜甜的母乳,让母乳文化滋养孩子的童年!

(发表于2008年5月15日《沧州日报》)

父子之间的较量

儿子似乎从小就与他父亲有隔膜,因为父亲总在外忙工作,晚上回到家常常很晚了,想亲近一下儿子,儿子却将他一把推开,父亲无奈,悻悻走开,这样僵硬冷淡的父子关系,直到儿子上初中时,开始发生猛烈的碰撞和爆发,引起了一次次父子之间的较量。

初一年级,儿子在《我的父亲》一文中述写了父亲的种种缺点和对父亲的不屑;初二,在作文《遥远的味道》中抒发了对父爱的感悟和向往;升入初三,距离中考越来越近了,父子之间的关系随着父亲对儿子成绩的不满日趋紧张。终于,在一次考试后,父子间发生了激烈的冲突。儿子开始出现厌学、生病、意外受伤等一系列恶性循环的状况,父亲愈加大发雷霆,两次动手打了儿子,儿子愈加反叛、闹情绪,我在惶恐、烦闷中度日,备受煎熬。

父子之间的关系终于在一个春日的晚上发生了变化。那天,我下班回到家,看见丈夫在茶几前将正在书写的几页纸慌乱地扣上,禁不住问:"写什么呢?""我给扬扬写了一封道歉信。"他羞惭不安地应道,"我给他买了肯德基套餐,放在桌上。"说着,这个焦虑的父亲把道歉信放在套餐上，而后借口出去吃饭，其实是维护自己做父亲的尊严。饭后，到家不肯上楼，却执意要等儿子下晚自习回到家读罢信再上楼。晚上将近10点半，当我在车库里看到蜷缩在座位上已经睡着的丈夫时，禁不住落下泪来，这个往日一向骄傲的父亲如今却向孩子递交了"讲和书"。

接下来的日子里，父子关系趋于融和，儿子的状态比较稳定，学习积极性逐渐提升。对于父亲教育，鲁迅曾指出："中国亲权重，父权更重"，父对于子有绝对的权力和威严。觉醒的人，应该摒弃长者本位与利己思想和权利意识，树立义务思想、责任心和"以幼者为本位"的道德观，做教育的指导者、协商者，而不是命令者。如今，在我的家里，父子之间的较量结束了，父子关系和谐了，家的感觉，变得快乐而温馨。

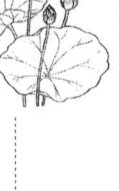

（发表于2009年4月23日《大众阅读报》）

以期望的目光看待每一棵树

我是两个男孩的母亲，日常生活中时常有人问道："你偏爱哪一个？"更有一次，孩子的父亲套用小品演员范伟的话指责大儿子："你们俩生活在同样的环境中，怎么做人的差别就这么大呢？"类似这样的事例在现实中很多。其实，无论在家庭中还是学校班级里，每一个孩子都渴望得到家长、老师的关注，渴望得到表扬。

当一个人没有得到应有的注意和期待，而是被埋没在人群中，那么他很可能就这样一直平庸下去；而当他被周围人寄予厚望并频频鼓励时，他却能宛若新生，仿佛突然间充了电一样，作出一番令人不可思议的"壮举"。这就是神奇的"期待效应"，心理学上叫做"皮格马利翁效应"。

20世纪60年代，美国心理学家作过一个著名的实验，他和助手在一所小学里，声称评估学生们的未来发展前景，并将一份最有发展前途学生的名单神神秘秘地交给教师，还要求严格保密。名单上并不全是老师熟悉的好学生，心理学家对此的解释是：评估的是发展前途如何，而不是目前的表现。

戏剧性的事情发生在八个月之后，心理学家回到这所

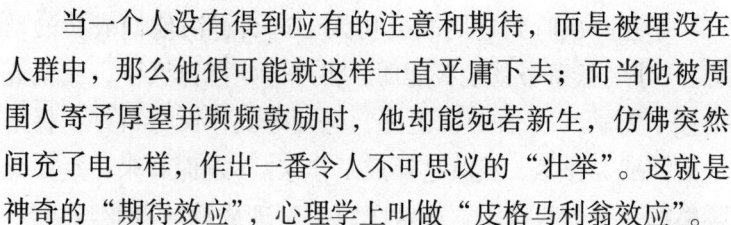

成长寄语

小学检查实验进展。当初名列"有发展前途"名单的学生果然成绩进步更快、性格更开朗活泼、跟老师的关系也更好。当教师赞叹心理学家的评估惊人地准确时,研究者揭开了谜底:其实那份名单是随机选出来的,跟所谓评估一点儿关系也没有。真正影响学生表现的,是教师相信他们有发展前景后,无意中流露出的对"天才学生"的关爱和期望。

科学实验有伦理限制,没有做也不可能尝试交一张"绝无发展前途"的名单给教师。可是,我们是不是都曾看到教师或父母轻易作出这样的判断:"这孩子没什么发展,教不会!教不好!""现在就这样,将来怎么办?"父母和教师们,在抱怨孩子不够争气、不够听话时,了解自己的期待对他们有怎样潜移默化的影响吗?那些无心流露出的喜恶或判断,对孩子有怎样的塑形?

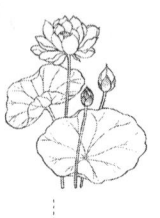

不止一次听到过周围成功人士这么解读他们成功的动力:"小时候爷爷就说我聪明,将来一定能读大学,我就真的读了大学。""有一次上课,老师夸我作文写得好,将来一定能成为作家,我就这样成了作家。"表面看来,是如此简单的一个积极暗示,造就了以后顺理成章的事业与功名。许多事实证明,人的能力、性格等的形成,相当一部分取决于周围环境和他人的期待,以及他对自己的期待。孩子受暗示性较强,容易被大人的期待所左右。相信和接受了别人的判断之后,外来的期待就内化成为自己对自己的预期和判断。而当一个人相信了自己是怎样的人,就很可能成为这样的人。从这个意义上说,任何人都是他自己的创造者,都是自己信念的形象。而信念是所有奇迹的萌发点,积极向上的信念就像一面旗帜,时刻鼓舞着孩子奋发努力,从而一步步走向成功。

中小学时代遇到好老师格外重要,可能影响人的一生。孩子会为了喜欢一位老师,而对一门功课痛下苦功;会为了老师或父母的一个肯定或否定而心情大起大落……他们有天分需要开发,有好奇心需要培育,有梦想需要助力,陪伴他们成长的父母和老师,给了他们足够的爱与约束、足够的信任与正向期待了吗?在孩子独立走上社会之前,家庭和学校给孩子创造良好的情感气候和心理环境了吗?父母、教师和其他成年人,若能善待身边的青少年,爱他们、信他们,以正向的期望激发引导出他们的发展潜力,定会使他们成长得更好。

回农村婆家时,我曾问过几位种植苹果树的老农:"对于长势好与长势不好的果树,你在培育时,有区别吗?"老农笑声朗朗:"当然有,越是长势不好的树,越要精心,不能冷淡它、不管它,只要方法适当,它照样能长得好!"听得出,老农的话语里充满了期待。育人与育树道理是一样的,让我们成为青少年成长历程中的"皮格马利翁"!让我们以期望的目光看待每一棵树!

(发表于2009年5月7日《大众阅读报》)

飞翔的姿势

那天清晨,我带6岁的儿子炳廷到南湖广场学习轮滑。教练在地上摆放了一排如跳棋般的塑料圆锥体,让"全副武装"的孩子们弯腰逐一捡起,炳廷小心翼翼地屈身去捡,忽然"哎呀"一声,摔了个屁股墩,委屈地抬头向我求助,站在不远处的我见了,忙扭头装作没看见。见没人理会,儿子就自己起身,继续练习。我坐在广场边的石阶上翻阅手里的杂志,不时向训练场观望一下儿,炳廷又接连摔了几个跟头。在一旁陪伴孩子学轮滑的几个家长见了惊惧地不离自己孩子左右,弄得孩子更加胆小,不敢挪步。而炳廷却愈加勇敢和熟练。忽然,我发现儿子每次准备重新开始时,蹲下身子,抬起头,两只小胳膊笔直地向后伸展,宛若小鸟预备起飞一般,这飞翔的姿势令我惊叹!

记得林清玄先生在《玄想》一书中有这样一个故事:在台湾国父纪念馆,每逢假日,总有许多青少年溜滑轮,还有一些教练在指导。教练的开场白经常是:"溜滑轮最重要的是要先学会跌倒,如果我们懂得怎样跌倒而不受伤,就不会害怕跌倒,学会溜滑轮就很快了"。教练开始示范高速跌倒时要如何翻滚,失去平衡时要先保护哪些部位……

平时我们总是过度关心孩子的事情,孩子遇到困难了,家长比孩子还忧心忡忡;孩子出现失误,家长往往觉得自己有很大的责任。其实,父母心理卷入度高不仅剥夺了孩子的心灵空间,也剥夺了自己的自由空间。法国思想家卢梭曾说:"把那么多的关怀与爱给了孩子,就等于把同样多的灾难与危险积累在孩子的身上,使其成年后经受不住任何的痛苦与打击,其结果是孩子将变得不可救药的脆弱。"

对待孩子,身为家长的我们要学会放手,不要怕孩子跌倒,应让孩子去体验挫折,相信孩子有能力战胜困难,并通过克服困难收获自信和快乐,如那学轮滑的儿子,摆放出飞翔的姿势,准备着搏击未来!

(发表于2009年2月18日《沧州晚报》)

成长寄语

穿着警服当老师

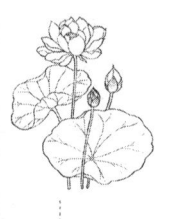

我是一名警察,在单位负责共青团工作,其中一项重要内容就是做好青少年维权工作。平时,我就注意收集各种青少年违法犯罪的案例,看到有关预防青少年犯罪的文章就剪下来。去年一年,我先后为学生上法制课五次,每一次看到学生们踊跃地回答问题,看到他们稚嫩可爱的脸庞时,我都深受鼓舞和感染。

在炼油厂子弟学校讲课时,我给他们讲了一个西瓜引发的命案——一个16岁的学生因故意杀人被判无期徒刑。一个学生在回答问题时,严肃地说:"他不仅伤害了别人,也伤害了自己,伤害了父母,他的父母会终日以泪洗面。"我心中一震,没想到四年级的孩子会有这么高的情商。通过这个话题的讨论和回答,让孩子懂得感知父母的养育之恩,懂得了要知法守法,我心里也获得了最大的安慰。

去年6月份的一天,我到成功小学上课,听课的都是一二年级的小孩,我讲了几个案例故事,下课后,孩子们围了上来,唧唧喳喳地说个不停,"老师,那个学生还有一种行为不对,他没有完成作业。""老师,天这么热,您快喝点儿水吧。您怎么来的,回去时一定慢点儿。""老师,您什么时候再来?"听着孩子们纯真热情的话,我被幸福和感动包围着,心中不由升起一种感慨——能当老师,也是人生的一种幸福。

(发表于2005年2月9日《沧州晚报》)

成长寄语

我的红领巾情结

2007年6月1日至3日,我在石家庄河北会堂参加了中国少年先锋队河北省第五次代表大会,并被评为河北省优秀少先队志愿辅导员。在感动与兴奋中,我度过了那难忘的3天,这3天,使我积蓄了更加深厚的红领巾情结。

5月31日那天,一报到,沧州团市委学少部部长就发给我一条红领巾,鲜艳、闪亮,如绸缎一般。我郑重地戴上,就像小时候刚入队时一样激动万分。

会上,省委、省政府、省妇联、团省委的主要领导到会并作报告,全国少工委和一些群团组织发来贺信,大会在隆重、热烈的气氛中进行。省领导先后为"十佳少先队员"、"十佳少先队辅导员"、"十佳春蕾女童"等颁奖。

令我最难以忘怀的是6月2日上午的"红领巾人生"论坛。我们观看了反映河北省杰出少先队辅导员事迹的纪录片——《红领巾人生》,很多人被杨绍秋、陈希庚等辅导员无私奉献、热情博爱的事迹感动得落泪。我深刻体会到红领巾事业是传承真理、智慧、美德的事业,是崇高而伟大的事业,我为自己正在从事校外辅导员工作而感到骄傲和自豪。此刻,一幅幅生动的画面浮现在脑海:在课堂上,我和孩子们一同朗读《总有一扇窗为你打开》，忘不了那爆发出的热烈的掌声；我作了题为《做最好的自己 把优秀培养成习惯》的演讲，忘不了孩子们那兴奋与期盼的眼神；我讲《预防校园暴力 学会关爱他人》的法制安全教育课，忘不了那一只只踊跃举起的小手……

历时3天的少代会虽然早已闭幕，颈项上不再佩带红领巾，但我的红领巾情结正如一株葱郁的树，蓬勃生长……

（发表于2008年2月25日《沧州晚报》）

做最好的自己

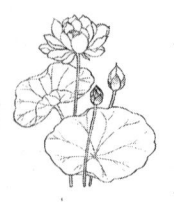

尊敬的各位领导、亲爱的同学们：

大家好！今天我演讲的题目是《做最好的自己》。

能够站在这里，面对着一群青春少女，面对着一双双充满渴望、充满信心又无比清澈的眼睛——我亲爱的孩子们，希望从我激动的、激情的话语中，你们能体会到我与大家对话的渴望！

王东华说过："推动世界的手是摇摇篮的手，你可以不是天才，但你将来可以成为天才的母亲。"作为女性，你们应该感到自豪，因为你们将来要做母亲，将承载着民族发展的重任。今天的我们就应该培养良好的素质，不辜负历史和社会赋予女性的责任，也不辜负自己的人生。让我们做最好的自己，努力把优秀培养成习惯。

人的生命具有独特性，正如世界上没有两片完全相同的树叶一样，每个人都是独一无二的，都有自己独特的风格和特点，那么就让我们从喜欢自己开始做起。心理学上有一个词叫"自我悦纳"，心理学家指出：喜欢自我的一个关键是要看到自己的独特性，并为这种独特性而自豪。因此，我要告诉大家一句话：我自豪，因为我独一无二！

也许你没有腰缠万贯的父母,也许你没有美丽动人的外貌,也许你没有令人羡慕的特长,也许你没有名列前茅的成绩,但这些都不重要,重要的是,你是唯一的,没有人可以代替你,因为每一个生命都是奇迹!所以一定要喜欢自己,喜欢自己憨厚神态中透出的可爱;喜欢自己朴素衣装里蕴含的美丽;喜欢自己眼中折射出的善良;喜欢自己生命成长的点滴进步……请相信"慢船先开早进港",请相信"书山有路勤为径",请相信"付出总有回报",请相信"机遇总是青睐那些作好准备的人",相信自己的实力,提高自己的能力,磨炼自己的毅力,你一定会是最棒的!

优秀是一种习惯,这句话是古希腊哲学家亚里士多德说的。我们有的人形成了很好的习惯,有的人形成了很坏的习惯。到20岁左右的时候,我们已经有了自觉意识,已经开始明白什么样的习惯会使我们终身受益。所以,我们从现在起就要把优秀培养成一种习惯,使我们对优秀行为习以为常,变成我们的第二天性。让我们习惯性地去创造性思考,习惯性地去认真做事,习惯性地对别人友好,习惯性地欣赏大自然。比如,让我们今天就学会微笑,把快乐带给别人。不管你是真心的、还是职业性地微笑,只要你笑了,就会很美丽、很好看,就会给人留下美好的印象,就会让人感觉微笑的人很亲切。

要做最好的自己,把优秀培养成一种习惯,我觉得要首先学会说三句话。第一句:太好了。遇到高兴的事我们说:"太好了",表示心情愉悦,也可以表达我们感恩的心;遇到不好的、不顺利的事,说一句:"太好了",反映的是一种平和、宽容的心态。让我们学会感恩，学会宽容，感激生育你的人，因为他们使你体验生命；感激抚养你的人，因为他们使你不断成长；感激帮助你的人，因为他们使你渡过难关；感激关怀你的人，因为他们给你温暖；感激鼓励你的人，因为他们给你力量；感激教育你的人，因为他们开化你的蒙昧；感激伤害你的人，因为他磨炼了你的心志；感激藐视你的人，因为他觉醒了你的自尊。学会感激，感激一切对你成长有益的人！改变心情就改变了世界。第二句：我能行。这句话体现了自信，是一种达观的态度。改变态度就改变了命运。在这句话的背后其实还有一句话，那就是——我要学。现在，值得我们学习的东西太多了，我们要与时俱进，开拓创新，就要不断积累知识，增长经验，只有这样才能适应社会，适应这个时代。改变内存就改变了未来，有了充实的知识和良好的素质，我们就能充满自信地说："我能行"。第三句话：我来帮助你。一个好汉三个帮，人不能单独存在，帮助别人就是帮助自己，和谐的人际关系是成功之路所必需的。一句"你有困难，我来帮助你"，拉近了人与人之间的距离，让人备感温暖。有一句话说得特别好——当你把周围的人都当成天使时，你就会生活在天堂里，当你把周围的人都当成魔鬼时，你就会生活在地狱里。这就是说，改变情感就改变了生活。

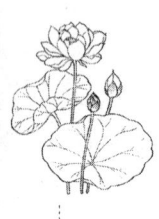

　　同学们，让我们行动起来，喜欢自己，珍爱自己，善待自己，做最好的自己吧！生命属于每一个人只有一次，我们当细心呵护，别忘了每天要把安全带回家，别忘了快乐和痛苦都是成长的体验，无论遇到多大的挫折都不要轻

易放弃生命。我们要让自己的精神抖擞昂扬,要让自己的心情乐观欢畅,要自尊、自重、自强、自立,要心胸开阔容山纳海,要放眼未来珍惜现在,要肩负责任开拓创新!

我的演讲完了,谢谢大家!

成长寄语

写给儿子的信

扬扬：

祝贺你满 13 周岁了，祝你生日快乐！

13 岁，这意味着你在通往成为真正"男子汉"的进程中，又长大了一点，当然，你肩上更多了一份责任，你，作为未来城市的合格公民，正需要努力！

回想初一开学以来，你取得的进步，我由衷地高兴，你对自己越来越负责任了，越来越懂得为理想奋斗了，也越来越懂得为他人着想、关心帮助他人了，你真是太棒了！

人在不同的阶段都要有一个确定的目标，没有大到实现不了的梦想，也没有小到不可设立的目标。只要目标确定，就朝着这个方向努力，就有成功的可能。

努力吧，儿子！"生命的诞生和成长不知要经历多少痛苦，经受多少风雨锤炼，背负多少深沉的爱，生命的价值正是在其奋斗的过程中形成的。我既赞颂生命的美丽，也欣赏生命之旅的艰辛。"（摘自我写的散文《花韵》）

在你成长的道路上，不管有多少烦恼、多少困难，我都愿意作为你的大朋友，倾听你的诉说，与你共同探讨、共同面对。

扬起你理想的风帆，乘风前进吧！

母亲
06.11.2

扬扬：

最近这一段时间，你有时耍脾气，我知道这是青春期的一个正常反应，但我认为也有你任性的因素在里面。你这就开始逐渐成长为一个成年人了，任性是幼稚的表现，要克服。你说青春期最重要的是情绪管理，你的悟性比较高，相信你在控制自己情绪方面也一定能有很大进步。

我很盼望你能更加体贴父母，疼爱父母，你不是很佩服比尔·盖茨吗？比尔·盖茨就说过一句话："天下最不能等待的事是孝顺"，你作为少年稚子，为父母端一杯水，心平气和地与父母沟通，父母有病时问候一声，就是孝顺。你还有弟弟，要懂得自己肩上的责任，要注意节约用钱。

你的父亲很疼爱你，小时候，我身体不好，都是你父亲起夜给你把尿，为你换洗尿布。孩子，你是个有福的人，小时候，你的玩具、吃的、喝的，都可以说是最好的，你承蒙那么多的关爱，老太太、刘爷爷一家，你姥爷姥姥、爷爷奶奶、大姑、小姨等，你得到了那么多善良的人的帮助，兰老师、夏老师、刘老师、李老师，希望你也与人为善，乐于助人。

你爷爷生前就特别爱帮助别人，他受到村民们及同事们的尊重。你知道吗？上个月，我去南方出差，当你爸爸给我发短信告诉我你的成绩时，我特别高兴。当时，我在车上，窗外下着淅淅沥沥的小雨，汽车在夜幕中驶往无锡，我的眼睛湿润了，心中感慨万千：一是孩子真争气，二是要是你爷爷活着该多好啊！我十分怀念他老人家，他是那么慈祥、那么宽厚、那么仁义，我回想起你背诗时你爷爷乐得合不拢嘴的神态，你爷爷陪着你捉蝴蝶的情景……

成长寄语

你爷爷最疼爱的就是你，最大的愿望就是希望你成人、成才！

初中阶段，是积累知识的阶段，也是自己精神大厦奠基的阶段，要为自己奠定一个正确的人生观、世界观，要培养乐观向上、积极进取、团结协作的精神，在这个多元化的时代，只有建造了强大的精神支柱，才能保证几十年的成长历经生活的风风雨雨而不动摇！

孩子，晚上睡觉前，你可以想一想，妈妈这些话是否有道理，你是否需要在某些方面修正自己？

晚安！

母亲
06.12.28

与莲花相邻的日子

扬扬：

　　这几天，你参加初一新生的军训，看到你回来时满头大汗、非常疲惫的样子，我很心疼，但更多的是高兴，是骄傲，因为你在成长，无论多么艰苦的训练，我相信你都能坚持，因为你早已身经"百"战：石家庄市新华区少年炮校的学习，北京昌平军营里的10天，坝上草原连续8小时30里山路的远征，还有今年海岛军营的体验。每一次你都能出色地完成"任务"，你的意志得到了锻炼，你在战胜了一个个困难之后，取得了成功，收获了快乐，我真为你高兴。

　　初中的学习生活即将开始，与小学相比较，初中要求学生提高学习的主动性，学会自学，要增强学习的计划性，做到按时完成，不拖拉。学习知识就如军训中的一个个项目，要学会坚持，水滴石穿，绳锯木断。"人最大的敌人就是自己"，这是你最赞同的一句话，我希望你在新的学期不断挑战自己，超越自我！

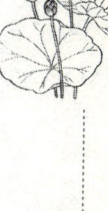

　　初中，也是奠定正确人生观、世界观的关键时期，希望你发扬军训中的团队精神，团结友爱，乐于助人，成长为一个真正的男子汉！

　　为了美好的明天，扬扬，加油！

母亲
2006.8.24

扬扬：

又快到你的生日了，我将满怀着欣喜的心情祝福你的生日！

14周岁，这是一段多么重要的光阴啊！这是花开的季节，是昂扬向上的季节，也是容易困惑的时候，回想这一段时间你的一些现实表现，想到我当年上初二的情况，想到你的成长经历，感慨万千，有很多话要说。

在怀你6个月时，我查出腹中有两个孩子，那时是多么高兴啊！每天都给你们听胎教音乐，你们出生了，你出生时4斤8两，你同胞的哥哥3斤6两，但他在出生后第4天不幸夭折。在后来的时光里，对你的哺育是那么艰难，多少个不眠之夜，多少次泪水沾襟，多少次在心中默默祈求上苍让我的孩子别再生病，快点儿好起来。每次看到你被扎了好几针才找到血管，我心如刀割。儿子，你的生命里有一种与生俱来的倔强，虽然经历了那么多次就医，你依然顽强地生长着，今天已经快成为大小伙子了。孩子，妈妈相信你会永远倔强、不服输，就好比那年雨中爬雾灵山，你冲在最前面，博得了众人的夸赞，更重要的是你取得了成功，收获了快乐。还有，"走进草原"，徒步行军的苦与甜，"少年炮校"，你的勤奋与荣耀，"山地穿越"，你的果敢、艰辛与胜利，这些都证明你是坚强的、有韧性的。因此，我相信在学习上、在生活中你也一定会战胜所有阻碍你健康成长的缺憾，如懒惰、韧劲不够。这次考试失利，你总结得非常准确，说明你反省能力强，比较了解自己。希望你明确目标，并朝着既定目标努力，我相信你一定会争回自尊，在期中考试中取得好成绩！著名作家池莉教导她女儿一个处理问题的宗旨与方式是：但凡我们躲避不了的东西，就必须战胜它，战胜是唯一有效的甩开！

最近，我读了一些书，有很多感悟。庄子说，思想的传承远远胜于生命本身，在他已经穿越的这个生命中，他看重的是火光，而不是柴火的长度。记得与你爸爸结婚前，我向"希望工程"捐了100元。电视台播放连续剧《渴望》时，很多人说我就是那个"刘慧芳"。孩子，你是我生命的延续，我更希望把我的精神传承给你！

据《中国青年报》统计，青少年违法犯罪，14岁是危险年龄，因此，你要注意不交损友，把大好光阴用在补充知识、学习做人上，花钱要节俭。我采访过少年犯，他们违法犯罪都是一点儿、一点儿由小到大发展的，勿以善小而不为，勿以恶小而为之。警惕啊！

我们都希望你成为有知识、有修养、有道德的人，我们期待着风雨后的彩虹！

在你14周岁生日前，写给你这封信，同时，送给你一篇文章——《那个十岁的男人》。

母亲
2007.10.14

柔软的力量

曾经读过这样几句话：目光，听不到声音，察不到强度，那是只用一种胸襟和涵养传递过去的密码。但已在教，已在诲，因为它的大慈悲和大刚毅，已经有了不可抗拒的力量！如果说，世上最可憎的武器是枪弹，那么世上还有一种最慈悲的武器，它叫"目光"。与这样一群特殊的少年面对面，迎上他们或悔恨或倔强的眼神时，我才发现，自己那真诚、执著的目光竟透着一种无边的力量。

心的启程

2006年9月初，正是学生开学的时候，《沧州晚报》刊登了题为《十三岁少年作出惊天大案》的报道，使我感到震惊：13岁的少年晓诚，连杀堂弟、婶婶和奶奶三位亲人，并焚尸灭迹。联想到近几年来沧州市发生的影响较大的少年犯罪案件，我知道有些事情要立即去做。于是找到《沧州晚报》的杨云亮主任，建议作一个关于青少年犯罪案件的系列采访报道，挖掘犯罪根源，以示警醒和教育。此建议被杨主任采纳，遂派记者杜丽与我联系。我打电话向南皮县公安局了解到，这位年仅13岁的作案少年晓诚已被送到保定河北省未成年人收容教养所,被处收容教养3年。

10月26日,我和杜丽乘车来到保定。我们用两个半天的时间,分别对沧州籍的四名少年犯进行了采访和教育。自2006年11月20日开始,《沧州晚报》"沧州视点"栏目分五次刊登了采访实录和犯罪根源剖析,产生了强烈的社会反响,收到很好的社会效果,一些家长和学校老师纷纷打电话咨询。

采访中,晓诚给我留下了很深的印象。记得第一次见到他时,随着一声响亮的"报告",一个虎头虎脑的男孩笔直地站在我们的面前。接着,他脆生地回答了他的名字:"……大鹏展翅的鹏"。十几年来,我接触的少年犯中,这样报姓名的,只有他一个。当我的眼睛迎上那如炬的目光时,我想,这个男孩子定是与众不同的。果然,他在小学是班长,爱学习乐助人,是老师眼中的好学生,家长心中的好孩子。而他的理想是将来当一名光荣的人民警察。"那时,我要上初一,书费已交了……"说到这儿,一双忽闪的大眼睛里噙着泪水,我看出他对读书是多么的渴望。

成长寄语

采访结束回到家中,那双泪眼总是浮现在我的脑海里,挥之不去,对他的惦念日渐加剧。我将电话打到南皮县妇联,请求她们过问关照一下晓诚的母亲和姐姐。晓诚案发后,他的母亲精神崩溃,几乎疯了。而他的姐姐变得少言寡语,学习受到严重影响。此后,每隔一段时间,我就约杜丽到保定去看望晓诚和少管所里其他的孩子。2007年初冬,我给孩子们定做了一个双层的蛋糕,上面写着"珍爱生命 健康成长"8个字,带着书籍和食品来到保定。见到晓诚,他憨憨地笑着,嗓音和言谈都变得更加成熟,他高兴地告诉我们他当班长了，积极参加演讲、法律知识竞赛等活动，取得了很多成绩。管教民警也连连称赞他进步很大，看见他变得那么阳光、那么积极向上，我们感到很欣慰。

之后的日子里，我经常给劳教所教育科贾幸和科长打电话，询问晓诚的思想和生活情况。2009年元旦刚过，当得知由于晓诚的突出表现，他被减期很快就要解教时，我又约杜丽赶到保定看望晓诚。时值临近春节，我给晓诚买了一身新衣服，为他带去了食品和《格言》、《读者》等书。管教民警告诉我们，他被减期220天，春节前就被解教，可以回家过年了。临别，我拍了拍他的肩膀，他的眼里含着泪光。1月9日，我收到了晓诚写给我们的信，在信中，他说："回想以前，我感到悔恨，我决定舍弃过去，珍惜生命中的每一天。在我最需要人关心的时候，是你们代替了我的亲人，也是你们让我感受到政府对我的关心与爱护，你们是我犯罪后的第一个恩人。王阿姨，您给我买的衣服，我不会去穿，我会收藏起来，当作人生道路上一份永远的回忆。王阿姨在临走的时候，重重地拍打了我几下，又用深情的目光看着我，仿佛您是在与自己的儿子道别，我好想拥入您的怀中，大哭一场。这次在别人看起来再普通不过的道别，在我脑海中却留下了深深的烙印，那慈祥的脸庞无时无刻不在我身边，我会永记。"

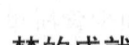

梦的成就

腊月二十三，晓诚解教了。几天后，他和父亲到公安局找到我。这是我第一次见到他的父亲。他父亲和我同岁，

但脸上已写满沧桑，看上去要比实际年龄大将近十岁。见到我，他的表情有些复杂，羞愧之后便是感激，想要痛哭却极力忍住，最后这位中年男人还是忍不住落泪了。我的心里也特别难受，我安慰他们，嘱咐晓诚在家多做些家务，高高兴兴地过年，过了年，我尽快给他找份工作。

正月初六，我给五金批发站的同学打电话，说婆家亲戚的孩子想找份工作，同学爽快地答应了。初七，我便把晓诚带到同学的店里。从此，晓诚正式开始步入社会。

每隔一段时间，我都会买一些食品和书籍去看望晓诚，那里的一位阿姨问我："你是孩子的姨吗？这孩子特别懂事。"其他在那里打工的孩子羡慕地看着晓诚，每次我都嘱咐他："工作之余多读书，多思考，学习做人，学习做事。别气馁，只要积极肯干，守法劳动，就能赢得信任和尊重，就有美好的明天。"在我的鼓励下，晓诚工作得非常出色，很快就成为店里的得力干将，受到同事们的好评。去年夏季的一天中午，晓诚替同事值班，不想无缘无故遭邻居一泼妇打骂，晓诚一直没有还手，真正体现了守法意识和个人素养。在工作中，每到重大节日，晓诚都会打来电话或发来祝福的信息。2009年12月25日傍晚，我接到他的电话："阿姨，今天是圣诞节，我买了苹果、包装纸和丝带，为您亲手制作了平安果，一会儿给您送去，祝您永远快乐，一生平安！"电话这边的我不觉潸然泪下。

成长寄语

2010年春节前，晓诚向我吐露了想读书的迫切愿望，我立即与一所职业技能培训学校联系。3月底，帮助他实现了重新走进校门学习知识的愿望。5月，学校安排学生到北京的一些单位实习，晓诚被分到一家酒店。在那里，他勤学苦练,练就了娴熟的服务技能,得到酒店经理及同事们的好评。

爱的延续

2010年3月12日,我约着老朋友杜丽到保定看望沧州籍少年犯,在那里了解到因盗窃被处收容教养两年的孟村的夏家园4月份就要被解除劳教。我立即给夏家园的父亲打了电话,告诉他要接纳孩子,多给孩子关爱,多与他沟通,我会尽快给他联系工作。

4月8日至9日,我到石家庄出差,先后接到家园给我打的三个电话,他特别急迫地想找到工作。10日早晨7点,我不顾疲倦,带家园和他的叔叔先后到两家技能培训和劳动服务介绍中心找工作,却失望而归。这时,我发现家园的左手有大面积的文身,颜色鲜艳,这一特征肯定是影响孩子找工作的重要原因,我随即与在医院工作的朋友联系,咨询有关去除文身的技术,得到的答案是"很难去除"。在沧县青年中心门口,看着急切、迷茫的孩子,我鼓励他:"你的名字真好听,家园,我希望踏实、守法、勤奋这些品德住在你的精神家园,阿姨相信你,你是个懂事的好孩子,别着急,咱们继续找!"我一边说着,一边用手拍了拍他的肩膀。我看到孩子的眼睛里含着泪,他咬着嘴唇,我知道这是一个倔强的孩子。虽然,他不善于表达,但我对他有信心。当我打车把他们送到乘车地点时,我看到家园眼里充满感激和渴望。

几天后,家园来电话,告诉我他已找到工作,在孟村一钢管厂,和他的父亲在一起打工,这个消息使我暂时放下心来,因为他与父亲在一起工作,这样便于监督和管教。我时常给他发短信,鼓励他,引导他,让他对生活充满信心,教育他多体贴父母,多承担家庭的责任。一个月后的一天早晨,我赶到孟村工厂里去看望他,给他带去一身运动装和几本杂志,观看了他的具体工作,叮嘱他注意安全、认真工作。

5月底,我获悉一家新开业的美容店有激光治疗仪,利用激光把色素细胞击破,通过细胞再生功能最终将色素去除。想到家园,我立即订下了这个项目。6月21日中午,我带家园来到美容店做激光治疗,由于家园手上的文身颜色比较深,美容师使用了较大频率的激光,治疗过程大约持续了近一个小时,疼痛使家园身体发抖,但他咬牙坚持着,我过去紧紧攥住孩子的手,用坚定的眼神给他鼓励。治疗结束后,我又给他买了促使细胞修复的药水,叮嘱他不要感染,并时常打电话询问恢复情况。目前,由于家园工作忙,还没有做第二次治疗。

成长寄语

8月8日,得知家园骑摩托车摔倒了,我拖着病体去了孟村。那天正值雨后,村庄里道路泥泞。我给家园买了牛奶等营养品,看见他腿上的伤口已经愈合,并无大碍,只是脚气特别厉害,又张罗着给家园找到了一家治疗脚气病的诊所,告诉他该用的药和注意事项。回来的路上,收到家园发来的短信:"阿姨,我这儿没事,今天看见您心疼我的样子,我很感动,您要注意身体,我会争气,不辜负您的期望!"看着这条信息,蓦地想起今年夏天,我给家园买的那枚玉,名叫"平安扣",当我为家园戴上"平安扣"时,祝福道:"孩子,愿你一生平安!"我曾经对家园说:

"你知道吗？阿姨不只管你一个孩子。"他说："知道，我们在里面的时候，就知道出来以后您会管我们。"

挽救帮教失足青少年是我分外的工作，但我已做了二十多年，无论是当年那个拉着我衣角要跟我回家的少年盗窃犯，还是我曾经审理案件的犯罪少年，还有近几年来我关注的重大案件的失足少年，我觉得他们都是可以重塑的，都是一个个迷失了方向的羔羊，一个个可怜的孩子，为了他们的成长，为了他们不致堕入更深的犯罪深渊，为了社会的安宁和稳定，我愿意奉献我的爱！

我相信：真诚无私的母爱是一种柔软的力量，这柔软的力量会支撑起一个个稚嫩破残的灵魂，愿他们通过改造内心世界获得新生，获得平安和幸福！

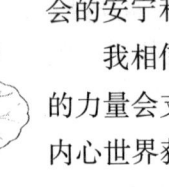

与青少年交流、沟通及短信摘录

我帮助的孤儿世宇(男,15岁,父亲亡故,母亲改嫁给本村未出五服的叔叔,他跟随爷爷奶奶生活,成绩优异,积极向上)2010年11月11日14时28分给我发来信息:
尊敬的王阿姨,您好!

我是世宇,收到您的来信,我非常高兴。如果打电话,怕您没时间,所以我选择发短信。

王阿姨,我以后一定会好好学习,将来报答爷爷奶奶,报答您,回报社会,我还是相信爱拼才会赢!

祝您工作顺利、身体健康!

我的回复

世宇:看到信息我很高兴,我相信你将来一定是个优秀的人。爱和宽容永远是人类情感的最高形式,宽容你的母亲,感谢她给了你生命,她一定也有自己的难处。今后有什么想法可以跟我沟通。

2011年1月1日,世宇发来信息:

祝您在新的一年里,工作顺利,阖家欢乐。我也会好好学习,天天向上,年终考出好成绩。

成长寄语

我的回复

谢谢世宇！也祝愿你和爷爷奶奶：在新的一年里，身体健康，心情愉快，万事如意！

2011年5月8日清晨，我资助的孤儿李蕙伶给我发来信息：

早上好，今天是母亲节，祝您身体健康、工作顺利、万事如意！

我的回复

谢谢蕙伶！我的孩子，你长大了，我真高兴！

2011年5月17日9时43分，我给沧县杜生前侯村贫困学生王晓颖的父亲发去信息：

晓颖的父亲，你好！信我已收到，谢谢您的鼓励！生活会越来越好，只要心中有希望，孩子就是最大的希望！您可以随时给我打电话。

王晓颖的父亲回道：

王书记，您好！谢谢您，您真挚的话语在我一生中将会留下最美好的回忆，您是一个最有爱心的人，祝您一生平安、永远幸福！

我跟踪帮教的曾经的少年杀人犯晓诚，2010年11月24日4时29分给我发来短信：

王姨，感恩节快乐！您最近一定挺忙吧？注意身体健康！天凉了注意加衣（一个笑脸）。

我的回复

好孩子，看到这样的祝福，我比什么都高兴，因为看到了你的成长。

2010年12月24日23时31分，晓诚发来信息：

晚上笑一笑，睡个美满觉，早晨笑一笑，全天生活有情调，工作之余笑一笑，满堂欢喜又热闹，烦恼之时笑一笑，一切烦恼全忘掉，祝王姨圣诞节快乐，笑口常开。

我的回复

谢谢你，我想起你送给我的平安果，幸福要靠自己去创造，我相信你。祝你圣诞节快乐，一生平安！

2011年5月8日14时50分，在上海工作的晓诚给我发来信息：

今天是母亲节，愿您永远健康、美丽，一切事情都顺心如意。没有鲜花，没有礼物，只有我深深的祝福。

成长寄语

2010年4月16日，自2010年4月我开始帮教的解教少年夏家园给我发来短信：

阿姨，我会坚持的，我不会让您失望。刚才，我开着车呢，没给您回，不好意思，阿姨。

2010年5月6日，夏家园发来短信：

谢谢阿姨对我的信任，我不会让阿姨您失望，您说道"我也是您的孩子"的时候，我很高兴。

2010年5月20日，夏家园发来短信：

阿姨，最近挺好吧，工作顺利吗？挺想您的，有空看您去。

2010年6月21日中午，我带夏家园到一家美容机构去除手上的文身。晚上，夏家园发来短信：

阿姨，我这儿没事，今天看见您心疼我的样子，我很感动，您要注意身体。

2011年1月2日13时23分，我给夏家园发短信：孩子，你是在河间吗？天冷，注意保暖，这阵子感冒的特别多。

夏家园回道：

阿姨，我是在河间了，放心吧，我挺好的。

我的回复

知道了。我等待你的消息已经很久了，一定要好好生活和工作，不辜负父母亲友的期望。相信你！

2011年2月4日，我在由沧县返回市区途中接到一位母亲的电话，称昨晚看到沧州电视台《沧州人物》节目，请求我救助她的女儿，我让她第二天上午到市公安局我的办公室来，当面沟通与辅导。

第二天，她与女儿小雯来到我的办公室，我与小雯进行了近两个小时的谈话。小雯初中三年级时，在学校教室被强奸，从那以后，不爱学习，高中时离家出走，在外漂泊已两年，先后在一些歌厅等娱乐场所从业，沾染了一些恶习。从那天起，我开始对她进行帮教。

下面是2月5日（正月初三）在我的办公室，我与小雯的谈话摘录：

小雯：我是冷血动物，谁都不相信。

我问：你为什么不相信任何人？

小雯：我就是不相信任何人，从小就这样。

我问：你是说从小就这样？

小雯：也不是，是从十二三岁的时候开始。

我问：为什么？你十二三岁时发生了什么事？

小雯：我被强奸了。

我问：在哪儿？

小雯：在教室。

我上学早，我是班上最小的。我被强奸时，我的同学、好朋友当时就在门外看着。第二天，我拉着我的好姐妹去报案了，那个男的没想到我会去报案，那个人现在应该出来了，判了5年。

那天晚上，我的那个同学跟我哭。哭，有什么用！如果她当时呼救一声，就不会发生那样的事。所以，我不相信任何人！

我问：你小时候跟谁一起长大？

小雯：跟我姥姥，到上学的时候才回到爸爸妈妈身边。

我问：你说说你现在怎么样？

小雯：烦，就是烦。

我说：一个人有信念，有追求，才能快乐！你想做什么样的人，这就是信念。

小雯：阿姨，我可以抽烟吗？

我答：可以。

小雯：我想找一个谁也不认识我的地方，离开这里远远的，越远越好。我妈妈总是说我，亲戚也指责我。

我问：你是从哪里来的？

小雯：（无语，吸烟）

我答：你是你的母亲十月怀胎生下来的，你现在不理解，亲人永远是亲人，他们现在对你有要求，那是他们对你的爱。你无论走多远，父母都是惦念你的！

小雯：（沉默许久）

我去过很多地方，两年来，我吃了很多苦，我感觉太累了，我妈妈不让我照身份证照片，我都18周岁了，可以照了。

我答： 我可以跟你妈妈说办理身份证的事。

你知道吗？一个女孩子离开家，一个人去闯荡，有多少困难。如果你能保证自己，第一，不去做违法犯罪的事情；第二，保护自己不受伤害，那你就去吧！

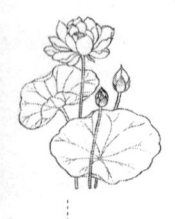

小雯：（无语，又吸一根烟）

我说： 你来看一下，去年，我发起成立了"红心志愿服务队"，帮助了一些人。

我让她看电脑里那些帮扶的照片，简要地介绍情况，告诉她还有一些特别困难的人，让她懂得感恩。

经过近两个小时的帮教、交流，小雯的情绪稳定下来，与她的妈妈一起走了。

2月9日一上班，我给小雯的妈妈打电话，询问她的情况。她说孩子的情绪稳定了，一直在家里待着，安静多了。从那天起，我的手机晚上也不关机。

2011年2月19日，小雯给我发来信息：

王姨，我想上学去，不过，我没有参加高考，好多学校不要我。

2月27日13时04分，小雯给我发来信息：

按时睡，按时起，跑步跳舞健身体；父是天，母是地，尽孝父母要牢记……

我的回复

谢谢你！祝福你健康平安、永远快乐！

3月4日，接到小雯母亲的电话，她高兴地告诉我"小雯去献血了，在家比以前更懂事了。"

我给小雯发去信息：

知道你去献血了，我特别高兴，因为你懂得奉献了，你的血液可以挽救处于危急的病人。你变得越来越可爱，越来越阳光，我为你高兴，期待得到更多好消息。

小雯回道：谢谢王姨的夸奖，我只是那天看见急需O型血就去献了，我觉得是应该的。

我的回复

好孩子，你将来一定是幸福的！

小雯回道：嗯，谢谢王姨！您全家都会健康幸福的。

3月11日9时57分，小雯给我发来信息：

谢谢王姨给我拿来的有关心理学方面的书，我很喜欢。

我的回复

多看些书吧！从书中汲取精神营养，人就会获得心灵的平静、愉悦和幸福感。

小雯回道：嗯，我会的，我一定不辜负我妈妈和王姨您对我的期望！

我的回复

我相信你，期待着你！

小雯：嗯，我一定会改好的，希望王姨监督。

3月23日清晨，我给小雯发去信息：

早晨的阳光真好！你的年龄真好！令我好羡慕。想起自己的花季，其实人与植物、与大自然有许多相通的地方。

成长寄语

你永远都是家人心中的宝贝。愿你拥有无悔的充满阳光的青春，让自己的青春绽放出美丽的花朵。祝你一切安好！

小雯：谢谢王姨，我会改好的！

3月29日16时02分，我给小雯发去短信：

你那么懂事，我特别高兴。多疼一些你的爸爸妈妈，他们最不容易，含辛茹苦养育你，最大的心愿就是你健康、平安、幸福、快乐！我会陪伴你成长，如果你愿意，我将来可以参加你的婚礼，做你的证婚人，我的证婚辞可以称得上精彩。将来当你做母亲时，我也可以为你跑前跑后。孩子，请你记住，女人的容颜可以衰老，但女人善良、勤劳、宽容和仁爱的美德永不衰老，它能让你克服困难，渡过挫折，获得平静和安详。

小雯回道：嗯，好的，谢谢王姨！您一天工作那么辛苦，您也早点儿休息吧，您要注意身体啊！

4月9日，我给小雯发去信息：

你不跟我说一声就走了，我很惦记你。知道吗，我一直信守着对你的承诺，夜里也不关手机，尽管有辐射，我也放在枕边，因为不知道你什么时候需要我。今天，我想跟你说几句话。一个人在世间活着，首先要看重自己，不糟蹋自己，不轻视自己，让这个世界因为你的存在而变得更加美好，同时使自己的价值得到社会的认可和体现。那天你献血了，你的血液会挽救危重病人，你是那么高兴，因为你在为他人付出，为他人奉献，当你有了更多这样的体验之后，你就会明白，这才是生命的意义！在生活中，付出是对父母的体谅，是对父母的感恩，是辛苦工作之后的快乐。孩子，谁家的父母不盼着自己的孩子好？好孩子，给你妈妈回个电话吧,让她知道你平安的消息。我也盼望你能早一天回来,不再过浮萍一样的生活。

5月8日12时04分,我给小雯的母亲发去信息:

您是一位好母亲,已经尽力了,不要自责,您太辛苦了。今天是母亲节,祝您节日快乐!为了您的小女儿,也为了自己,让脸上多一些笑容吧!

2011年6月2日20时36分,小雯的妹妹小闵给我发来信息:

王姨,今天是您的生日,祝您生日快乐、平安幸福!快乐度过每一天!

7月12日,小雯回来了,给我打电话,说要与我见面。中午,我见到了她,她看上去明显长大了、懂事了,眼神里不再有不安和烦躁,有的是安静和踏实,这使我放下心来,不再为她担忧。

10月12日,小雯打来电话,说想我了,邀请我到她家吃饭,她要为我做饭。还说,10月17号是她母亲的生日,她要为母亲过生日。

2010年9月30日上午,我在石家庄鹿泉一中为高一新生作法制教育报告,结束时,给学生们留下了我的手机号。

2010年12月19日14时58分,我收到石家庄鹿泉一中一名学生发来的短信:

王警察,您好!还记得您去一中演讲吗?我是当时的一名学生,您可以解决我几个问题吗?若您不忙,请您以短信的方式回信。

我有个好朋友,他经常上网,看起来精神十分萎靡不振,我很不放心。他总是不回家,他父母也很忙,他几乎失去了上学的兴趣,我该怎么办?对了,他很没自信。

我的回复:

有的孩子因为上网失去了对学习的兴趣,可能跟没有自信有关。每个孩子都是这世间的唯一,都有他可爱之处。让他进行自信心训练,每天对着镜子,找出自己的优点,在纸上列出自己的优点,会对他有帮助。告诉他,青春不会再来,是想要拼搏挑战自我的青春,还是想要苍白暗淡的青春。此外,多想想父母的不易,懂得感恩,主动远离上网,充分认识当前的主要任务是学习,制订出一个个小计划,逐步去实施,就一定会取得进步,就会欣喜地发现成长的快乐!

2010年12月28日,一对夫妇到公安局找到我,说昨晚收看了沧州电视台播出的《沧州人物》节目,想到找我寻求帮助。他们的女儿12月25日圣诞节的下午,离校出走,至今未归。我联系派出所、刑警队等部门,多方查找,终于在2011年1月12日将孩子小萍找到。小萍在网上认识一个外地男孩,圣诞节期间被其哄骗出走。

1月13日4时43分,小萍给我发来信息:

红心阿姨,谢谢你的关心,这件事是我做得不对,让你操心了,希望以后有时间和你聊天,讨教很多事情。

2011年1月13日上午,一对夫妇到公安局找我求助孩子的教育问题。2月17日(正月十五)晚上,我去家访。

2月20日(农历正月十八)16时27分,我给这个男

孩佳锟发短信:

　　人在不同的阶段都要有一个明确的目标。没有大到实现不了的梦想,也没有小到不可设立的目标。只要目标确定,就朝着这个方向努力,就有成功的可能。佳锟,祝你生日快乐!

　　3月16日16时42分,我给佳锟发去短信:

　　佳锟,你好!有一天想给你打电话,你的手机却停机了。你是一个聪明的孩子,只要稍微一努力,成绩就能提高很多。我觉得最重要的是调整好心态。你想成为什么样的人?你是男子汉,肯定不愿碌碌无为,你是想要苍白暗淡的青春,还是想要拼搏无悔的青春,你的人生轨迹是想更加顺利,还是多一些弯路?学生学习如同农民种田、工人做工,人在世间生存,每一阶段都有这一阶段该做的事情,因此,我想首先要为自己确立目标,既有大目标,也要有小目标,逐一去实现,那么你就注定会成功,你就会收获幸福和喜悦。我想你一定不想将来过窘迫的生活。期待你的成长与进步,每天一小步,十天就一大步。小伙子,你能行!我相信你!

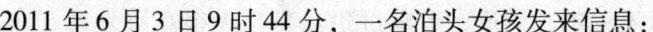

成长寄语

　　2011年6月3日9时44分,一名泊头女孩发来信息:

　　王阿姨,您好!我今年18岁,但我总是想不通,我在12岁那年就想结束自己的生命,一直到现在我还有这种想法。我在12岁那年想跳井,在我走到井边的时候,被一个素不相识的人拽住了;我15岁那年想出车祸,当时我已经撞上汽车了,这时司机来了个急刹车,我又失败了。这几年我也喝过农药,但都没有结束自己的生命。我现在一天到晚没有一点儿的快乐,我该怎么办?阿姨,您能帮帮我吗?

我的回复

我当然愿意帮助你,请把你的基本情况告诉我。

10时12分,她又回道:

太谢谢您了。我每天都在看沧州电视台《谈情说爱》这个电视节目。今天,我向电视台询问了您的手机号。我的情况大概是:我由于自身的缺陷,一点儿自信也没有,经常受到同学的嘲笑。在家父母嫌我是女孩子,对我不怎么样,我感受不到家庭的爱。我很自卑,又很老实,胆小怕事,我是在打骂、嘲笑中长大的。现在,我刚参加工作,还是胆小怕事,经常受气,不敢说话。

我的回复

每一个生命都是这世间的唯一,首先要相信自己、珍爱自己。我想,你的身上一定有一些优点,仔细找找看。另外,多读《意林》、《读者》等杂志,把喜欢的文章大声朗读出来,经常习练,你一定会看到自己的进步!

2011年6月19日8时05分,泊头女孩发来信息:王阿姨,今天我找着了我的优点,我肯干,干活仔细、认真,从不迟到、早退,没歇过班。我今天很高兴发现了自己的优点。过了一会儿,又发来信息:谢谢您,王阿姨,是您的帮助使我找到了自信!

我的回复

继续努力,祝你取得更大的进步!

她回复:好的,我会努力的!

与儿子谈话摘录

小儿子卢炳廷,2002 年 11 月出生,活泼可爱,聪慧胆大,有很强的语言表达能力。在生活中,他的一些言谈或有趣,或富有哲理,面对这么小的一个孩子,他的话语常常令我惊喜,现摘录一些,与大家分享。

2008 年 5 月,汶川大地震之后,我和他在电视机前收看关于地震灾区的报道,看了一会儿,炳廷就制止我,不让看了。

他说:妈妈,谁那么大劲儿,把地都给摇晃了。

换台吧,我不忍心看了,心痛。

妈妈,这么多房子都倒了,以后盖房子别在地上盖了。

我说:那到哪儿去盖?

炳廷:到树上去盖。

成长寄语

一日晚间散步,炳廷见我有心事,就问:妈妈,你在想什么?

我说:我在构思一篇文章。

过了一会儿,他又问:还没构思完吗?

妈妈,我希望能常常看见你笑,happy,happy。

妈妈，人活着，有吃的、喝的、穿的，能呼吸，就行了，最重要的是心情好。

妈妈，我知道你追求的是内心的平静。

又一日晚间散步，炳廷对我说：妈妈，人生活得幸福不幸福，与钱多少没有关系，有的人很有钱，却不幸福；有的人不富裕，却很幸福。

让生命充满爱

后 记

我本是凡俗女子，却有幸身着警装，而喜好写作，将我的警察生涯渲染得丰富多彩。多年来，在领导和战友们的支持、帮助下，我笔耕不辍，取得了一点点成绩，心中充满感激，并由此生发出对这个世界更多的热爱，对生命更多的敬重。

文字，乃是我的伴侣，我的一份安慰。这些文字发于内心，是最真实、最质朴的表达。我以真诚的心书写生命的皱褶，书写皱褶里头的苦涩和光芒，写许多蛰伏在心田的生活要求和理想。我在文章里看见我的道路，也看见我的成长；看见我的褊狭，也看见我的幼稚，惭愧多于自信。我始明白，风景在别处，我在路上，于是有了不断寻找的情怀；风景在心中，处处有诗情，于是有了现在的触处飞花，成熟也好，幼稚也好，本性难移。在这里，要感谢我的父母、家人、战友和朋友，给了我一个充满温情的世界。他们的关怀和友爱是我生活的阳光，让我与文字相逢时，仿佛受到了一种神秘的昭示，看见我的生命状态。

对于警察职业的热爱，时常在某个时刻令我心潮澎湃。

警察的职业特点,早已淡化了性别的差异,我身边的人都是战友,一次行动、一场战役,我们可以同甘共苦、奋勇拼搏,我们可以团结协作、共铸辉煌,警察的肩膀扛着正义、扛着承诺,也扛着希望、扛着荣光!身处这个群体之中,除了感动,就是骄傲与自豪!因此,对警察的书写是激情的、昂扬的,充满前行的力量!

早在警校毕业实习时,我就开始了预防、矫正青少年违法犯罪的工作,关注犯罪未成年人的成长环境、成长经历,给予他们真挚的母亲般的爱与关怀,挽救了一个又一个孩子。经过两年多的帮教,那个连杀3位亲人的少年犯晓诚,被减期220天,提前解教。解教后,我给他找了工作,现在,他已经成为一家个体企业的优秀员工。那个曾经灵魂游离躯壳的冲动少年,最终在我们的关注下完成了蜕变,重新开始了美好的生活。

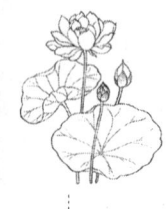

我记得长江三峡两岸那奇峻秀丽的风光,也依然记得岸上那位抱着孙子的阿婆;我记得石家庄长安公园那簇簇动人的迎春花,也依然记得民心河畔那位身穿棉布小袄、伟大而朴实的母亲……无论是自然界的景色,还是普通人的朴素情感,都时常温暖着我,温暖着这个世界,令我无限感恩,也使我把这感恩化为一次次行动。当我驱车八十多里路去看望孤儿李蕙伶时,当我在母亲节这天为89岁的孤寡老人刘艳芳买去一双绣花布鞋,并亲手为她穿上,看着老人脸上漾起笑容时……我同样被幸福包围着,那是爱的回馈,时刻提醒我与这个世界的真实联系,让我渐渐懂得爱与宽容永远是人类情感的最高境界。

我是一粒微尘,一棵小草,借着与文字的缘,舒展生命。凡翻开我书页者，凡阅读我文字者，便是受了我的敬意，仿佛一个相敬如宾的作揖，读我文章若受兰仪！

是生命让爱有了表达的机会，是爱让生命有了重生的勇气。让生命闪光，让爱延续，让所有的生命充满爱！

后记